Jutta Maria Herrmann
Eine einzige Lüge

Von Jutta Maria Herrmann sind folgende Titel erschienen:

Böse bist du   Gewinner des Kindle Storyteller Award 2019
Schuld bist du
Nichts wird bleiben von dir (ehemals Hotline)
Ich bringe den Tod
… sonst tot (Kurzthriller zusammen mit Thomas Nommensen)
Amnesia
Wähle den Tod
Schlafe, mein Mädchen
FLIEH   Wenn dein Leben in Flammen aufgeht
Stirb, Schwesterlein

Über die Autorin:

Mitte der Achtziger strandete die Saarländerin Jutta Maria Herrmann in der Hauptstadt Berlin. Nach einer Ausbildung als Buchhändlerin studierte sie hier Germanistik und Filmwissenschaften, sympathisierte mit der Hausbesetzerszene und stürzte sich ins Nachtleben. Sie war u. a. als Buchhändlerin, Reinigungskraft, Sekretärin, Synchrondrehbuch-Autorin, Veranstalterin von Punkkonzerten tätig und arbeitete lange Jahre als Assistentin in der Politikredaktion einer Tageszeitung. Heute lebt sie als freiberufliche Autorin mit ihrem Mann, dem Autor Thomas Nommensen, vor den Toren Berlins im brandenburgischen Panketal. Mit ihrem ersten selbstveröffentlichten Psychothriller BÖSE BIST DU gewann die Autorin 2019 den Kindle Storyteller Award.

JUTTA MARIA
HERRMANN

EINE EINZIGE LÜGE

THRILLER

Impressum:
Originalausgabe 2023

Coverabbildung: © bennyartist depositphotos.com
Covergestaltung und Satz: Saskia Calden (saskia-calden.de)
Lektorat und Korrektorat: Heidemarie Rabe,
rabe.heidemarie47@googlemail.com

Jutta Maria Herrmann
Grünewaldstraße 14
16341 Panketal

PROLOG

Ihr ist kalt. So schrecklich kalt. Den Regen, der wie eine Sintflut auf sie herunterprasselt, nimmt sie kaum noch wahr. Die Bettdecke, die sie mitgenommen und zum Schutz um die Schultern gelegt hat, bevor sie in die Nacht geflohen ist, hat sie längst abgestreift. Sie war schnell völlig durchnässt und mit jedem ihrer Schritte schwerer geworden. Sie hat sie wie unnötigen Ballast einfach abgeschüttelt. Den Schlüssel in ihrer Hand umklammert sie so fest, dass es wehtut. Sie darf ihn nicht verlieren, aber sie hat vergessen, warum nicht. Ihre Pantoffeln hat sie bereits verloren. Wo, weiß sie nicht mehr. Aber das ist auch egal.

Ihre Zähne klappern hart aufeinander und die Füße scheinen sich zu schmerzenden Klumpen verformt zu haben. Jeder Schritt ist eine Qual. Die Wassermassen rauschen durch den Regenkanal der Straße, es hört sich an wie ein unterirdischer Fluss.

Sie stolpert weiter zum nächsten Haus, ihre nackten Füße patschen auf dem Pflaster des Bürgersteigs. Das schummrige orangefarbene Licht der Straßenbeleuchtung spiegelt sich im nassen Asphalt. Mit einer Hand wischt sie sich die tropfenden Haarsträhnen aus dem Gesicht, versucht das Wasser wegzuzwinkern, das ihr unaufhörlich in die Augen rinnt.

Vor dem Haus bleibt sie stehen, legt automatisch eine Hand auf ihren Bauch, als könne die Berührung ihr Kraft verleihen. Mit der anderen Hand tastet sie an der Betonwand neben dem mannshohen Metalltor nach dem Klingelknopf und presst ihren Zeigefinger darauf. So fest, dass es wehtut.

Das Knistern der Gegensprechanlage ist leise und wird vom Geräusch des Regens verschluckt. Sie erschrickt, als ein vernuscheltes »Ja, bitte« aus dem Lautsprecher an ihre Ohren dringt. Für einen Moment verschlägt es ihr die Sprache.

»Wer ist denn da?« Die Stimme eines Mannes, er klingt verärgert.

»Bitte, Sie müssen mir helfen«, fleht sie. Sie weint so sehr, dass sie die Worte kaum herausbekommt. »Bitte, helfen Sie mir«, wiederholt sie. »Bitte, lassen Sie mich rein.«

Die Antwort lässt auf sich warten. Sie hofft inständig, dass gleich der Türöffner ertönt oder jemand zum Tor kommt, um sie einzulassen. Sie ist am Ende ihrer Kräfte.

»Hauen Sie ab«, sagt der Mann.

»Bitte, Sie müssen die Polizei rufen. Bitte«, ruft sie verzweifelt.

Beide Hände auf ihren Bauch gepresst verharrt sie im strömenden Regen. Doch der Mann antwortet nicht mehr. Ein verzweifelter Laut kommt über ihre Lippen. Sie drückt noch mal auf den Klingelknopf. Er muss ihr doch helfen. Sie ist doch ein Mensch und sie ist in Not.

Doch niemand kommt, um sie ins Haus zu lassen. Wie schon bei den anderen Häusern, an denen sie geklingelt hat. Es interessiert offenbar niemanden, dass sie Hilfe braucht. Was ist aus den Menschen geworden? Gefühllose Monster?

Resigniert wendet sie sich ab und irrt weiter durch die Nacht. Ihr Ziel ist jetzt der S-Bahnhof. Sie muss hier weg. Unter Menschen, sie direkt und mittelbar mit ihrer Qual konfrontieren. Dann können sie nicht mehr wegsehen, dann müssen sie ihr helfen. Der Regen wird stärker. Die

Kanäle können die Wassermassen nicht mehr fassen. Im knöcheltiefen Wasser überquert sie die Straße.

Den Wagen hört sie zu spät. Sie dreht sich um, sieht in grelle Scheinwerferaugen, die auf sie zurasen. Geblendet schließt sie die Augen und reißt sie gleich wieder auf. Der Aufprall presst ihr die Luft aus den Lungen. Ihr Körper wird durch die Luft geschleudert, sie hört das Quietschen der Bremsen, knallt hart auf dem Asphalt auf und spürt, wie ihre Knochen brechen.

Oh Gott, nein. Mein Kind, ist ihr erster und gleichzeitig letzter Gedanke. Dann überrollt sie der Schmerz.

Wie aus weiter Ferne nimmt sie das aufheulende Motorgeräusch eines Autos wahr, dann senkt sich tiefe Schwärze auf sie herab.

1

MARIE

Am frühen Morgen wache ich in einer Berghütte in 1923 Meter Höhe auf. Es ist der zweite Tag unserer Wanderung. Ich habe schlecht geschlafen, was wohl daran liegt, dass ich solche Höhen nicht mehr gewöhnt bin. Hinter meinen Schläfen lauert bereits der Kopfschmerz. Diese Tour mache ich nur meinem Mann Daniel zuliebe mit. Ich bin umgeben von Bergen aufgewachsen und habe zusammen mit meinem Vater schon als Kind den einen oder anderen Gipfel erklommen. Aber meine kindliche Liebe zu den Bergen ist in Abneigung umgeschlagen. Hass würde ich es nicht nennen. Zu solch tiefen Gefühlen bin ich seit damals nicht mehr fähig.

Jedenfalls halte ich mich mittlerweile lieber auf dem flachen Land auf mit einer Sicht, so weit das Auge reicht. In die klaustrophobische Enge eines vom Gebirge eingeschlossenen Ortes werde ich nie mehr zurückkehren. Das habe ich mir geschworen. Nun ja, Schwüre sind dazu da, dass man sie bricht, wenn die Notwendigkeit es verlangt.

Leise, um die anderen im Schlafraum nicht zu wecken, stehe ich auf und ziehe mich an. Mein Rücken schmerzt von der durchgelegenen Matratze, meine Beine von der ungewohnten Anstrengung, in der dünnen Höhenluft bergauf zu marschieren. Die Muskeln senden spitze Schmerzpfeile bei jeder noch so kleinen Bewegung und mein Herz schlägt viel zu schnell. Auch das ist der ungewohnten Höhe geschuldet, auf die sich mein Körper erst wieder einstellen muss.

Der Gastraum der Hütte ist verwaist. Die anderen Gäste schlafen anscheinend alle noch. Ich trete vor die Tür in die Dunkelheit. Kälte legt sich wie ein eisiger Film auf mein Gesicht. Die Stille hier oben ist so tief, so allumfassend, dass sie beinahe beängstigend ist. Für uns Städter, zu denen zähle ich mich inzwischen, die wir es gewohnt sind, in einer ständigen Lärmblase eingeschlossen zu leben, ist sie befremdlich, fast wie ein kleiner Schock.

Der Atem verlässt meinen Mund in kleinen Nebelwolken, die vor mir hochsteigen und sich rasch auflösen. Ich ziehe den Reißverschluss meiner Jacke, die ich mir extra für diese Wanderung gekauft habe, bis zum Kinn hoch, stecke die Hände in die Taschen und gehe ein paar Schritte. Die Silhouette des Bergpanoramas zeichnet sich wie ein Scherenschnitt vor dem nachtblauen Himmel ab, der mit unzähligen glitzernden Sternen übersät ist. Ich genieße den Anblick und die Stille mehr, als ich gedacht hätte. Vielleicht gelingt es mir ja doch, meine Abneigung zu überwinden.

Zwei Stunden später brechen wir auf. Erste Sonnenstrahlen kriechen die Hänge der Berge hinab, die Luft ist klar und kalt und schmeckt wie reines Quellwasser. Ich hatte vergessen, wie atemberaubend schön es hier oben sein kann, und schnaube ein unfrohes Lachen in die Kälte. Der Zauber der Bergwelt täuscht gekonnt darüber hinweg, wie unbarmherzig und heimtückisch die Kräfte der Natur auch hier zuschlagen können. Unerwartet und blitzschnell entscheiden sie über Leben und Tod und vernichten den Lebensraum vieler Menschen und Tiere. Ich löse meine Augen von dem grandiosen Schauspiel, umfasse meine Wanderstöcke und konzentriere mich auf den Weg. Für nachmittags ist leichter

Schneefall vorhergesagt. Aber bis dahin werden wir längst die Berghütte, in der wir nächtigen wollen, erreicht haben.

Daniel und ich haben uns spontan einer Gruppe von Wanderern angeschlossen. Sie besteht aus einem redefreudigen Ehepaar in den 50ern aus Italien, einem fast 70-jährigen Mann aus dem Allgäu, der so durchtrainiert aussieht, dass sogar Daniel vor Neid erblasst ist, und einer Frau mittleren Alters, die in sich gekehrt und abweisend wirkt. Ich bilde mit Daniel zusammen das Schlusslicht. Unser Bergführer schreitet zügig voran. Er ist der Beste, den man kriegen kann, hat mir Kurt, der Mann aus dem Allgäu, versichert. Er wird uns sicher zum Gipfel führen. Ich habe keinen Grund, daran zu zweifeln.

Irgendwann signalisiert mir Daniel, dass er dringend pinkeln muss, und verschwindet hinter einem Felsen am Wegrand. Ich lasse den Rucksack von der Schulter gleiten und nehme die Wasserflasche zur Hand. Durstig trinke ich einen großen Schluck und beobachte mit Sorge, dass die Wandergruppe sich immer weiter entfernt, bis ich sie schließlich auf dem schmalen felsigen Weg nach oben ganz aus den Augen verliere. Müsste der Bergführer nicht drauf achten, dass wir zusammenbleiben? Vermutlich fühlt er sich nicht zuständig für uns.

»Daniel, beeil dich bitte. Ich kann die anderen schon nicht mehr sehen.«

Den Reißverschluss der Hose hochziehend kommt er hinter dem Steinbrocken hervor. »Nur keine Panik«, knurrt er. »Es gibt nur einen Weg da hoch. Die haben wir schnell wieder eingeholt.«

Er nimmt mir die Flasche aus der Hand und trinkt sie in einem Zug fast leer. Zum Glück haben wir noch eine volle in seinem Rucksack verstaut. Damit werden wir hoffentlich auskommen bis zur nächsten Hütte. Ich verstaue die fast leere Flasche in meinem Rucksack, schultere ihn und haste Daniel hinterher, der mit großen Schritten vorauseilt. Es geht immer steiler bergauf, schon nach kurzer Zeit schnaufe ich wie ein altersschwaches Walross und bin in Schweiß gebadet, obwohl ich die Jacke längst in den Rucksack gestopft habe. Mir ist nach Heulen zumute und ich verfluche mich dafür, dass ich mich zu dieser Tour habe überreden lassen, doch ich reiße mich zusammen. Ich hätte mir denken können, dass meine Kondition nicht die beste ist. Es ist viele Jahre her, dass ich zusammen mit meinem Vater in den Bergen unterwegs war. Es war eine anstrengende, nicht ungefährliche Tour mit einigen recht schwierigen Klettersteigen. Es war unser letzter gemeinsamer Aufstieg. Ins Tal zurückgekehrt sind wir beide. Ich schwer verletzt auf einer Trage, er in einem Leichensack. Rasch verscheuche ich jeden Gedanken daran und marschiere weiter.

Hin und wieder werfe ich besorgte Blicke Richtung Himmel. Es ist merklich kühler geworden. Schwarze bedrohlich aussehende Wolkenungetüme plustern sich am Horizont auf und dichte Nebelschwaden schieben sich zwischen die zerklüfteten Gipfel der Berge ringsum. Sie scheinen näher gerückt zu sein, schließen uns ein wie eine steinerne Festung. Ich hoffe, wir erreichen die Hütte, in der wir übernachten wollen, bevor das Unwetter losgeht.

An einem Abhang aus betongrauem Geröll, der steil in die Tiefe stürzt, kommt die Wandergruppe wieder in Sichtweite. Ich erkenne sie an der feuerroten Jacke der Italienerin. Die fünf queren den Steilhang und gehen mit einigem Abstand hintereinander her. Daniel bleibt stehen und dreht sich zu mir um. Ich stütze mich auf die Wanderstöcke und beobachte mit wachsendem Entsetzen, wie sich die Fünfergruppe auf dem schmalen Pfad, der mit bloßem Auge kaum sichtbar ist, wie in Zeitlupe vorwärtsbewegt. Ein falscher Tritt und die Steine kommen ins Rollen und reißen alles in der näheren Umgebung mit sich in die Tiefe.

»Ohne mich«, sage ich. »Ich bin doch nicht lebensmüde.«

»Das sieht schlimmer aus, als es ist«, versichert mir Daniel.

Aber ich höre seiner Stimme die Unsicherheit an und schnaube ein ungläubiges Lachen.

»Achte darauf, genügend Abstand zu mir zu halten, ja?«

»Da gehe ich nicht rüber. No way«, beharre ich.

»Wir haben keine Wahl, Marie«, sagt er. »Es wird nicht mehr lange hell sein, zurück schaffen wir es nicht mehr vor Anbruch der Dunkelheit.« Er beugt sich vor und berührt mit den Fingern sanft meine Wange. »Du musst keine Angst haben, ich bin doch bei dir.«

Er schenkt mir ein Lächeln, das sicher aufmunternd sein soll, aber es verunglückt ihm ein wenig. Ich erwidere sein Lächeln genauso halbherzig und wir gehen mit kleinen Schritten weiter. Daniel geht voran. Doch die Angst, die in meinem Magen rumort, lässt sich nicht beschwichtigen. Ich kenne die Berge von klein auf und weiß um die Gefahr, in die man sich begibt, wenn man sie auf Teufel komm raus bezwingen will. Man darf sich von ihrer Schönheit keine Sekunde blenden lassen und muss jederzeit auf der Hut sein.

Der Weg über das Geröllfeld ist die Hölle. In meinem ganzen Leben habe ich noch nie so viel Angst gehabt. Bis auf dieses eine, letzte Mal in den Bergen mit meinem Vater. Rechts von mir fällt der Geröllhang fast senkrecht in die Tiefe, über mir färbt sich der Himmel zunehmend schwarz. Die Temperatur ist um gefühlt zehn Grad gefallen und der Wind nimmt spürbar zu. Im Zeitlupentempo bewege ich mich vorwärts. Bei jedem Stein, der sich unter meinen Wanderschuhen löst und weitere Gesteinsbrocken mit sich reißt, die den Abhang hinabprasseln, stoße ich einen spitzen Schrei aus und erstarre. Mir rinnt der Schweiß den Rücken hinunter und meine Nase läuft. Doch ich wage nicht, den Wanderstock loszulassen.

Daniel scheint die Ruhe selbst zu sein. Meine Angstlaute konsequent ignorierend setzt er unbeirrt einen Fuß vor den anderen. Was sicher klug ist, denn wenn er sich nach mir umdreht, besteht die Gefahr, dass er das Gleichgewicht verliert und in die Tiefe stürzt. Dennoch versetzt mir seine Missachtung einen kleinen Stich.

Wir haben ungefähr die Hälfte des Weges hinter uns gebracht, als die ersten zarten Schneeflocken in einem wilden Reigen um uns herumwirbeln. Daniel ruft mir über die Schulter etwas zu, doch der Wind nimmt ihm die Worte aus dem Mund und verweht sie, sodass ich nichts von dem verstehe, was er mir mitteilen will. Aber mir ist auch so klar, was er mir sagen wollte. Wie erwartet beschleunigt er seine Schritte. Die Steine werden feucht und schon bald gefährlich glatt, das Risiko auszurutschen wird von Minute zu Minute größer.

Ein Angstschub bringt mein Herz zum Rasen. Mein Verstand ist kurz davor sich zu verabschieden. Es kostet mich all meine Willenskraft, meine Aufmerksamkeit auf den Weg zu konzentrieren und mit kleinen, vorsichtigen Schritten weiterzugehen.

2

MARIE

Die Flocken fallen schneller, der Schneevorhang wird dichter. Mein Herz wummert so heftig, dass es wehtut. Ich schwitze und friere gleichzeitig. Mechanisch setze ich einen Fuß vor den nächsten, taste mich vorsichtig über den schmalen Weg aus steinigem Geröll. Der Überlebensinstinkt funktioniert erstaunlicherweise hervorragend. Ich will da rüber. Unbedingt. Ich will nicht sterben. Nicht hier und nicht jetzt. Ich bin so hoch konzentriert, dass ich meine Angst nicht mehr spüre. Es gibt nur noch mich und das Ziel, lebend aus dieser gefährlichen Situation herauszukommen.

Vor mir rumpelt etwas den Abhang hinunter. Ich erschrecke. Was war das? Ein Stein? Daniel? Ich schaue kurz auf, kann aber in dem Schneegestöber nichts Genaues erkennen, glaube aber verschwommen das Grün von Daniels neuer Outdoorjacke vor mir zu sehen. Oder bilde ich mir das nur ein? Ich richte mein Augenmerk wieder nach unten auf den schmalen Pfad. Daniel ist mit Sicherheit nicht abgestürzt, beruhige ich mich. Dann hätte ich zumindest seinen Aufschrei gehört.

Ich bekomme erst mit, dass ich wieder festen Boden unter den Füßen habe, als Daniel mich am Arm packt und so zum Stehenbleiben zwingt. Ich schaue auf.

»Geschafft«, stößt er hervor und wiederholt es gleich noch mal, als könne er es selbst nicht so ganz glauben. »Wir haben es geschafft.«

»Ja«, hauche ich atemlos und ein Gefühl puren Glücks überschwemmt mich. Ich komme mir vor, als hätte ich um mein Leben gekämpft und den Sieg davongetragen. Wir fallen uns überglücklich in die Arme, tauschen einen eiskalten, flüchtigen Kuss.

»Wir müssen weiter«, mahnt Daniel und löst sich von mir. »Bevor die Wegmarkierungen zugeschneit sind.«

Der Wind hat gedreht, er kommt nun von vorne und weht mir die Schneeflocken ins Gesicht. Ich strecke die Zunge raus und fange einige auf. Für einen Moment fühle ich mich gelöst und bin voller Hoffnung, dass sich für uns alles doch noch zum Guten wenden wird.

»Vielleicht finden wir ja den Anschluss an die Gruppe wieder«, sage ich.

»Zieh Handschuhe, Mütze und deine dicke Jacke wieder an«, fordert Daniel mich auf. »Zieh alles an, was du dabei hast.«

Ich lege die Wanderstöcke in den Schnee, lasse den Rucksack von den Schultern gleiten und krame die drei genannten Kleidungsstücke hervor. Erst jetzt, da das Adrenalin in meiner Blutbahn sich langsam verflüchtigt, spüre ich die Kälte und wie unangenehm klamm mir das Shirt am Körper klebt. Rasch ziehe ich es aus, zerre mir fröstelnd ein trockenes über den Kopf und schlüpfe in den Fleecepulli und anschließend in die dicke wasserdichte Jacke.

Daniel hat mich belächelt, als ich sie gekauft habe, er meinte, sie sei unnötig und viel zu teuer. Nun bin ich sehr froh darüber, dass ich mich von ihm nicht habe umstimmen lassen.

»Fertig?«, fragt Daniel. Die Ungeduld in seiner Stimme hat einen ängstlichen Unterton. Oder bilde ich mir das ein?

Mein Glücksgefühl ist mittlerweile verpufft und die Ausweglosigkeit unserer Situation wird mir bewusst. Man sieht kaum die Hand vor Augen und wenn es in der Form weiterschneit, werden die Wegmarkierungen unter einer Schneeschicht schon bald für unsere Augen unsichtbar werden.

»Bleib dicht hinter mir, ja?«

Ich nicke, dann fällt mir ein, dass er meine Reaktion vielleicht nicht sehen kann, und schiebe rasch ein »Ja« hinterher. Er zieht sein Handy aus der Innentasche seiner Jacke und aktiviert es.

»Kein Netz«, informiert er mich mit Grabesstimme. »Falls es so weiterschneit, werde ich demnächst versuchen, einen Notruf abzusetzen. Hier scheinen wir in einem Funkschatten zu sein. So lange müssen wir in Bewegung bleiben.«

Er schiebt das Handy halb in den Ärmel seiner Jacke. Am fahlen Lichtkegel im Schnee erkenne ich, dass er die Taschenlampe eingeschaltet hat. Ich habe an alles Mögliche gedacht, als wir die Wanderung geplant haben, nur nicht an eine Stirnlampe. Sehr ärgerlich. Und mein Handy liegt zu Hause auf dem Nachttischschränkchen und hängt am Ladekabel. Ich habe vergessen, es einzustecken. Wir haben verschlafen, da Daniel es versäumt hatte, den Wecker zu stellen, und haben in Windeseile unsere Sachen zusammengepackt.

Schweigend tappe ich hinter Daniel her. Die Wanderstöcke behindern mich eher, als dass sie hilfreich sind. Ich schiebe sie zusammen und nehme beide in eine Hand. Die Welt um uns herum ist in einem pudrigen Weiß versunken. Vollkommen surreal. Mittlerweile ist es windstill. Der

Schnee fällt. Unablässig. Lautlos. Irgendwie unheimlich. Ein dichter weißer Vorhang aus fedrigen Flocken, groß wie Tischtennisbälle. Ich stolpere, verliere um ein Haar das Gleichgewicht, kann mich jedoch wieder fangen. Plötzlich schwenkt der Lichtkegel von Daniels Taschenlampe im Schnee nach rechts und erlischt unvermittelt.

Ich stoppe, horche. Warte, dass das Licht wieder angeht. Aber das passiert nicht.

Ich lausche in die Stille. Sie ist so tief, so allumfassend, dass ich für einen Moment das Gefühl habe, aus der Zeit gefallen zu sein. Und ich spüre nichts. Nicht die Kälte, die mir noch vor wenigen Sekunden wie ein wütendes Tier in die Haut gebissen hat, nicht das Brennen meiner müden überbeanspruchten Füße in den schwer gewordenen Wanderschuhen.

»Daniel? Wo bist du?« Meine Stimme, kaum mehr als ein Raunen, wird von dem dichten Schneevorhang geschluckt.

Eine Antwort bekomme ich nicht.

»Daniel!« Jetzt schreie ich seinen Namen laut und verzweifelt in die Stille der gespenstisch weißen Welt.

3

MARIE

Meine Schreie verklingen ungehört. Die Panik überfällt mich mit solch einer Wucht, dass mir der Atem stockt. Ich habe das Gefühl, nicht genug Luft zu bekommen, atme immer hektischer ein und aus. Mein Herz setzt einen Schlag aus, wummert dann mit einer Vehemenz gegen meinen Brustkorb, dass mir jeder Schlag in den Ohren dröhnt.

»Daniel«, keuche ich. »Wo bist du? Sag doch was!«

Ich bekomme keine Antwort.

Mein Gefühl weigert sich dennoch zu begreifen. Ich heule Daniels Namen wie ein Wolf in die Stille. Meine Stimme überschlägt sich, tönt als Echo in meinen Ohren. Erst als die Kälte unerträglich zu schmerzen beginnt, realisiere ich, dass es aufgehört hat zu schneien. Die Konturen meiner Umgebung sind verschwommen zu erkennen. Und langsam schaltet sich auch mein Verstand wieder zu. Ich wische mir über Augen und Nase. Der Himmel ist immer noch mit dunklen Wolken verhangen. Es kann jeden Augenblick erneut anfangen zu schneien.

Im Schnee vor mir entdecke ich Fußspuren. Ich mache einen zaghaften Schritt nach vorne und spähe den Abhang hinunter. Ein riesiges Schneefeld stürzt vor meinen Augen in die Tiefe. Der Schnee ist schmutzig und mit braunen Schlieren durchsetzt. Ich schlucke, atme mein Entsetzen zitternd aus. Eine der Spuren endet direkt an der Abbruchkante. Daniels letzter Schritt muss ins Leere gegangen sein, er scheint so überrascht gewesen zu sein, dass er nicht mal mehr schreien konnte.

Ich recke den Kopf vor, um besser sehen zu können. Das Schneefeld scheint endlos in die Tiefe zu fallen, verläuft sich dann im grauen Geröll. Daniel kann ich nirgendwo entdecken.

»Daniel«, rufe ich noch mal, so laut ich kann. Doch es klingt eher wie das heisere Krächzen einer Krähe. »Hörst du mich?«

Ich lausche mit angehaltenem Atem, nehme nichts wahr bis auf ein leises Rauschen. Irgendwo ganz in der Nähe muss ein Bach oder Fluss sein. Nur, dieses Wissen hilft mir jetzt auch nicht weiter. Vielleicht ist Daniel schwer verletzt und bewusstlos. Ich könnte versuchen, den Hang hinunterzuklettern und nach ihm zu suchen. So schnell wie der Gedanke in meinen Kopf geschossen ist, so schnell verwerfe ich ihn wieder. Zu gefährlich. Das ist ein Schneefeld. Ich habe nicht die nötige Ausrüstung, um hinabzusteigen. Ich würde nicht weit kommen, mit Sicherheit abstürzen. Damit ist niemandem geholfen. Außerdem dämmert es bereits, lange wird es nicht mehr dauern, bis es so dunkel ist, dass man die Hand vor Augen nicht mehr sehen kann. Selbst mit Ausrüstung und bei Tageslicht bräuchte ich Stunden, bis ich unten angekommen bin. Es jetzt zu versuchen, würde meinen sicheren Tod bedeuten.

Ich wende mich ab.

Du kannst ihn nicht einfach da unten liegen lassen, meldet sich mein Gewissen zu Wort. Ich zögere, dann hole ich tief Luft und setze meinen Weg fort. So schwer es mir auch fällt, ich muss jetzt an mich denken. Wenn ich nicht vor

Einbruch der Dunkelheit einen Unterschlupf finde, werde ich die Nacht nicht überleben. Ich wünsche mir aus ganzem Herzen, dass Daniel bei dem Sturz nicht getötet wurde und es allein weiterschafft, aber ich fürchte, es wird ein unerfüllter Wunsch bleiben.

Wind kommt auf, treibt mir Schneeflocken ins Gesicht, sie schmelzen in meinen Augen, vermischen sich mit meinen Tränen und verschleiern meinen Blick. Ich schlucke den Kloß in der Kehle mühsam hinunter und gehe unbeirrt weiter. Ich muss in Bewegung bleiben, sonst erfriere ich. Doch mit jedem Schritt fällt es mir schwerer. Meine Beine fühlen sich taub an, mein Körper hat kaum noch Kraftreserven. Ich bin müde, werde von Minute zu Minute langsamer. Meine Füße sind eiskalt, sie schmerzen so, dass jeder Schritt zur Qual wird.

Wieder und wieder lasse ich meinen Blick schweifen auf der Suche nach einer Hütte oder einem Unterstand. Aber ich sehe nichts außer mit Schnee bedeckte Flächen und steile Hänge. Irgendwann bemerke ich, dass ich die Wanderstöcke verloren habe. Sie müssen meinen vor Kälte gefühllosen Händen entglitten sein, die von den nassen Fäustlingen nicht mehr gewärmt werden. Ich zerre sie herunter, lasse sie einfach fallen und ziehe die Ärmel meiner Daunenjacke, soweit es geht, über meine eiskalten Hände. Vorsichtig bewege ich die Finger, damit sie besser durchblutet und wärmer werden.

Unvermittelt fängt es wieder an zu schneien. Ich schreie meinen Frust laut aus mir heraus. Ich bin so erschöpft, ich habe keine Kraft mehr, weiterzugehen. Am liebsten würde ich mich in den Schnee fallen lassen und aufgeben.

Erfrieren ist ein qualvoller, sehr schmerzhafter Tod, rufe ich mir in Erinnerung. Man schläft nicht einfach ein. Es kann Stunden dauern, bis der Tod eintritt. Ich ziehe den mit Schnee verkrusteten Schal über die Nase und stapfe weiter. Noch ist es nicht dunkel und ich kann sehen, wie der Weg verläuft. Es geht stetig, zum Glück jedoch nicht allzu steil nach oben. Jetzt macht der schmale Pfad eine Biegung und links von mir breitet sich eine schneebedeckte eingezäunte Weide aus. Freudige Hoffnung keimt in mir auf. Vielleicht ist es nicht mehr weit bis zur Hütte. Mit neu erwachter Energie stapfe ich weiter, richte meinen Blick nach jedem zweiten Schritt nach oben, aber die Hütte taucht nicht in meinem Sichtfeld auf.

Die Dunkelheit senkt sich allmählich herab, der Schneefall hat sich in den letzten Minuten ständig verstärkt und Angst und Kälte drohen meinen Verstand lahmzulegen. Ich muss mich zwingen, weiterzugehen. Als sich vor mir plötzlich die Konturen eines Gebäudes aus dem Schneegestöber schälen, glaube ich im ersten Moment, ich halluziniere. Dennoch beschleunige ich meine Schritte, stolpere, raffe mich auf und haste weiter.

Das Gebäude entpuppt sich als kleine Almhütte, deren Holz im Laufe der Jahre dunkel, fast schwarz geworden ist. Sie sieht unbewohnt und abweisend aus. Vorsichtig gehe ich die drei Holzstufen zu der halb zerfallenen Veranda hoch, rechne jede Sekunde damit, dass das morsche Holz unter meinem Gewicht zerbricht, aber es hält, trägt mich bis zur Tür. Ich drücke die Klinke herunter. Die Tür öffnet sich nicht. Abgeschlossen? Bitte nicht! Vielleicht klemmt sie ja nur. Ich versuche es noch mal, stemme mich mit meinem ganzen Gewicht gegen das Türblatt. Mit einem protestierenden Ächzen gibt die Tür nach und öffnet sich.

Im Inneren ist es düster und als ich die Tür hinter mir zudrücke, sehe ich erst mal gar nichts mehr. Ich bleibe abwartend stehen, bis sich meine Augen an die Dunkelheit gewöhnt haben. Durch zwei seitliche Fenster sickert letztes fahles Tageslicht herein. Der Raum ist leer. Nicht ein Möbelstück ist vorhanden. Und es ist hier mindestens genauso kalt wie draußen. Aber es ist trocken. Das Dach scheint dicht zu sein.

Ich nehme meinen Rucksack herunter und lehne ihn gegen die Wand. Als Erstes ziehe ich meine Jacke aus und breite sie zum Trocknen auf dem Boden aus. Dann folgen Schal und Mütze. Schlotternd vor Kälte nehme ich den Schlafsack aus dem Bodenfach des Rucksacks, setze mich hin und zerre die Wanderschuhe von den Füßen. Meine Socken sind zum Glück trocken geblieben. Ich trinke den kleinen Rest Wasser aus der Flasche, der meinen Durst kaum zu stillen vermag, und entnehme dem Seitenfach des Rucksacks einen der Müsliriegel, die ich schon zu Hause hineingepackt habe.

Ich krieche in den Schlafsack, ziehe den Reißverschluss zu und stülpe die Kapuze über den Kopf. Gott, ist mir kalt. Aber das wird sich hoffentlich bald geben. Ich befreie den Riegel von der Verpackung und widerstehe dem Drang, ihn hinunterzuschlingen. Stattdessen knabbere ich kleine Stücke davon ab und kaue sie sorgfältig, bevor ich den Brei in die Speiseröhre gleiten lasse. Danach bin ich zwar nicht wirklich satt, aber das bohrende, fast schon schmerzhafte Hungergefühl hat sich zumindest etwas gegeben.

Auch mein arktistauglicher Mumienschlafsack hat bei Daniel amüsiertes Unverständnis hervorgerufen. »Willst du den wirklich mitschleppen? Wir schlafen in beheizten Hütten, nicht bei Minusgraden draußen.«

Meine Antwort, dass man in den Bergen jederzeit mit allem rechnen muss, hat er mit einem Achselzucken quittiert und wahrscheinlich insgeheim gedacht, dass ich mal wieder überängstlich bin. Aber das hat mir mein Vater, der ein erfahrener und leidenschaftlicher Bergsteiger war, von klein auf eingebläut. Und ich bin froh, dass ich seinen Ratschlag beherzigt habe. Er könnte mir jetzt das Leben retten. Außerdem ist der Schlafsack ein Erbstück meines Vaters und ich besitze keinen anderen.

Daniel drängt sich wieder in den Vordergrund meines Bewusstseins. Ich habe ihn im Stich gelassen. Wie damals meinen Vater. Ich presse die Lippen aufeinander und versichere mir einmal mehr, dass ich nichts für ihn hätte tun können. Ich hätte es niemals geschafft, diesen Abhang ohne Ausrüstung hinunterzuklettern.

Du hättest es wenigstens versuchen können.

Nun, da ich zur Ruhe komme, nagt das schlechte Gewissen immer heftiger an mir. Ich stelle mir vor, dass Daniel irgendwo da draußen schwer verletzt in der bitteren Kälte liegt und vergebens meinen Namen ruft. Er wird erfrieren, wenn ihm niemand zu Hilfe kommt. Ich fühle mich schlecht, bin jedoch gleichzeitig unendlich dankbar, dass ich mich selbst retten konnte. Das reinste Chaos aus Schuldgefühlen und Rechtfertigungen tobt in mir.

Allmählich steigt meine Körpertemperatur und das Zittern lässt nach. Ich bin so erschöpft und müde, dass ich die Augen kaum noch offenhalten kann. Mittlerweile ist es stockdunkel um mich herum. Ich schrecke kurz hoch, weil ich ein lautes Knacken höre. Vermutlich der Wind, der um die Hütte pfeift und das morsche Holz malträtiert, als wolle er es schreddern. Über diesem Gedanken dämmere ich weg und gleite in einen tiefen Schlaf.

4

MARIE

Ich erwache mit einem Ruck, völlig orientierungslos weiß ich sekundenlang nicht, wo ich bin, und sehe mit verschlafener Faszination zu, wie der Atem vor meinem Gesicht zu Nebelwolken kondensiert. Dann fällt mir alles wieder ein und ich lasse mich mit einem Gefühl der Resignation zurücksinken. Was ich sofort bereue, da mein Kopf trotz der Daunenkapuze des Schlafsacks hart auf dem Boden aufschlägt. Meine Zunge klebt am Gaumen fest. Mein Mund ist staubtrocken. Ich habe mir zwar gestern unterwegs immer wieder eine Handvoll Schnee gegen den Durst in den Mund gestopft, aber Schnee hat als gefrorenes Wasser eine viel geringere Dichte als Wasser in flüssiger Form. Ich müsste ungefähr zehn Liter Schnee im Mund schmelzen lassen, um einen Liter Wasser zu trinken. Auch das weiß ich von meinem Vater.

Durch die beiden kleinen verdreckten Fenster fällt fahles Tageslicht. Ich muss lange geschlafen haben, wenn es schon so hell ist. Mühsam schäle ich mich aus dem Schlafsack. Mir tut alles weh, als hätte jemand die ganze Nacht auf mich eingeprügelt. Die eisige Kälte überfällt mich mit unerwarteter Wucht. Ich fange sofort zu zittern an, kann mich kaum auf den Beinen halten. Meine Füße fühlen sich an wie unförmige schmerzende Klumpen. Wie sollen sie meinen

Körper tragen? Ich greife nach meiner Jacke. Sie ist nicht ganz trocken geworden und fühlt sich unangenehm klamm an. Schnell schlüpfe ich hinein, von innen ist sie trocken, zwänge meine geschwollenen Füße in die Wanderschuhe und verstaue dann den Schlafsack wieder im Rucksack. Es dauert ewig, bis ich endlich abmarschbereit bin.

Zu dem Durst gesellt sich nun wieder der Hunger. Mein Magen knurrt laut und vernehmlich. Der Müsliriegel hat nicht lange vorgehalten. Mir läuft das Wasser im Mund zusammen, wenn ich an das Frühstück in der Hütte gestern Morgen denke. Ich habe nur ein halbes Brötchen mit Marmelade gegessen, da ich so früh kaum etwas runterkriege, während der Rest der Wandergruppe sich Berge von Rührei mit Schinken in den Mund geschaufelt hat. Jetzt bedauere ich, es ihnen nicht gleichgetan zu haben. Dann hätte ich wenigstens eine gute Grundlage gehabt.

Ich nehme den letzten Müsliriegel aus dem Rucksack, schultere ihn und trete vor die Hütte. Der Temperaturunterschied zu drinnen erscheint mir gering. Es ist immer noch bitterkalt, aber zumindest schneit es nicht mehr. Dafür weht ein kräftiger Wind. Die Wolken jagen über den Himmel, als wären sie auf der Flucht vor einem Verfolger. Ab und zu blitzt ein Stückchen Blau zwischen dem Wolkengrau auf.

Ich lebe noch.

Das ist mein erster klarer Gedanke an diesem Morgen und er erfüllt mich mit überbordender Freude. Doch der Gedanke an Daniels Schicksal lässt das gute Gefühl augenblicklich wie ein Häufchen Asche in sich zusammenfallen.

Der Wandergruppe sollte unser Fehlen längst aufgefallen sein. Die Bergrettung müsste inzwischen mit Hubschraubern nach uns suchen. Automatisch richte ich den Blick

Richtung Himmel, aber es ist nichts zu sehen. Außer einer Hütte, die vor mir auf einem der Gipfel thront. Sie wirkt zum Greifen nah, doch ich weiß, wie sehr sich das Auge in der Entfernung täuschen kann. Umkehren ist allerdings auch keine Option. Der Weg über das mit Schnee bedeckte Geröllfeld wäre purer Leichtsinn. Ich habe keine Wahl, ich muss zu dieser Hütte. Das ist meine einzige Chance, zu überleben.

Wie ärgerlich, dass ich die Wanderstöcke verloren habe. Gerade bei unwegsamem Gelände sind sie von großem Nutzen. Aber egal. Dann muss es halt ohne gehen. Ich stopfe mir eine Handvoll Schnee in den Mund und lasse ihn schmelzen. Die Kälte zieht schmerzhaft an meinen Zähnen. Dennoch wiederhole ich den Vorgang noch mehrere Male, bis sich das quälende Durstgefühl einigermaßen gelegt hat. Zwischendurch knabbere ich immer wieder an dem Müsliriegel.

Nach einiger Zeit gelange ich auf einen breiten Pfad, der mich an verlassenen eingezäunten Kuhweiden vorbeiführt. In einiger Entfernung steigt der Weg steil an. Er wird höllisch glatt sein. Keine Ahnung, wie ich es ohne Stöcke schaffen soll, da hochzukommen. Ich komme jetzt schon nur noch humpelnd vorwärts. Jeder Schritt ist eine Qual und meine Zehen jucken unerträglich. Ich glaube mich zu erinnern, dass das ein Hinweis auf Erfrierungen sein kann.

Ich höre ihn, bevor er in meinem Blickfeld auftaucht. Ein stetes tieffrequentes Brummen, das sich bald zu einer unerträglichen Lautstärke steigert. Für mich klingt das ohrenbetäubende Geräusch wie die schönste Musik, die ich je gehört habe. Ich hebe die Arme hoch über den Kopf, winke und rufe, obwohl mich niemand dort oben hört, so laut ich kann: »Hier! Ich bin hier! Hier unten.«

Der rote Hubschrauber kreist eine Weile über mir und geht dann in den Sinkflug. Der Lärm ist kaum auszuhalten. Ich presse beide Hände fest auf meine Ohren. Viel hilft es nicht. Schnee wird in einer weißen Wolke aufgewirbelt. Offenbar will der Pilot auf der zugeschneiten Kuhweide landen. Was macht er denn jetzt? Wieso dreht er wieder ab? Er hat mich doch gesehen. Eine Schrecksekunde lang fürchte ich, er könnte einfach davonfliegen und mich hier zurücklassen.

Die Rotorblätter kreisen, verwirbeln noch mehr Schnee, die Windböen sind so heftig, dass es mich um ein Haar von den Beinen reißt. Jetzt setzt der Hubschrauber auf der Wiese auf. Das Rotieren der Rotorblätter wird langsamer, die Schiebetür wird aufgezogen und eine Person in Rot gekleidet mit einem weißen Helm auf dem Kopf springt heraus. In geduckter Haltung eilt sie durch den Schneenebel auf mich zu. Es ist ein Mann, das erkenne ich erst jetzt.

»Sind Sie verletzt?«, ruft er mir zu.

»Nein«, antworte ich mit lauter Stimme. »Aber mein Mann … Er ist …« Ich verhaspele mich, weise irgendwo hinter mich.

»Ganz ruhig«, sagt der Mann. »Wir wurden schon gestern informiert, dass eine Frau und ein Mann aus einer Wandergruppe vermisst werden. Was genau ist passiert?«

»Wir sind in einen Schneesturm geraten. Daniel, mein Mann, er ist abgestürzt«, keuche ich und ringe nach Atem.

»Wo?«, fragt er. »Wissen Sie, wo das war?«

»Nein, nicht genau. Es hat geschneit. Wir haben kaum noch was sehen können und die Orientierung verloren. Da war ein Schneefeld. Dort ist er abgestürzt. Sie müssen ihn suchen. Bitte!« Meine Worte klingen immer verzweifelter.

Ein zweiter Mann eilt herbei. »Ist sie verletzt?«, fragt er an seinen Kollegen gewandt, als wäre ich nicht vorhanden.

Von der Antwort dringen nur noch Wortfetzen zu mir durch. Eine Welle der Übelkeit überrollt mich. Der Boden unter meinen Füßen kippt plötzlich weg. Ich schwanke, will mich irgendwo festhalten, doch meine Hand greift ins Leere. Mir wird schwarz vor Augen, und ich falle. Ich spüre noch, wie jemand mich am Arm packt und den Sturz auffängt, dann schaltet mein Bewusstsein ab und ich gleite ins Nichts.

5

MARIE

In einem Krankenhausbett komme ich zu mir. Mein Kopf dröhnt, als wäre unter meiner Schädeldecke ein ganzes Bataillon von Presslufthämmern zugange. Ich stöhne und öffne blinzelnd die Augen. Durch die geschlossenen Vorhänge dringt mattes Tageslicht in den Raum. Das Bett links neben mir ist leer. Es riecht so durchdringend nach Desinfektionsmittel, dass mir übel wird. Daran, wie ich hierhergekommen bin, habe ich keinerlei Erinnerungen. Das Letzte, das ich bewusst wahrgenommen habe, war die Landung des Hubschraubers.

Daniel! Was ist mit Daniel? Ich muss wissen, was mit ihm ist, ob er gefunden worden ist. Ob er lebt. Ich will mich aufrichten, raus aus dem Bett, aber sinke kraftlos zurück. Bevor ich einen weiteren Versuch unternehmen kann, öffnet sich die Tür und eine kleine mollige Frau mit rosigen Wangen kommt herein.

»Oh, Sie sind ja wach«, stellt sie sichtlich erfreut fest und tritt zu mir ans Bett. »Wie fühlen Sie sich? Besser?« Ihre braunen Augen blicken mitfühlend auf mich herab.

»Was ist mit Daniel? Ist er auch hier?« Ich greife nach dem Haltegriff, der über dem Bett baumelt, und richte mich auf.

Die Frau mustert mich erstaunt. »Wer ist Daniel?«, fragt sie. Ihre Hand greift nach dem Hebel am Bett und sie verstellt das Kopfteil der Matratze so, dass es meinen Rücken stützt. Ich lasse den Haltegriff los und lehne mich zurück.

»Mein Mann. Wir waren zusammen auf dem Berg. Er ist abgestürzt.« Die letzten Worte kommen abgehackt über meine Lippen. Ich wische mir über meine trockenen brennenden Augen.

Ihr Mund formt ein erschrockenes »Oh!«

Bevor Schwester Gudrun, so heißt sie laut dem Namensschild an ihrem Kittel, meine Frage beantworten kann, öffnet sich die Tür erneut und eine zweite Frau betritt das Zimmer. Sie ist ebenfalls in Weiß gekleidet, aber im Gegensatz zu ihrer Kollegin groß und schlank. Ich erkenne sie sofort als Ärztin. Sie hat diesen Ich-bin-hier-wichtig-Ausdruck auf dem Gesicht, der Mediziner verrät, die sich noch immer für Halbgötter oder in diesem Fall für Halbgöttinnen in Weiß halten. Wahrscheinlich ist mein Urteil ungerecht. Ich sehne mich nach Mitgefühl, nach jemandem, der mich in den Arm nimmt und tröstet. Die kühle Sachlichkeit der Ärztin ist nicht das, was ich jetzt brauche.

Sie bleibt vor dem Bett stehen, überkreuzt die Arme und mustert mich abschätzend.

»Guten Tag, Frau Rothenberg. Ich bin die Stationsärztin. Bis auf ein paar Frostbeulen an den Füßen sind Sie in guter Verfassung. Wir werden Sie heute noch entlassen können.« Sie rattert die Sätze mit monotoner Stimme herunter, als wäre sie ein Roboter. »Draußen warten ein Polizist und jemand von der Bergwacht. Sie haben noch ein paar Fragen an Sie.«

Schwester Gudrun, die mit dem Rücken zur Ärztin steht, verzieht missbilligend den Mund und verdreht kopfschüttelnd die Augen. Ich kann ihren Unmut sehr gut nachvollziehen.

»Ich werde Sie jetzt reinbitten.« Die Ärztin wendet sich ab und schreitet Richtung Tür.

»Moment, bitte«, sage ich rasch. »Was ist mit meinem Mann? Haben sie ihn gefunden?«

Sie hält inne, dreht sich halb zu mir um. »Das wird Ihnen der Mann von der Bergwacht sagen können.« Dann verlässt sie mit eiligen Schritten das Zimmer. Die Schwester wirft mir einen mitfühlenden Blick zu und folgt ihr nach draußen.

Ich schließe die Augen und atme zitternd aus. Dass die Ärztin mir keine Auskunft geben wollte, werte ich als schlechtes Zeichen. Niemand überbringt gerne eine Todesnachricht. Obwohl sie als Ärztin doch eine gewisse Routine entwickelt haben müsste.

Zwei Männer betreten das Zimmer. Der ältere trägt eine dunkelblaue Polizeiuniform und eine Mütze auf dem Kopf, sein bärtiger Begleiter Jeans und einen dunkelgrünen Parka. Ihre ernsten Mienen, in denen ich Mitleid lese, bestätigen meine Befürchtung.

»Was ist mit Daniel? Ist er …?« Ich wage das Wort nicht auszusprechen, als hätte ich Angst davor, dass es dann wahr wird.

»Das wissen wir nicht«, sagt der Mann in Dunkelgrün. »Wir haben ihn noch nicht gefunden.«

»Sie haben ihn nicht gefunden?«, wiederhole ich ungläubig.

»Nein. Wir mussten die Suche aufgrund der schlechten Wetterbedingungen abbrechen. Das Gelände, in dem Ihr Mann abgestürzt ist, ist sehr unwegsam.«

»Aber Sie suchen weiter nach ihm?«

»Natürlich, sobald die Wetterverhältnisse sich bessern, setzen wir die Suche fort. Aber ich will ganz ehrlich zu Ihnen sein, die Chance, dass wir ihn lebend bergen können, ist leider relativ gering.«

Ich beiße mir auf die Unterlippe, nicke und schlucke schwer an dem Kloß in meinem Hals.

Der Polizist räuspert sich und nimmt die Mütze ab. »Können Sie uns noch mal genau schildern, wie es passiert ist?«

Ich nicke, halte einen Moment inne und hole tief Luft. »Ich habe in dem Schneesturm ja leider kaum etwas sehen können. Daniel …« Mir bricht kurz die Stimme, ich schlucke und fahre fort: »Mein Mann ist vorausgegangen, ich war dicht hinter ihm. Wir haben uns an der Lichtspur seiner Handytaschenlampe orientiert. Die war plötzlich weg und Daniel hat auf mein Rufen nicht mehr geantwortet.«

Der Polizist stellt mir weitere Fragen, die ich alle nach bestem Wissen und Gewissen beantworte. Dabei kann ich mich nur schwer gegen das aufkommende Gefühl wehren, dass die beiden Männer mich argwöhnisch beäugen. Vermutlich fragen sie sich, warum ich meinen Mann im Stich gelassen habe.

»Sie haben richtig gehandelt«, sagt der Mann von der Bergwacht, als hätte er meine Gedanken gelesen. »Sie hätten nichts für Ihren Mann tun können, ohne sich selbst in Lebensgefahr zu bringen.«

»Ich weiß«, wispere ich. »Aber ich fühle mich dennoch schrecklich bei dem Gedanken, dass ich ihn im Stich gelassen habe.«

»Das verstehe ich gut. Aber was Sie getan haben, war das Richtige.«

»Danke«, erwidere ich.

»Wissen Sie denn schon, wo Sie unterkommen werden?«

»Wir wollten nach der Wanderung wieder ins Hotel Bergblick. Dort steht auch mein Wagen. Die Ärztin meinte, dass ich bereits heute entlassen werde.«

»Wenn Sie wollen, kann ich Sie in Ihr Hotel bringen.«

»Danke, das ist sehr nett von Ihnen«, sage ich. »Ich bleibe auf jeden Fall noch so lange, bis Sie Daniel gefunden haben.«

Er nickt, schenkt mir ein Lächeln und sagt: »Dann bis später.« Zusammen mit dem Polizisten verlässt er das Zimmer.

Ich warte, bis die Tür hinter ihnen ins Schloss fällt, dann steige ich aus dem Bett. Meinen Rucksack finde ich vor dem Spind neben der Tür. Dort hängen auch meine Wanderklamotten. Sie fühlen sich noch immer klamm an. Ich wühle im Rucksack nach meiner Ersatzhose und einem Pulli und kleide mich an. Es dauert eine Weile, bis ich die Entlassungspapiere unterschreiben und mit dem Mann von der Bergwacht zurück in das Hotel fahren kann.

Dort verbringe ich die nächsten Tage. Ich kann nichts anderes tun als warten. Die Sekunden werden zu Minuten, die Minuten zu Stunden. Nachts liege ich im Bett und starre schlaflos an die Decke. Ich fühle mich wie gefangen in einem Albtraum, der kein Ende nehmen will.

Das Personal und das Kriseninterventionsteam sind rührend bemüht und umsorgen mich, als wäre ich eine nahe Verwandte, der sie über einen schmerzlichen Verlust hinweghelfen müssen. In den Bergen schneit es ununterbrochen. Die Chance, dass Daniel lebend geborgen wird, geht inzwischen gegen null. Die Bergwacht muss die Suche nach ihm immer wieder einstellen.

Am Morgen des sechsten Tages gebe ich auf. Wenn es so weiterschneit, sitze ich hier fest. Ich muss mich damit abfinden, dass Daniel tot ist. Der nette Mann von der Bergwacht hat bereits nach drei Tagen versucht, mir das so schonend wie möglich beizubringen. Aber ich war noch nicht so weit, es akzeptieren zu können. Es war noch zu früh.

Doch jetzt checke ich aus. Ich bedanke mich bei allen im Hotel für ihre Unterstützung und steige in meinen Wagen. Die lange Strecke nach Berlin fahre ich bis auf gelegentliche Pinkelpausen in einem durch. Ich habe nur ein Ziel, so schnell und so weit wie möglich weg von den Bergen zu kommen. Es ist das zweite Mal, dass sie mir den liebsten Menschen genommen haben.

6

ANNE

Zum x-ten Mal lese ich seine Worte, als könnten sie mich darüber hinwegtrösten, dass er sich danach nicht mehr bei mir gemeldet hat. Obwohl er es versprochen hatte. Die Nachricht kam, kurz bevor er mit seiner Frau zu der Wanderung in die Berge aufgebrochen ist.

> Mein Liebling, dieses Mal rede ich mit ihr. Ich verspreche es dir. Ganz großes Ehrenwort!!!! Du, ich muss jetzt los, melde mich heute Abend noch mal. Ich liebe dich und sende dir und unserer Nummer eins 1000 Küsse.

Unwillkürlich muss ich lächeln, was mir aber sofort wieder vergeht. Es will mir nicht in den Kopf, warum er den Urlaub mit ihr nicht einfach abgeblasen hat. Sein Argument von wegen schon lange gebucht und in der fremden Umgebung fällt es ihm leichter, seiner Frau die Wahrheit zu sagen, fand ich nicht sehr überzeugend. Plant er irgendetwas? In meinen schlimmsten Gedanken stelle ich die Vermutung an, dass er einen Unfall inszenieren will, bei dem seine Frau ums Leben kommt. Ich weiß selbst nicht, wie ich auf so eine abstruse Idee komme. Vielleicht, weil er mir seit Wochen verspricht, dass er ihr endlich reinen Wein einschenken und die Scheidung verlangen wird, das klärende Gespräch mit ihr aber immer wieder auf die lange Bank schiebt. Vielleicht aber auch, weil sie reich ist. Denn manchmal beschleicht mich der Verdacht, dass er sie nur ihres Geldes wegen geheiratet hat.

Du versprichst viel und hältst wenig, habe ich ihm neulich an den Kopf geworfen und bin mal wieder kurz davor gewesen, mich von ihm zu trennen. Doch dann lächelt er mich an, küsst mich, versichert mir, dass er nur mich liebt, und ich schmelze dahin. Ich bin wie Wachs in seinen Händen und ganz ehrlich, das macht mir schon Angst. Es ist, als wäre mein Verstand plötzlich komplett abgeschaltet, und das kann ja nicht gesund sein.

Unruhig tigere ich in meiner winzigen Wohnung hin und her, ziehe ständig mein Handy aus der Hosentasche und öffne WhatsApp. Dabei signalisiert das Gerät jede Nachricht, sobald sie eingeht. Aber ich kann es nicht lassen, es ist wie ein innerer Zwang. Auf die Nachrichten, die ich ihm geschickt habe, hat er nicht reagiert. Die erste hat er erhalten und gelesen, die anderen nicht mal mehr geöffnet.

Unvermittelt überfällt mich der Wunsch nach einer Zigarette. Aber ich habe sofort aufgehört zu rauchen, als ich wusste, dass ich schwanger bin. Meinem Baby zuliebe. Ich wische mit einer Hand über die beschlagene Fensterscheibe und starre hinaus in den grau verhangenen Tag. Ein zarter, kaum wahrnehmbarer Tritt gegen meine Bauchdecke reißt mich aus der traurigen Stimmung. Ich lege eine Hand auf die Körpermitte und streichele zärtlich über meinen Babybauch. In einem Monat ist es so weit. Daniel und ich wissen noch immer nicht, ob es ein Junge oder ein Mädchen wird. Es ist vielleicht kindisch, aber wir sind uns einig, dass wir uns überraschen lassen wollen.

Wenn ich an mein Baby denke, erfüllt mich jedes Mal ein unglaubliches Glücksgefühl. Ich empfinde jetzt schon so viel Zärtlichkeit für dieses kleine Wesen, das in mir wächst, dass ich manchmal das Gefühl habe, bersten zu müssen vor lauter Liebe. Solche tiefen Emotionen ruft nicht einmal Daniel in mir hervor. Sollte ich deswegen ein schlechtes Gewissen haben und an meinen Gefühlen für ihn zweifeln? Ich weiß es nicht.

Ich nehme auf dem zerschlissenen Sofa im Wohnzimmer Platz, greife nach meinem Handy und logge mich auf Facebook ein. Auch auf seiner Seite hat Daniel schon seit Tagen nichts mehr gepostet. Das letzte Foto, das er eingestellt hat, zeigt ihn in Wanderkleidung mit Schal und Mütze vor einer Berghütte. Dahinter glitzern die schneebedeckten Berggipfel in der Sonne. Seine Frau ist auf Facebook leider nicht vertreten. Neugierig, wie ich bin, habe ich natürlich versucht, etwas über sie in Erfahrung zu bringen, aber sie scheint die sozialen Medien zu meiden. Ein Foto von ihr habe ich dennoch im Netz entdeckt. Sie hat Ähnlichkeit mit der schönen Yvonne Catterfeld in blond, während ich mit meinem zu groß geratenen Mund und der spitzen Nase mehr so in Richtung Julia Roberts gehe. Ich befürchte aber, dass mir der Charme fehlt, den die Schauspielerin so mühelos versprüht.

Ich logge mich aus und stoße einen lauten Seufzer aus. Er müsste längst zurück sein. Er hat von einer Woche gesprochen. Mittlerweile sind zwei Wochen vergangen. Irgendetwas stimmt da nicht. Eine dunkle Ahnung legt sich wie ein schwerer Stein in meinen Magen. Nein, ich halte diese Ungewissheit nicht mehr länger aus. Mühsam erhebe ich mich vom Sofa. Wenn er nicht zu mir kommt, dann muss ich zu ihm fahren.

7

MARIE

Das Haus empfängt mich wie eine Fremde. Kalt und abweisend. Die Stille ist so tief, dass ich sie fast spüren kann. Die abgestandene Luft ist klamm und riecht muffig. Am liebsten würde ich kehrtmachen und von hier fliehen. Aber ich weiß nicht wohin. Ich habe niemanden, bei dem ich Zuflucht finden könnte.

Richtig wohl habe ich mich in dem Haus nie gefühlt. Es ist zu groß, zu protzig, zu ungemütlich. Ich habe die Villa Daniel zuliebe gekauft und auch ihm die Einrichtung überlassen. Ich steckte zu dem Zeitpunkt in einer depressiven Phase und war froh, wenn ich den Weg aus dem Bett heraus fand. Später habe ich es bedauert, dass ich kein Veto eingelegt habe.

Cremefarbene Fliesen auf allen Böden, Chrom, Metall und Leder beherrschen die Wohnräume. Er fand das modern und cool, ich kalt und ungemütlich. Ich werde das Haus verkaufen, beschließe ich, während ich mich ausziehe und unter die Bettdecke schlüpfe. Aber erst, wenn alles vorbei ist. Dann werde ich weit weg von hier ein neues Leben beginnen. Ohne Daniel. Der Gedanke schmerzt mich mehr, als ich gedacht hätte.

Ich bin erschöpft von der langen Fahrt und möchte nur noch eins: schlafen. Doch ich finde keine Ruhe. In meinem

Kopf schwirren die Gedanken herum wie ein aufgebrachter Wespenschwarm. Wie soll es weitergehen? Ich muss etwas unternehmen. Nur was? Ich weiß nur eins: Um nichts auf der Welt werde ich jetzt aufgeben. Daniel meinte, es sei kein Problem, er hätte alles im Griff. Aber er ist nicht mehr da, nun hängt alles von mir ab.

Ich wälze mich von der rechten Seite auf den Rücken, lege beide Handflächen mit den Fingerspitzen zueinander auf den Bauch und konzentriere mich auf meinen Atem. In den meisten Fällen hilft mir das beim Einschlafen.

Dass es auch dieses Mal funktioniert hat, merke ich erst, als mich am nächsten Morgen ein Sonnenstrahl wachkitzelt. Blinzelnd öffne ich die Augen. Offensichtlich habe ich gestern, müde, wie ich war, vergessen, den Rollladen im Schlafzimmer herunterzulassen. Ich gähne, recke mich und strecke alle Glieder von mir wie eine Katze. Draußen ist es taghell. Ein Blick auf die Uhr sagt mir, dass ich über zehn Stunden geschlafen habe. Es ist schon fast Mittag. Barfuß tappe ich zum Fenster und schaue hinaus auf den mit hohen Bäumen gesäumten Garten, der an einen See grenzt. Das Haus hat ein Vermögen gekostet, aber das war es mir wert.

Daniel und ich waren Einzelkinder und wir wünschten uns nichts sehnlicher als eine große Familie. Wir waren überglücklich, als ich kurz nach der Hochzeit feststellte, dass ich schwanger war. In den schönsten Farben haben wir uns ausgemalt, wie unsere Kinderschar, wir wollten mindestens fünf, lachend im Garten rumtoben und, wenn sie alt genug sind, im See mit ihren Freunden planschen. Natürlich würden wir jeden ihrer Geburtstage mit einer großen Party feiern.

Doch unser Glück währte nicht lange. Ich verlor das Kind im zweiten Monat. Unser zweites Baby war drei Monate und fünf Tage alt, als ich eine Fehlgeburt erlitt, unser drittes Kind verlor ich bereits nach sechs Wochen. Es dauerte lange Zeit, bis ich wieder bereit war, es noch mal, ein letztes Mal, wie ich mir insgeheim schwor, zu versuchen. Als ich feststellte, dass ich schwanger war, empfand ich keine Freude, nur schreckliche Angst. Ich würde es nicht verkraften, noch ein Kind zu verlieren. Erst nach dem dritten Schwangerschaftsmonat entspannte ich mich etwas und der Keim der Freude begann in mir zu wachsen. Ich fühlte mich wie neu geboren, war voller Glück und Vorfreude auf das neue Leben, das in mir heranwuchs. Daniel kümmerte sich rührend um mich. Er würde ein guter Vater für unser Kind werden, davon war ich überzeugt.

Kurz vor dem errechneten Geburtstermin geschah das Furchtbare. Ich wachte morgens mit starken Schmerzen auf und stellte entsetzt fest, dass ich Blutungen hatte. Daniel fuhr mich sofort ins Krankenhaus, wo ich umgehend in den Operationssaal geschoben wurde. Hinterher erfuhr ich, dass meine kleine Tochter Lily aufgrund eines Plazentarisses gestorben war.

Ich hielt sie in den Armen. Sie war perfekt: ihr Näschen, die kleinen Hände und die entzückenden Füßchen. Ihr kleiner Mund. Sie war so wunderschön. Ich konnte, ich wollte nicht glauben, dass meine wunderschöne Tochter tot war. Als sie mir mein Kind wegnahmen, habe ich geschrien. Ich konnte gar nicht mehr aufhören zu schreien. Ich bekam eine Beruhigungsspritze und verstummte. Den Schmerz, der mich innerlich zerriss, konnte sie nicht betäuben.

Ich fühle diesen Schmerz noch immer, als wäre es erst gestern geschehen, dabei ist es drei Jahre, zwei Monate und drei Tage her. Es ist Unsinn zu glauben, dass die Zeit jede noch so tiefe Wunde heilen kann. Das Gegenteil ist der Fall.

Die Erinnerung reißt sie jedes Mal von Neuem auf. Und der Schmerz wird mit jedem Mal unerträglicher. Er zerfetzt mich in einzelne Stücke. Der Tag wird kommen, an dem ich die Bruchstücke nicht mehr zu einem Ganzen zusammenfügen kann. Dann werde ich verloren sein.

Ich atme tief durch und gehe in das anliegende Badezimmer, um zu duschen. Danach koche ich mir eine Kanne grünen Tee und während er zieht, gehe ich nach oben in Daniels Arbeitszimmer. Es ist ganz anders eingerichtet als der Rest des Hauses, was mich jedes Mal in Erstaunen versetzt. Die rechte Wand nimmt ein massives Holzregal ein, das von oben bis unten mit Büchern vollgestopft ist. Die meisten davon sind historische Sachbücher und Klassiker wie *Die Buddenbrooks* und *Der Zauberberg* von Thomas Mann. Der Schriftsteller war das große Vorbild, dem Daniel nachgeeifert hat.

Wenn Daniel gearbeitet hat, durfte ich sein Zimmer nicht betreten. Er behauptete, jede Unterbrechung störe ihn empfindlich in seiner Konzentration, er würde dann für Stunden nicht mehr in den richtigen *Flow* kommen. Wahrscheinlich liegt es daran, dass mich nun beim Betreten des Zimmers sofort das Gefühl überfällt, eine Grenze zu überschreiten und vermintes Terrain zu betreten.

Es riecht muffig, nach alten Büchern und nach vergammeltem Müll. Der überquellende Papierkorb offenbart mir, woher der Geruch kommt: Von der Bananenschale und dem angebissenen Wurstbrötchen, die im Papierkorb vor sich hin schimmeln. Rasch öffne ich das Fenster und lasse die frische Luft hereinströmen, dann nehme ich die Mülltüte und verknote sie.

Der Schreibtisch ist übersät mit Papieren, dazwischen zwei Becher mit eingetrocknetem Kaffee, mehrere leere und halb ausgetrunkene Wasserflaschen und unzählige aufgerissene Schokoladenpackungen. Daniel war süchtig nach Schokolade. Was man ihm allerdings nicht ansah. Er joggte täglich um den See und besuchte zwei- bis dreimal in der Woche ein Fitnessstudio. Er hat sehr auf seinen Körper geachtet und ich habe ihn manchmal damit aufgezogen, dass er unglaublich eitel ist.

Ich habe gehofft, einen Ausdruck des Manuskripts zu finden, an dem er seit zwei Jahren arbeitete und von dem ich nie auch nur eine Zeile zu lesen bekam. Aber ich kann unter dem ganzen Unrat auf dem Schreibtisch nichts entdecken. Auch in den Schubladen, in denen, was auch sonst, ein wüstes Durcheinander herrscht, werde ich nicht fündig.

In der untersten entdecke ich ein Foto von ihr. Ich nehme es heraus und betrachte es. Sie ist wirklich hübsch, aber das wusste ich schon. Daniel ist immer auf den gleichen Frauentyp abgefahren. Hauptsache, sie waren jung und etwas naiv. Als Dozent an der Uni hatte er da reichlich Auswahl, die er nicht ungenutzt ließ. Ich lege das Foto zurück und schließe die Schublade.

Anschließend fahre ich den Computer hoch und werde gebeten, das Passwort einzugeben. Nach kurzem Zögern gebe ich Daniels Geburtsdatum ein. Fehlanzeige. Ich lehne mich auf dem Schreibtischstuhl zurück und lasse meinen Blick schweifen. Auf dem riesigen Pinnbrett, das hinter dem Schreibtisch die Wand ziert, entdecke ich zwischen den mit bunten Pinnnadeln angehefteten Zetteln das Konterfei von Thomas Mann. Darunter steht das Geburtsdatum des Schriftstellers: 6. Juni 1875. Ich tippe das Datum in das leere Feld ein. Bingo.

Als Erstes öffne ich den Ordner ROMAN. Eine einzige Datei mit dem Titel *Der ungestüme Lauf der Zeit* befindet sich darin. Sie besteht aus einer Seite, deren Überschrift Kapitel 1 lautet. Darunter steht ein einsamer Satz:

Um euch meine Geschichte zu erzählen, muss ich ein Jahrhundert in der Zeit zurückspringen.

Fassungslos starre ich auf die Seite. Ist das alles, was Daniel in den letzten zwei Jahren zu Papier gebracht hat? Hat er mir nicht erst letztens erzählt, dass ein Verlag, dem er die Rohfassung seines Romans geschickt hat, Interesse bekundet hat, ihn zu veröffentlichen? Hat er nicht sogar den Namen des Verlags genannt? Doch, fällt mir ein, Suhrkamp sagte er. Ich weiß noch, wie beeindruckt ich war. Ich öffne sein Mailprogramm und suche nach Suhrkamp. Kein Treffer, was mich nicht überrascht. Ich habe leider erst nach unserer überstürzten Hochzeit festgestellt, dass Daniel es mit der Wahrheit nicht so genau nimmt und dass er sich gerne seine Welt zurechtlügt. Und manchmal hat mich der Verdacht beschlichen, dass er mich vielleicht doch nur wegen meines Geldes geheiratet hat. Denn ich entsprach nicht so ganz seinem Beuteschema, aber das wurde mir erst viel später klar.

Doch in einer Sache bin ich mir immer sicher gewesen: Sein Wunsch nach einer Familie ist echt gewesen. Er hat sich das genauso sehr gewünscht wie ich. Es war unser gemeinsamer Traum. Und ich werde ihn weiterträumen, bis er Wirklichkeit geworden ist. Was er getan hat, für mich getan hat, darf nicht umsonst gewesen sein.

8

ANNE

Ich wusste zwar, dass Daniels Frau vermögend ist, aber als ich von der gegenüberliegenden Straßenseite einen Blick auf das Haus oder vielmehr die Villa erhasche, verschlägt es mir den Atem. Die Wohngegend atmet nicht nur Wohlhabenheit, sondern puren Reichtum aus. Jetzt verstehe ich, warum es Daniel so schwerfällt, sich von ihr zu trennen. Sie ermöglicht ihm, der aus eher ärmlichen Verhältnissen stammt, ein sorgenfreies Leben im Überfluss. Niemand kann das besser verstehen als ich. Auch meine Eltern mussten jeden Cent zweimal umdrehen, bevor sie es wagten, ihn auszugeben. Ich selbst komme mit BAföG und dem, was ich nebenher als Kellnerin verdient habe, gerade so über die Runden. Mein Chef hat mich rausgeschmissen, als ich meinen Babybauch nicht mehr unter weiten Klamotten verstecken konnte.

Wer will schon eine schwangere Frau in einer Bar sehen! Das törnt die Männer doch komplett ab.

Das Argument hat mich so unglaublich wütend gemacht, dass ich hochgegangen bin wie eine Rakete und ihm eine gescheuert habe. Dann bin ich mit hocherhobenem Kopf aus dem Lokal hinausgerauscht. Zu dem Zeitpunkt habe ich noch fest daran geglaubt, dass für mich bald ein neues Leben beginnt an der Seite des Mannes, den ich liebe, wie keinen Mann zuvor. Der Mann, der mir sicher tausendmal beteuert hat, dass er noch nie eine Frau so geliebt hat wie mich.

Aber wird Daniel das hier wirklich aufgeben? Für ein Leben mit dir und eurem Baby? Glaubst du das wirklich?

Das dicke Nein, das sich sofort in meinem Kopf formt, hinterlässt einen bitteren Nachgeschmack auf meiner Zunge. Er ist Dozent an der Uni gewesen, da haben wir uns auch kennengelernt. Vor einem halben Jahr hat er *den Job geschmissen,* wie er mir augenzwinkernd erzählt hat. Er wollte endlich seinen Roman zu Ende schreiben. Der renommierte Suhrkamp Verlag hätte Interesse bekundet.

Mach dir nichts vor. Er wird seine Frau nicht verlassen. Sonst hätte er sich doch längst bei dir gemeldet. Er kneift. Du wärst nicht die Erste und sicher auch nicht die Letzte, die auf vage Versprechungen eines verheirateten Mannes hereinfällt. Und ist Daniel an der Uni nicht schon ein gewisser Ruf vorausgeeilt?

Ich straffe die Schultern und atme tief durch. Nicht mit mir. Er soll es mir ins Gesicht sagen, dass er seine Frau nicht verlassen wird, dass er nur zu feige gewesen ist, mir die Wahrheit zu sagen. Aber ich werde darauf bestehen, dass er Verantwortung für unser Kind übernimmt, wenigstens in finanzieller Hinsicht. Das ist das Mindeste, was ich von ihm verlangen und auch erwarten kann. Entschlossen öffne ich das Gartentor und marschiere über den gekiesten Weg, der von Forsythien gesäumt ist, die bereits am Verblühen sind, auf das Haus zu.

Und was machst du, wenn du nicht Daniel, sondern seine Frau antriffst?

Trotz regt sich in mir. Dann wird sie von mir erfahren, dass ihr Mann der Vater meines Kindes ist.

Noch immer überzeugt davon, das Richtige zu tun, stapfe ich die Stufen zur Haustür hoch und hebe die Hand, um zu klingeln. Doch urplötzlich verlässt mich der Mut. Meine Hand zuckt vor dem Klingelknopf zurück, als stünde er unter Strom.

Was mache ich hier eigentlich? Was ist, wenn die Frau ausrastet? Auf mich losgeht? In meinen Zustand bin ich nicht schnell genug, um davonzurennen. Vielleicht bricht sie ja auch weinend vor meinen Augen zusammen. Es ist eine total schwachsinnige Idee gewesen, hierherzukommen. Zudem ich wirklich kein Recht habe, etwas zu fordern. Ich drehe mich auf dem Absatz um und haste die Stufen hinunter. Das Geräusch einer sich öffnenden Tür lässt mich innehalten.

»Wollten Sie zu mir?«

Die Stimme hinter meinem Rücken ist eindeutig weiblich. Das kann nur sie sein. Mir ist nach Flucht zumute. Und doch bleibe ich wie eingefroren stehen. Hitze schießt mir in einer heißen Welle ins Gesicht. Am liebsten würde ich mich in Luft auflösen. Warum denke ich nie nach, bevor ich etwas in die Tat umsetze? Ich atme tief durch und wende mich um.

Daniels Frau mustert mich mit unbewegter Miene. Ihr Blick gleitet über meinen Körper und verweilt einige Sekunden zu lang auf dem Bauch, der sich mittlerweile deutlich unter dem zu engen Mantel abzeichnet. Sie weiß, wer ich bin, durchfährt es mich siedend heiß.

»Ich wollte … Ich habe mich …«, stammele ich und komme mir unsagbar blöd vor.

»Wollen Sie nicht reinkommen?« Sie zieht fröstelnd die Schultern hoch. »Wir können uns drinnen bei einer Tasse Kaffee oder Tee unterhalten.«

Ich nehme all meinen Mut zusammen. »Sie wissen, wer ich bin?«, frage ich.

»Ja. Das weiß ich.«

Ich kann in ihren Augen keine Feindseligkeit erkennen. Sie blickt mich ruhig und freundlich an.

»Okay«, stimme ich nach einem kurzen Zögern zu.

»Das freut mich«, sagt sie und bittet mich mit einer einladenden Geste ins Haus.

Sie macht einen Schritt zur Seite und schließt hinter mir die Tür. Staunend schaue ich mich um. Der Eingangsbereich ist fast so groß wie meine Zwei-Zimmer-Wohnung in Kreuzberg.

»Darf ich Ihnen den Mantel abnehmen?«, fragt sie und tritt hinter mich.

Ihre formvollendete Höflichkeit macht mich mit einem Mal misstrauisch. Was hat sie im Sinn? Ist das eine Falle? Wo ist eigentlich Daniel? Wer weiß, wozu eine betrogene Ehefrau fähig ist. Ich verkrampfe mich. Die Aufregung schlägt mir auf den Magen und mir wird ganz schwummerig zumute.

Sie hängt meinen Mantel an einen Garderobenhaken und bedeutet mir, ihr zu folgen. Wir durchqueren das größte Wohnzimmer, das ich je zu Gesicht bekommen habe. Überall weiße Metallregale, Chrom und schwarzes Leder. Nicht so ganz mein Geschmack. Ich liebe es eher plüschig, ich mag Kissen, bunte Teppiche und Möbel aus Holz.

»Für die Einrichtung ist Daniel verantwortlich. Mir persönlich ist sie etwas zu kühl«, sagt sie im Plauderton, als hätte sie meine Gedanken gelesen.

Umso erstaunlicher finde ich es, dass Daniel sich in meiner Wohnung wohlgefühlt haben soll. Das hat er auf jeden Fall behauptet. Allerdings haben wir die meiste Zeit in meinem Bett verbracht.

Sie führt mich in eine Küche, die so neu aussieht und so blitzblank ist, dass ich mir nicht vorstellen kann, dass hier Mahlzeiten zubereitet werden.

»Kaffee oder Tee?«, fragt sie und bittet mich, an dem großen Tisch am Fenster Platz zu nehmen.

»Tee«, sage ich. »Wenn Sie haben Kamillentee.«

»Kein Problem«, antwortet sie.

Während sie den Tee zubereitet, schaue ich aus dem Fenster auf den Garten. Der Rasen ist auf beiden Seiten von hohen Bäumen umgeben, deren Blattkronen sich jetzt Anfang Mai in ein zartes Grün gekleidet haben. Ganz am Ende des Grundstücks schimmert das Wasser eines Sees. Traumhaft. In mir keimt ein wenig Neid auf.

Die große Kinderschaukel auf dem Rasen und den abgedeckten Sandkasten daneben entdecke ich erst jetzt. Mich durchfährt ein heißer Schreck. Erwartet sie etwa auch ein Kind? Das würde Daniels Zögern erklären, sich von ihr zu trennen.

9

MARIE

Ich sehe ihr an, dass sie die Kinderschaukel entdeckt hat und rätselt, was das zu bedeuten hat. Ich stelle den Becher mit dem dampfenden Kamillentee vor ihr ab und setze mich meiner Besucherin gegenüber.

»Daniel und ich haben uns immer Kinder gewünscht. Es hat leider nicht geklappt.«

Scheinbar verlegen senkt sie den Blick und umfasst den Henkel des Bechers. »Das tut mir leid«, murmelt sie und pustet in die heiße Flüssigkeit.

Vermutlich bereut sie es mittlerweile, meiner Einladung gefolgt zu sein. Die Situation hat ja auch was Surreales. Fast tut sie mir leid. Sie ist so jung. Sie hat vermutlich noch keine Ahnung davon, wie verlogen und falsch Menschen sein können. Und welch tiefe Wunden es hinterlässt, wenn du feststellen musst, dass jemand, dem du bedingungslos vertraut hast, dich hintergangen hat.

»Daniel hat mir viel von Ihnen erzählt«, sage ich.

Sie zuckt zusammen und verschluckt sich an dem Tee. Hustend stellt sie den Becher auf den Tisch zurück. »Daniel hat … Er hat mit Ihnen über mich gesprochen?« Sie verhaspelt sich, bringt die Worte kaum heraus.

»Ja. Wir haben über jede seiner Affären gesprochen. Wir«, ich zögere, »haben eine offene Ehe geführt.« Ihrem Gesicht ist die Verwirrung über mein Bekenntnis anzusehen. Dass ich in der Vergangenheit von unserer Ehe gesprochen habe, scheint ihr entgangen zu sein.

»Ah, ja«, murmelt sie ganz offensichtlich geschockt. »Verstehe.«

»Aber Sie, Anne, mochte er ganz besonders«, fahre ich fort.

Eine leichte Röte steigt in ihre Wangen. Sie wagt es nicht mehr, mich anzusehen. Sie muss mich hassen. Ich zerstöre gerade mit wenigen Worten ihre Hoffnung auf ein Leben mit ihrem Geliebten.

»Wir hatten sogar überlegt, ob wir das Kind adoptieren. Aber jetzt, wo Daniel …« Ich lasse den Satz unbeendet.

Alarmiert sucht sie jetzt doch Blickkontakt. »Was ist mit Daniel?«

»Oh, Gott«, sage ich erschrocken. »Sie wissen es noch nicht?«

»Was weiß ich noch nicht?«, fragt sie nach und schaut mich aus großen Augen an.

»Ich fürchte«, ich schlucke, zwinkere nicht vorhandene Tränen weg, »Daniel ist tot.«

Aus ihrem Gesicht weicht jegliche Farbe. Ihre Hände zittern. »Was soll das heißen: Sie fürchten es?«

Ich atme tief durch, bevor ich antworte. »Wir sind in den Bergen in einen Schneesturm geraten. Er ist vor meinen Augen abgestürzt.« Das stimmt zwar nicht ganz, ich konnte ja nichts sehen, dazu war der Schnee zu dicht, aber das macht die Sache nicht nur dramatischer, sondern auch endgültiger.

»Oh, nein!« Sie schlägt beide Hände auf den Mund, ihrer Kehle entweicht ein Schluchzer.

»Die Bergrettung hat tagelang nach ihm gesucht. Aber seine Leiche konnte wegen der heftigen Schneefälle nicht geborgen werden.«

»Dann besteht Hoffnung, dass er noch lebt?« Das Flehen in ihrer Stimme rührt mich. Sie scheint ihn wirklich sehr geliebt zu haben. »Ich meine, wenn sie die Leiche noch nicht gefunden haben.«

»Die Chancen sind minimal«, antworte ich. »Wenn man den Männern der Bergrettung Glauben schenkt, gehen sie gegen null.«

Sie nickt stumm, allem Anschein nach zu geschockt, um Tränen zu vergießen.

»Wenn ich etwas für Sie tun kann ...«, sage ich und lege so viel Mitgefühl in meine Stimme, wie mir möglich ist.

»Danke«, sagt sie mit erstickter Stimme. »Wo ist die Toilette? Mir wird grad schlecht.« Abrupt steht sie auf.

Ich erkläre ihr rasch den Weg und sie verschwindet mit schnellen Schritten. War ich zu forsch? Vermutlich. Ich hätte es ihr schonender beibringen müssen, gehe ich mit mir selbst ins Gericht. Ich habe ihre Zukunft mit wenigen Worten komplett zerstört. Ich war noch nie gut im feinfühligen Umgang mit anderen Menschen. Das hat selbst Daniel mir manchmal vorgeworfen.

Als ich schon kurz davor bin, nach ihr zu sehen, erscheint sie wieder in der Küche. Ich sehe, dass sie geweint hat, doch sie wirkt erstaunlich gefasst. Statt sich wieder zu mir an den Tisch zu setzen, bleibt sie auf der Türschwelle stehen.

»Ich gehe dann mal wieder«, sagt sie und fügt hinzu: »Mein Beileid für Ihren Verlust.«

»Bitte gehen Sie noch nicht.« Ich erhebe mich und gehe auf sie zu.

»Warum? Es ist alles gesagt.«

»Ich möchte Ihnen einen Vorschlag machen.«

»Einen Vorschlag«, wiederholt sie gedehnt.

»Ja«, sage ich. »Ich fühle mich in Ihrer Schuld. Immerhin

ist mein Mann der Vater Ihres Kindes.« Ich hebe in einer hilflosen Geste die Hände. »Ich fühle mich Ihnen verpflichtet.«

»Das müssen Sie nicht«, erwidert sie.

Jetzt klingt sie trotzig wie ein Kind. Ich mag sie. Sie erinnert mich daran, wie ich einmal gewesen bin.

»Sie studieren, sind alleinstehend, Ihre Mutter ist tot, Ihr Vater verschollen. Sie haben Ihren Job verloren und wissen nicht, wie Sie Ihre Miete bezahlen sollen.«

Ihre Augen werden immer größer. »Woher wissen Sie das alles?«

»Von Daniel. Wir hatten keine Geheimnisse voreinander.«

Sie schluckt. Es fällt ihr schwer, meine Worte zu verdauen. Sie fühlt sich verraten und hintergangen von dem Menschen, dem sie ihr Leben und das ihres gemeinsamen Babys anvertrauen wollte. Ich kann sie so gut verstehen.

»Wie wollen Sie das als alleinerziehende Mutter schaffen?« Ich erhebe mich und trete an sie heran. »Ich weiß, dass Daniel Sie großzügig unterstützt hätte. Vielleicht hätte er mich sogar verlassen, um bei Ihnen und dem Kind zu sein. Er hat sich genau so sehr ein Kind gewünscht wie ich und sich aufrichtig auf das Baby gefreut.«

»Vorhin haben Sie von Adoption gesprochen. Das klang nicht danach, als hätte Daniel vorgehabt, sich für mich und unser Kind zu entscheiden.«

Jetzt ist es an mir, ihrem Blick beschämt auszuweichen. »Das war nicht Daniels Idee, sondern meine«, gebe ich zu.

»Wissen Sie, was ich nicht verstehe?«

»Nein.«

»Daniel hat bis zum Schluss behauptet, Sie wüssten nichts von uns. Warum hat er gelogen?«

»Die Frage kann ich Ihnen leider nicht beantworten«, sage ich.

Sie nickt, zieht die Unterlippe zwischen die Zähne und sieht so unglücklich aus, dass ich versucht bin, sie in die Arme zu nehmen. Doch das traue ich mich nicht. Ich will ihr nicht zu nahe treten.

»Was ist das für ein Vorschlag, von dem Sie eben sprachen?«, fragt sie.

»Lassen Sie mich Ihnen helfen.«

10

ANNE

Wie betäubt mache ich mich auf den Rückweg. *Daniel ist tot.* Nur dieser eine Satz hat Platz in meinem Kopf. Ich hatte mir alles Mögliche ausgemalt, aber auf den Gedanken, dass er tot sein könnte, bin ich nicht gekommen. Wie denn auch? Wer rechnet denn damit, dass so was passiert? Aus heiterem Himmel. Auch wenn der Verstand natürlich weiß, dass das Leben jederzeit auf einen Schlag vorbei sein kann, man denkt doch nie, dass einem das selbst passiert. Solche unerwarteten Schicksalsschläge treffen doch immer nur die anderen. Bis man die Erfahrung machen muss, dass dem leider nicht so ist und das Schicksal in seiner Grausamkeit vor niemandem Halt macht.

Um ein Haar verpasse ich es, am Bahnhof Warschauer Straße auszusteigen. Ich stehe komplett neben mir. Erst in meiner Wohnung komme ich wieder halbwegs zu mir. Der Vorschlag von Daniels Frau drängt sich in den Vordergrund meiner Gedanken.

Mein vehementes »Nein, auf gar keinen Fall« hat sie erstaunlich gelassen hingenommen.

»Denken Sie in Ruhe darüber nach«, lautete ihre Antwort. »Es sind keinerlei Bedingungen an mein Angebot geknüpft.«

Dann hat sie mich zur Tür gebracht und mich mit den

Worten verabschiedet: »Egal, wie Sie sich entscheiden, ich werde es akzeptieren.«

Ich schmiere mir zwei Scheiben Brot, nehme den Teller und ein Glas Wasser mit ins Wohnzimmer. Umständlich lasse ich mich auf dem Sofa nieder, der Babybauch ist mir mittlerweile überall im Weg, greife automatisch nach der Fernbedienung und schalte den Fernseher an. Lustlos beiße ich in die mit Butter geschmierte Brotscheibe. Ich habe den ganzen Tag nichts gegessen, aber ich habe trotzdem keinen Hunger. Mein Magen ist wie zugeschnürt.

Noch immer ist die grausame Wahrheit nicht so ganz bei mir angekommen. Es will mir einfach nicht in den Kopf, dass Daniel tot sein soll. Wenn ich die Augen schließe, spüre ich noch seine Anwesenheit in der Wohnung, fühle die Wärme seiner Umarmung, kann seinen Geruch einatmen. Anderthalb Jahre war er der Mittelpunkt meines Lebens, alles, wirklich alles hat sich um ihn gedreht. Und nun, wo ich unser gemeinsames Leben in greifbarer Nähe wähnte, ist er plötzlich nicht mehr da. Mit einem Mal erscheint mir alles so sinnlos. Ich würde gerne weinen, meiner Trauer freien Lauf lassen, ihr ein Ventil geben, doch ich fühle mich wie versteinert. Und verraten.

Daniels Frau wusste die ganze Zeit Bescheid über uns. Sie wusste sogar von dem Baby. Er scheint alles brühwarm an sie weitergetragen zu haben, was ich über mich und meine Familie erzählt habe. Was für ein Spiel hat er mit mir gespielt? In meine Trauer mischt sich Wut. Er hat mich belogen und hintergangen. Und ich naives Schaf habe seinen Liebesbeteuerungen geglaubt und bin in seinen Armen dahingeschmolzen. Ich habe noch seine Worte im Ohr, die er mir kurz vor dem Trip in die Berge zugeflüstert hat: »Ich freue mich so auf unser Baby, meine Schöne. Bald, schon bald, werden wir eine richtige Familie sein.« Das war keine Lüge. Das kann keine Lüge gewesen sein. Ich kann mich nicht so in ihm getäuscht haben.

Nun kommen mir doch die Tränen. Wie konnte ich so blind sein? Ich wusste, was für einen Ruf er an der Uni hatte. Aber natürlich war ich felsenfest davon überzeugt, dass ich die einzig wahre Liebe von Daniel Rothenberg bin.

Aber vielleicht hat seine Frau mir Lügen aufgetischt. Nur woher sollte sie von mir und dem Baby gewusst haben, wenn nicht von ihm? Vielleicht hat sie ihm hinterherspioniert, einen Detektiv auf ihn angesetzt. Was weiß ich. Ich will einfach nicht glauben, dass Daniel mir die ganze Zeit etwas vorgemacht hat.

Doch Daniel ist tot. Und ich muss zusehen, dass ich ohne ihn über die Runden komme. Das Baby in mir regt sich sanft, als wolle es mir zustimmen. Ich lege eine Hand auf meinen Bauch und streichele sanft darüber.

»Was meinst du zu dem Vorschlag von Daniels Frau?«, frage ich flüsternd.

Ein schmerzhafter Tritt gegen die Bauchdecke ist die Antwort. Ich stöhne. Die Tritte werden in letzter Zeit immer heftiger. Vermutlich wächst ein kleiner Fußballer in mir heran. Soll ich die Reaktion als ein Ja oder ein Nein interpretieren?

Verlockend ist der Vorschlag schon. Ich wäre auf einen Schlag all meine finanziellen Sorgen los, mein Kind könnte seine ersten Lebensjahre in einer schönen ruhigen Umgebung verbringen und ich könnte mich unbesorgt meinem Studium widmen. Das Haus ist so groß, dass man sich bequem aus dem Weg gehen kann. Je mehr ich darüber nachdenke, desto mehr erwärme ich mich für die Vorstellung, mit meinem Kind in die Villa in Grunewald einzuziehen.

Daniels Frau scheint keine Probleme damit zu haben, dass ihr Mann und ich ein Paar waren. Ihr scheint allerdings auch sein Tod nicht allzu nahe zu gehen. Aber vielleicht täusche ich mich da auch. Nicht jeder Mensch offenbart das, was er tief in seinem Inneren empfindet seinen Mitmenschen wie ein offenes Buch. Schon gar nicht Fremden. Und genau das bin ich für sie: eine Fremde. Auch wenn sie einiges über mich weiß, macht uns das nicht gleich zu Freundinnen. Mein Verstand rät mir, zuzugreifen. Das ist eine einmalige Chance. Mein Bauchgefühl sagt etwas anderes. Es mahnt mich, vorsichtig zu sein. Die Sache hat einen Haken, auch wenn Daniels Frau etwas anderes behauptet.

Ich werde drüber schlafen.

In der Nacht werde ich von Albträumen gequält. Ich stehe an der Abbruchkante einer Schlucht, umgeben von einem rabenschwarzen Gebirge, und spähe mit vorgerecktem Hals in einen Abgrund. Ganz tief unten auf dem steinernen Geröll entdecke ich die zerschmetterte Leiche von Daniel. Und überall ist Blut. So viel Blut.

»Spring«, fordert mich eine flüsternde Stimme auf. »Dann seid ihr, du und dein Lover mit eurem Bastard für immer vereint.«

Ich schrecke zurück, wirbele herum. Vor mir steht Daniels Frau, ihr langes Haar weht im Wind. Sie streckt die Hände nach mir aus, als sei sie gerade im Begriff gewesen, mich hinunterzustoßen. Ihre Augen glühen rot, als brenne dahinter das Feuer zur Hölle.

Mit einem lauten Schrei auf den Lippen fahre ich hoch. Das Schlafshirt klebt schweißnass an meinem Körper. Mein Atem geht stoßweise. Als das Handy auf dem Nachttisch klingelt, erschrecke ich so, dass ich einen zweiten Schrei ausstoße. Ich bringe es nicht über mich, danach zu greifen und zu schauen, wer anruft. Ich zittere so sehr, dass sich meine Unruhe auf das Baby überträgt. Automatisch streichele ich meinen schwangeren Bauch.

Erst als ich mich von dem Schrecken erholt habe, nehme ich das Telefon zur Hand und checke, wer angerufen hat. Natürlich. Wer sonst würde es wagen, mich zu so früher Stunde, es ist gerade mal sechs, aus dem Bett zu klingeln. Wie ich ihn kenne, wird er nicht aufgeben, bis ich das Gespräch annehme. Ich habe den Gedanken kaum zu Ende gedacht, da meldet das Handy erneut einen Anruf. Ich nehme ihn an und lasse mich in das Kissen zurücksinken.

»Guten Morgen, Hendrik«, knurre ich in den Hörer.

»Oh, ich habe dich doch nicht etwa geweckt?«, fragt mein Bruder hörbar zerknirscht nach. Er hätte Schauspieler werden sollen bei seinem Talent, anderen etwas vorzuspielen.

»Was willst du?«, antworte ich mit einer Gegenfrage. Wie ich Hendrik kenne, braucht er wieder mal Geld für eine seiner tollen Geschäftsideen, die bislang jedes Mal gefloppt sind. Er weiß, dass bei mir nichts zu holen ist, versucht es jedoch immer wieder.

»Du kannst mir nicht zufällig ein bisschen was leihen?«

Wusste ich es doch. Ich schnaube in den Hörer.

»Ich dachte, du könntest vielleicht deinen Liebhaber fragen, ob …«

Ich hatte ihm gegenüber mit keinem Wort erwähnt, dass Daniel mit einer vermögenden Frau verheiratet ist. Ich habe nicht mal erwähnt, dass er verheiratet ist. Er kennt nur seinen Namen. Er hat auch keine Ahnung davon, dass ich schwanger von ihm bin. Das wollte ich ihm erst sagen, wenn Daniel sich von seiner Frau getrennt hat. Hendrik wohnt nicht in Berlin, sondern in Saarbrücken, und wir haben uns seit fast zwei Jahren nicht mehr gesehen. Ich liebe meinen kleinen Bruder, sehr sogar, aber ich traue ihm nicht für fünf Cent über den Weg. Er ist das, was man früher einen halbseidenen Luftikus genannt hätte. Seinem jungenhaften Charme kann sich kaum jemand entziehen.

»Ich meine, der Typ scheint ja im Geld zu schwimmen. Ich habe ein bisschen recherchiert«, fügt er hinzu.

»Fick dich«, sage ich und lege auf.

Ich finde es immer wieder erstaunlich, wie unterschiedlich wir beide ticken, obwohl wir Geschwister sind. Ich hätte mir eher die Zunge abgebissen, als Daniel um Geld zu bitten.

Mein Handy klingelt den ganzen Vormittag immer wieder, aber ich gehe nicht mehr ran. Irgendwann wird Hendrik aufgeben und sich ein anderes Opfer suchen.

Mir geistert nach wie vor der Vorschlag von Daniels Frau im Kopf herum. Mein erster Impuls heute Morgen nach dem schrecklichen Albtraum war, das Angebot auszuschlagen. Es kommt mir falsch vor, mit der Ehefrau des Mannes zusammenzuleben, mit dem ich eine Affäre hatte und dessen Kind ich erwarte. Obwohl es für mich immer mehr gewesen ist als nur eine Affäre. Wer weiß, was sie im Schilde führt. Vielleicht hat sie mir etwas vorgemacht und sie ist zerfressen von Eifersucht auf mich.

Würde sie dir dann anbieten, in ihr Haus zu ziehen und dich zu unterstützen?

Ich seufze. Sie hat gesagt, sie fühlt sich verpflichtet, mir zu helfen, und sie hat behauptet, es wären keine Bedingungen daran geknüpft. Auf einen Schlag wären meine finanziellen Probleme gelöst.

Ich drehe mich im Kreis, bete mir immer wieder das Gleiche vor und komme zu keinem Ergebnis. Ich fürchte, mich in eine Abhängigkeit zu begeben, aus der ich so schnell nicht wieder herauskomme.

Das Einschreiben, das mir am nächsten Tag vom Postboten in die Hand gedrückt wird, nimmt mir die Entscheidung ab. Die Hausverwaltung droht nach erfolgloser Abmahnung der ausstehenden Mietzahlungen mit fristloser Kündigung. Ich lasse das Schreiben vor mir auf dem Küchentisch liegen und greife nach meinem Handy.

11

MARIE

Ich löse meine verkrampften Finger von dem Handy und lege es auf dem Couchtisch ab. So vorsichtig, als hätte ich Angst, es könnte dabei zerbrechen. Ein Gefühl ungeheurer Erleichterung durchflutet mich. Ich weiß nicht, was ich getan hätte, wenn sie nicht auf meinen Vorschlag eingegangen wäre. Aber darüber muss ich ja zum Glück nicht länger nachdenken. Dieses Mal wird alles gut gehen.

In meine Freude mischt sich allmählich Aufregung. Schon bald wird dieses Haus mit Babygeschrei und Leben erfüllt sein. Gott, wie ich mich darauf freue. Ich muss Vorbereitungen treffen, Dinge einkaufen, und, und, und ... Ich springe hoch, drehe mich um die eigene Achse und weiß für einen Moment nicht, wo ich anfangen soll. Als Erstes werde ich Olga anrufen und sie bitten, die eingestaubte Einliegerwohnung im Seitenflügel auf Vordermann zu bringen. Die Gute verspricht, gleich morgen in aller Frühe vorbeizukommen.

Nach dem Anruf legt sich meine fiebrige Aufregung zum Glück etwas und mein Verstand gewinnt die Oberhand. Ich darf Anne nicht überrennen. Ich darf ihr nicht das Gefühl geben, dass ich ihr meine Vorstellungen aufzwänge. Sie muss immer glauben, dass sie entscheidet.

Halte dich zurück und lass den Dingen ihren Lauf! Du kannst nichts erzwingen. Mach nicht wieder die gleichen Fehler.

Um mich abzulenken, begebe ich mich nach unten in mein Atelier. Kunst zu studieren, ist immer mein großer Traum gewesen. Ich habe mich in Berlin, Dresden und Düsseldorf beworben. Doch keine der Hochschulen hat mich genommen. Einen vierten Versuch habe ich nicht mehr gewagt und meine Bewerbungsmappe in einem Anfall von geistiger Umnachtung verbrannt. Bereits am nächsten Tag habe ich es zutiefst bedauert. Es gibt noch andere Hochschulen, an denen ich mich hätte bewerben können. Ich unternahm einen halbherzigen Versuch, eine neue Bewerbungsmappe zu erstellen, aber mir fehlte der Antrieb. Die Absagen hatten mich derart verunsichert, dass ich alles schlecht fand, was ich auf die Leinwand brachte. Es hat Jahre gedauert, bis ich wieder angefangen habe zu malen.

Wenn ich male, vergesse ich alles andere. Es erfüllt mich mit einer tiefen Zufriedenheit und gibt mir die Ruhe und Ausgeglichenheit, nach der ich sonst so oft vergeblich suche. Nicht mal Bücher oder Filme schaffen das. Ich male nur für mich und strebe nicht mehr danach, meine Werke in einer Galerie auszustellen. Auch weil ich glaube, dass andere sie im Gegensatz zu mir sehr verstörend finden könnten. Ich versuche, den Tod in all seinen Facetten auf die Leinwand zu bringen. Mich hat das Thema Tod und Vergänglichkeit schon immer fasziniert. Ein toter Vogel im Gras, scheinbar unverletzt mit gebrochenen Augen, ein aufgeschnittener, ausgenommener Fisch, dessen Augen noch so lebendig wirken, der von einem Autorreifen zerquetschte Körper eines Fuchses, nur um ein paar Beispiele zu nennen.

Mein Vater war der erste Tote, den ich auf die Leinwand gebannt habe. Ich habe ihn aus dem Gedächtnis gemalt nach dem Bild, das sich unauslöschlich in meine Netzhaut eingebrannt hat. Sein Körper zerschmettert in einer Blutlache auf dem Felsvorsprung ein paar Meter unter mir. Es hat mich nicht von meiner Schuld befreien können, aber es hat mir das Abschiednehmen erleichtert.

Niemand hat Zutritt zu meinem Atelier. Auch Daniel nicht. Er hat es akzeptiert, so wie ich sein Verbot respektiert habe, sein Arbeitszimmer zu betreten. Im Grunde waren wir das perfekte Paar. Ich gönne mir einen Moment des tiefen Bedauerns über seinen Tod. Wir waren glücklich miteinander, weil wir uns den Freiraum ließen, den jeder von uns brauchte. Es gab keine Tabus. Wir waren uns und unserer Zuneigung immer sicher. Wir lebten in unserem Universum, zu dem wir niemandem Zutritt gewährten. Daran habe ich mich bis zum Schluss geklammert. Sogar dann noch, als die Ahnung, dass es ein *Uns* nicht mehr gibt, in bittere Gewissheit umgeschlagen ist.

Ich verbanne jeden Gedanken an Daniel aus meinem Kopf und betrete mein Atelier: ein großer Raum mit Wänden aus grauem Beton und zwei schmalen rechteckigen Fenstern, durch die Tageslicht fällt. Ich betätige den Lichtschalter und grelles Neonlicht blendet mich für einige Sekunden. An der Wand gegenüber der Tür lehnen mehrere Stapel meiner Gemälde.

An der Wand links daneben hängen die Porträts meiner toten Kinder. Luca, Rena, Greta und Lily. Ich habe allen Namen gegeben und ich habe sie so gemalt, wie ich sie mir vorgestellt habe. Lebend. Lily ist die Einzige, die ich nach einem Foto abbilden konnte, das Daniel von ihr gemacht hat. Ich habe es nicht geschafft, ihr Leben einzuhauchen. Ich konnte mich einfach nicht von dem Foto lösen, das meine kleine süße Tochter mit wächserner Blässe zeigt. Ihre Geschwister dagegen wirken lebendig, als hätten sie wirklich gelebt.

Auf der Staffelei, die mitten im Raum steht, befindet sich eine noch jungfräuliche Leinwand. Ich greife nach dem mit Farbklecksen übersäten Overall, der über dem Stuhl hängt, und ziehe ihn an. Ich werde Daniel malen. Seinen zerschmetterten Körper auf dem Geröll in den Bergen. Ich habe ihn zwar nicht gesehen, aber ich kann es mir vorstellen. Es ist meine Art, Abschied von ihm zu nehmen, wie von allen Menschen, die ich geliebt habe.

Ich arbeite mit höchster Konzentration, bis meine Augen brennen und ich vor Erschöpfung kaum noch stehen kann. Mit dem Pinsel in der Hand trete ich zwei Schritte zurück und begutachte mein Werk. Es gefällt mir nicht. Es ist nicht lebensecht. Das kann ich besser. Enttäuscht und unzufrieden mit mir schäle ich mich aus dem Overall, lösche das Licht und gehe nach oben.

In dieser Nacht schlafe ich tief und traumlos und erwache am Morgen erfrischt und voller Tatendrang. Olga kommt pünktlich um acht und macht sich gleich an die Arbeit, ohne Fragen zu stellen. Das schätze ich sehr an ihr, dafür bezahle ich sie auch fürstlich. Ebenso wie den älteren Mann, der sich um den Garten kümmert und ihn jedes Jahr von Neuem in ein blühendes Blumenmeer verwandelt.

Die nächsten Tage ziehen sich. Ich kann mich nicht aufs Malen konzentrieren und beim Lesen schweifen meine Gedanken ständig ab. Ich kann es kaum erwarten, Anne hier zu haben. Zwischendurch überfällt mich immer wieder die Angst, sie könnte es sich anders überlegen. Bei jedem Klingeln des Telefons zucke ich zusammen und mein Herz beginnt zu rasen. Als sie sich tatsächlich bei mir meldet, rechne ich mit dem Schlimmsten. Aber sie fragt nur, ob es mir recht sei, dass sie morgen schon einzieht.

Und ob es mir recht ist.

Ich lege auf und vollführe ganz entgegen meiner Art einen kleinen Freudentanz quer durch das Wohnzimmer und jubele dabei aus voller Kehle. Ich glaube, ich war noch nie in meinem Leben so glücklich. Dieses Mal wird alles gut gehen. Dieses Mal werde ich mich nicht von meinen Gefühlen überrollen lassen und keine Fehler machen.

12

ANNE

Marie begrüßt mich so freudig, als hätte sie meinem Einzug entgegengefiebert. Es irritiert mich etwas, da sie mir bei unserer ersten Begegnung eher zurückhaltend vorkam, aber dann finde ich ihre Freude ansteckend. Wie selbstverständlich hilft sie mir, die wenigen Kartons mit meinen Habseligkeiten in den Seitenflügel zu schleppen. Es gibt rechts neben dem Haus einen separaten Eingang zu der Wohnung, sodass ich kommen und gehen kann, ohne Marie zu stören.

Die Einliegerwohnung ist der Hammer. Es gibt eine kleine Küche mit einer Spülmaschine, das Badezimmer hat eine Regendusche, und allein das Wohnzimmer ist so groß wie meine ehemalige Wohnung. Das mit einem haferfarbenen Stoff bezogene Ecksofa lädt dazu ein, darauf herumzulümmeln, und der Fernseher ist mindestens fünfmal so groß wie mein altes Gerät, das ich günstig in einem Secondhandladen erstanden habe und das pünktlich zum Umzug den Geist aufgegeben hat. Im Schlafzimmer stehen ein Doppelbett und ein zweitüriger Spiegelschrank, den ich sofort Ikea zuordnen kann.

»Sie müssen außer Ihren persönlichen Sachen nichts mitbringen. Die Wohnung ist komplett möbliert. Auch Töpfe und Küchenutensilien sind vorhanden«, hat sie am Telefon gesagt. »Es sei denn natürlich, es gibt Stücke, an denen Ihr Herz hängt.«

Ich habe versichert, dass das nicht der Fall sei. Meine Möbel sind alle vom Sperrmüll oder Billigteile aus dem Discounter. Nur ein Perserteppich in unterschiedlichen Rottönen, ein Erbstück von meiner Mutter, musste mit in meine neue Behausung.

»Gefällt es dir?«, fragt sie. Ein unsicherer Ton schwingt in ihrer Stimme mit.

Sie ist ins Du verfallen, seit ich hier angekommen bin. Ich habe es kommentarlos hingenommen, auch wenn es mir nicht ganz so recht ist.

»Es ist perfekt«, versichere ich und ehe ich mich versehe, bin ich ihr um den Hals gefallen. »Danke«, wispere ich den Tränen nahe.

»Nicht doch«, wehrt sie verlegen ab.

Rasch löse ich mich von ihr. Sie lächelt mich so nett an, dass mir mein Gefühlsausbruch nicht mehr ganz so peinlich ist.

»Richte dich erst mal in aller Ruhe ein, ja? Wenn du etwas brauchst oder Fragen hast, du findest mich drüben. Durch die Verbindungstür kommst du ins Haupthaus.« Sie überreicht mir zwei Schlüssel, der eine ist für den Nebeneingang, der andere für die Verbindungstür. Verlier den bloß nicht, ich habe den Ersatzschlüssel verlegt oder verloren. Auf jeden Fall ist er unauffindbar.«

»Ich werde den Schlüssel hüten wie meinen Augapfel«, verspreche ich lachend. Dann bedanke ich mich überschwänglich und sie schließt die Tür hinter sich.

Endlich bin ich allein in meinem neuen Reich. Es fühlt sich schon merkwürdig an, mit Daniels Frau unter einem Dach zu wohnen. Aber Marie hat es tatsächlich geschafft, meine Bedenken zu zerstreuen. Sie hat mir kein einziges Mal das Gefühl gegeben, dass sie mir die Affäre mit Daniel nachträgt. Das scheint für sie überhaupt kein Thema zu sein. Ich glaube, sie will mir wirklich helfen. Sie ist ein fantastischer Mensch. Ich kann mein Glück kaum fassen.

Natürlich bedauere ich es zutiefst, dass sich Daniels und meine Zukunftspläne durch seinen plötzlichen Tod zerschlagen haben. Wie oft habe ich davon geträumt, dass wir unsere Beziehung endlich offiziell machen, uns nicht mehr verstecken müssen. Ich habe mir nichts auf der Welt mehr gewünscht, als mit ihm zusammenzuleben und unser Kind gemeinsam aufzuziehen. Doch das Schicksal hat leider anders entschieden. Ich muss jetzt in erster Linie an mein Kind denken und darf nicht in Trauer und Selbstmitleid versinken. Das hätte Daniel nicht gewollt, da bin ich mir sicher. Ich schlucke den dicken Kloß, der sich in meiner Kehle gebildet hat, hinunter, wische die Tränen von den Wangen und beginne, mich einzurichten.

Das Regal im Wohnzimmer ist in Windeseile mit meinen Büchern gefüllt. Mein geliebter, wenn auch schon etwas zerschlissener Perserteppich macht sich wunderbar auf den hellen Holzdielen vorm Sofa. Meine Klamotten finden alle in dem geräumigen Kleiderschrank Platz. Die kleine Birkenfeige, ein Geschenk von Daniel, macht sich sehr gut neben dem Schreibtisch aus hellem Holz, ich nehme an, es ist Kiefer. Er steht neben der zweiflügeligen Tür, die auf eine kleine Terrasse hinausgeht. Von hier aus komme ich direkt in den Garten. Die Tür lässt sich öffnen, aber sie ist mit einem Gitter aus Gusseisen versehen und mit einem Schloss gesichert. Alle Fenster der Wohnung sind vergittert und zusätzlich gesichert, keins davon lässt sich öffnen, stelle ich fest. Ich vermute als Schutz vor Einbrechern. Wahrscheinlich hat Marie vergessen, mir die Schlüssel dafür zu geben. Ich werde sie gleich nachher darauf ansprechen.

Aber als Erstes mache ich mit dem Handy einen Rundgang durch die Wohnung und filme sie. Das Video schicke ich meinem Bruder über WhatsApp mit der Bemerkung, dass das mein neues Zuhause sei und füge drei lachende Emojis hinzu. Soll er doch vor Neid erblassen.

Der Duft nach Gebratenem wird immer intensiver. Marie scheint zu kochen. Mir läuft das Wasser im Mund zusammen. Ob sie mich zum Mitessen einlädt? Ich verlasse meinen Wohnbereich durch die Verbindungstür und betrete etwas zögerlich die Küche, wo Marie mit erhitzten Wangen in einem Kochtopf rührt. Ich räuspere mich.

»Komm ruhig rein.« Sie wirft mir einen flüchtigen Blick zu und streicht eine Strähne hinters Ohr, die sich aus ihrem hochgesteckten Haar gelöst hat. »Du hast hoffentlich Hunger, ich habe für zwei gekocht.«

»Ich habe einen Bärenhunger«, gebe ich zu.

Sie lacht herzlich und bittet mich, schon mal den Tisch zu decken.

»In der Schublade dort«, sie weist mit dem Zeigefinger hin, »findest du Besteck. Im Schrank darüber Teller, in dem daneben Gläser.«

Wir sitzen uns am Küchentisch gegenüber und essen schweigend das vegetarische Gulasch, das sie zubereitet hat.

»Es schmeckt fantastisch.« Ich lecke mir genüsslich über die Lippen.

»Danke. Es freut mich, dass es dir schmeckt«, erwidert sie ungewohnt förmlich nach der herzlichen Einladung. Bin ich zu aufdringlich gewesen?

Wir verfallen in Schweigen. Nur das Schaben der Messer und Gabeln über die Porzellanteller durchbricht die Stille hin und wieder. Ich beginne mich unwohl zu fühlen und überlege, wie ich mich nach dem Essen schnell verabschieden kann, ohne allzu unhöflich zu wirken.

Vielleicht ist es doch ein Fehler gewesen, auf ihren Vorschlag einzugehen? Ich habe wieder nicht richtig nachgedacht, mich von den Umständen zu einer Dummheit verleiten lassen. Das Blöde ist, ich kann nicht mehr zurück. Ich habe meine Wohnung nach Rücksprache mit der Hausverwaltung gekündigt und abgemacht, dass ich die ausstehende Miete in Raten zahlen werde.

»Ich habe dich noch gar nicht gefragt, ob du ein Mädchen oder einen Jungen erwartest.« Maries Frage fällt wie ein Stein in die Stille, die zwischen uns lastet. Erwartungsvoll schaut sie mich an.

»Das weiß ich nicht«, antworte ich und weiche ihrem Blick aus. Das Unbehagen steht mir sicher im Gesicht geschrieben. »Daniel und ich …« Mir schießt die Röte brennend in die Wangen. »Sorry«, murmele ich beschämt und würde am liebsten im Erdboden versinken.

»Kein Problem«, sagt Marie nach einer Pause, die mir wie eine Ewigkeit vorkommt. »Ich weiß ja, dass er der Vater deines Kindes ist.«

Ihre Miene ist ausdrucklos, der Ton der Stimme neutral, allerdings ohne Wärme. Ich kann diese Frau nicht einschätzen. Hatte ich gerade noch das Gefühl, sie sei herzlich und entgegenkommend ohne Ressentiments mir gegenüber, finde ich ihr Verhalten jetzt wieder total kühl und distanziert. Aber insgeheim freut es mich, dass Daniel ihr anscheinend doch nicht alles über mich und unser Baby erzählt hat.

»Warum hast du mir vorgeschlagen, hier einzuziehen?« Ich kann mir die Frage nicht länger verkneifen. »Es muss doch schwer für dich sein, mit der«, hier zögere ich, wähle ein anderes Wort als Geliebte, »schwangeren Freundin deines Mannes zusammenzuwohnen. Und dann noch in dem Haus, in dem ihr viele glückliche Jahre miteinander verbracht habt.«

Sie legt ihr Besteck beiseite und wischt sich mit der Serviette über den Mund. Überrascht registriere ich Tränen in ihren Augen. Sie räuspert sich.

»Ich habe Daniel sehr geliebt.« Ihre Stimme ist so leise, dass ich sie kaum verstehe. »Ich wusste von Anfang an, dass er es mit der Treue nicht so genau nimmt. Irgendwo habe ich mal den Satz gelesen: Er konnte allem widerstehen, nur der Versuchung nicht.« Ein Lächeln zuckt in ihren Mundwinkeln. »Das traf hundertprozentig auf Daniel zu. Dennoch konnte ich mir seiner Liebe zu mir immer sicher sein.«

Sie schaut mich prüfend an, als würde sie eine Reaktion von mir erwarten. Ich versuche mir nicht anmerken zu lassen, dass ich mir da nicht so sicher bin wie sie, und hülle mich in Schweigen.

»Du bist etwas ganz Besonderes für ihn gewesen«, fährt sie fort.

Ich mache dicht, ich möchte mit Marie nicht über Daniel sprechen.

Das hättest du dir vorher überlegen müssen, unkt mein Verstand.

»Aber ich sehe, dass ich dich in Verlegenheit bringe«, sagt sie mit weicher Stimme. »Nur noch eins: Daniel und ich hatten ohnehin vor, dich zu bitten, wenigstens bis zur Geburt eures Kindes hierher zu ziehen.«

»Nein«, widerspreche ich heftig. »Daniel wollte sich von dir trennen. Er wollte es dir in eurem Urlaub sagen.«

»Ach, Kind«, sagt sie, Bedauern in der Stimme. »Daniel hätte mich nie verlassen. Da war ich neulich nicht ganz ehrlich zu dir. Dafür hat er das alles hier«, sie macht eine ausholende Bewegung, »viel zu sehr genossen. So sehr er dich auch mochte, darauf hätte er nie im Leben freiwillig verzichtet. Und auch wenn du es nicht wahrhaben willst, Daniel hat mich auf seine Art wirklich geliebt.«

Ich beiße mir auf die Unterlippe und schweige verstockt. Ich glaube ihr kein Wort.

»Es tut mir leid, dass ich dir deine Illusionen nehme, aber ich käme mir schäbig vor, wenn ich dir Lügen auftischen würde.«

Ich nicke stumm und kämpfe mit den Tränen.

»Du denkst jetzt sicher, dass es keine gute Idee war, meinen Vorschlag anzunehmen. Das kann ich verstehen. Schlaf noch mal drüber, ja? Wenn du es morgen noch genauso siehst, werde ich dich natürlich nicht daran hindern, wieder …«

»Schon gut«, falle ich ihr ins Wort. »Ich bleibe. Und danke für deine Ehrlichkeit.« Dann erhebe ich mich. »Entschuldige, aber ich muss den Umzugswagen heute noch abgeben, sonst muss ich einen Tag mehr bezahlen.«

»Dann sehen wir uns morgen«, erwidert Marie.

Ich weiß, es ist albern, aber in diesem Moment klingen diese harmlosen Worte aus ihrem Mund in meinen Ohren wie eine Drohung.

13

MARIE

Die Kleine tut mir ein bisschen leid. Sie hat tatsächlich geglaubt, Daniel würde mich ihretwegen verlassen. Das hätte er nie im Leben getan. Sie hat ihn ganz offensichtlich nicht gut genug gekannt.

Hast du ihn denn gut genug gekannt? Daniel hat sich verändert in der letzten Zeit. Er ist dir aus dem Weg gegangen. Schon vergessen? Vielleicht hat er für Anne doch mehr empfunden, als du dir eingestehen willst.

Was für ein abwegiger Gedanke. Ich wische den Einwand mit einer unwirschen Handbewegung weg. Und wenn es so wäre: Daniel ist tot. Es ist unwichtig geworden, welche Gefühle er für sie hatte. Ich bin jedenfalls froh, dass sie sich spontan dazu entschieden hat zu bleiben. Dadurch ist ihr und natürlich auch mir einiges erspart geblieben. Allerdings hatte sie auch keine Wahl, pleite, wie sie nun mal ist.

Ich räume das Geschirr in die Spülmaschine und schalte sie ein. Anne wird sich jetzt erst mal eine Weile zurückziehen und mir aus dem Weg gehen. Das habe ich einkalkuliert. Nur dieses Mal werde ich umsichtiger vorgehen. Es darf nicht in so einem schrecklichen Fiasko enden wie beim letzten Mal. Dieses Mal muss es klappen. Ich habe nur noch diese eine Chance. Denn Daniel kann mir nicht mehr helfen.

Unerwartet bricht die verdrängte Trauer über seinen Tod wie eine überreife Frucht in mir auf. Ich krümme mich, als würde ich unsagbare Schmerzen leiden. Wie gerne würde ich weinen, aber aus meinen brennenden Augen kommt nicht eine Träne. Seit dem Tod meines Vaters kann ich nicht mehr weinen. Als hätte ich damals all meine echten Tränen vergossen und mir keine einzige aufgespart. Aber ich bin eine Meisterin darin geworden, Tränen vor anderen fließen zu lassen, wenn eine Situation es erfordert. Ich muss nur an meinen Vater und unsere letzte gemeinsame Tour denken.

Und auch jetzt, trotz meiner Gegenwehr, drängt sich die Erinnerung daran mit aller Macht in den Vordergrund. Wie ein Film laufen die letzten Stunden vor seinem Tod vor mir ab.

Ich stehe vollgepackt mit der Kletterausrüstung vor dem steilen Aufstieg zum Gipfel. Alles in mir schreit: *Nein, ich will da nicht hoch.*

»Marie, es sieht schlimmer aus, als es ist. Wir haben das schon tausendmal geübt. Es ist kein Problem für dich«, macht mein Vater mir Mut. »Hoch mit dir!«

Ich tue, was er will und steige als Erste hoch. Und ich bereue es noch heute, dass ich mich nicht geweigert habe. Dann würde er noch leben und ich wäre tot. Das wäre gerechter. Er war ein besserer Mensch als ich.

Ich reiße die Augen auf und verscheuche die schrecklichen Bilder, die sich mir aufdrängen wollen. Ich will sie nicht sehen. Sie schnüren mir die Luft zum Atmen ab. Ich stürze zur Terrassentür, öffne sie und stolpere nach draußen. Gierig atme ich die frische kühle Luft ein und langsam ziehen sich die Gespenster der Vergangenheit zurück, verschwinden in einer der hinteren Kammern meines Bewusstseins, in die ich sie verbannt habe.

Die Natur ist nach dem viel zu kalten, regnerischen April in den letzten Tagen in leuchtenden Farben explodiert. Das Grün der Bäume, das Gelb des Löwenzahns, das Weiß der Gänseblümchen auf dem Rasen, all das kündet den lang ersehnten Frühling an. Ich werde in den nächsten Tagen den Gärtner bestellen müssen, einige Sträucher sind leider erfroren, so auch der von mir so geliebte Rosmarin.

Die Dämmerung senkt sich herab und legt ihre Schatten in die Ecken und Winkel des Gartens. Die Luft wird kühler. Ich schlinge fröstelnd die Arme um mich und wende mich ab, um wieder ins Wohnzimmer zu gehen, da nehme ich aus dem Augenwinkel eine Bewegung unten am Bootssteg wahr. Ich erstarre. Wer treibt sich auf meinem Grundstück herum? Für einen Moment habe ich Daniel vor Augen, wie er das Boot vom Steg losbindet und ins Wasser schiebt.

Eine Halluzination wird mir nur Sekunden später klar. Unten am See ist niemand, das war vermutlich ein Fuchs oder ein Waschbär. Die treiben sich hier nachts gerne rum und räumen die Mülltonnen leer. Ich gehe ins Haus zurück und schließe die Terrassentür. Das Gespräch mit Anne hat mich aufgewühlt. Ich bin hellwach und seltsam angespannt. Ich werde mich in mein Atelier zurückziehen und an Daniels Tod weitermalen. Dabei kann ich am besten abschalten.

Ich entsperre die schwere Tür und schließe von innen wieder ab. Dann nehme ich das weiße Leinentuch von dem Gemälde, das auf der Staffelei auf mich wartet, und trete einen Schritt zurück, um es genauer zu betrachten. Mit einem Tag Abstand finde ich es nicht mehr ganz so misslungen.

Daniels Körper ruht mit verrenkten Gliedmaßen auf einem verschneiten Felsvorsprung. Ein Bein hängt über die Kante. Sein Gesicht ist bis zur Unkenntlichkeit zerschmettert. Ich muss meinen Blick kurz abwenden, so unerträglich ist es, ihn dort liegen zu sehen. Sein Kopf ist auseinandergeplatzt wie ein überreifer Kürbis, die Hände flehend in die Höhe gestreckt, als wolle er jemanden, der über ihm steht, bitten, ihm zu Hilfe zu kommen.

Ein Schauer rinnt mir über den Rücken. Rasch verhülle ich das Gemälde wieder. Im Moment fühle ich mich nicht in der Lage, daran weiterzuarbeiten. Stattdessen betrachte ich meine vier Kinder. Ich habe alle so gemalt, wie sie in meiner Vorstellung ausgesehen haben. Meine unzähligen Versuche, sie auf die Leinwand zu bannen, nimmt eine ganze Wand in meinem Atelier ein. Es ist mir schwergefallen, aber nach einiger Zeit doch gelungen, mich von dem Gedanken zu lösen, dass sie tot sind. So konnte ich ihre kleinen Gesichter so malen, als würden sie leben. Nur bei Lily ist mir das nicht gelungen. Meine kleine wunderbare Lily hätte den Schritt ins Leben fast geschafft. Sie war stark, aber offensichtlich nicht stark genug. Irgendetwas in mir hat sie getötet. Etwas muss mit mir nicht stimmen. Etwas muss grundlegend falsch an mir sein. Warum sonst sterben all meine Babys schon in meinem Leib?

14

ANNE

Erst als ich im Bett liege und den ungewohnten Geräuschen der fremden Umgebung lausche, fällt mir ein, dass ich vergessen habe, Marie nach den Schlüsseln für die Sicherheitsverriegelung der Fenster und der Terrassentür zu fragen. Das werde ich morgen umgehend nachholen. Außerdem werde ich auf Distanz zu ihr gehen. Sie ist nicht meine Freundin, ich wohne nur hier. Sie hat mir Unterschlupf gewährt, sie fühlt sich nicht mir verpflichtet, sondern ihrem Mann, dem Vater meines Kindes. Das ehrt sie, aber gibt ihr keinerlei Rechte. Das Haus ist groß genug, um sich aus dem Weg zu gehen.

Ich wälze mich von der rechten Seite auf die linke und starre die Wand an. Um mich herum ist es so dunkel, dass ich den Raum nur in grauen Schemen wahrnehme. Ob es wahr ist, was sie mir über Daniel erzählt hat? Es spricht einiges dafür und erklärt sein Zögern, sich von ihr zu trennen. Zwangsläufig drängt sich mir die Frage auf, ob Daniel mich wirklich geliebt hat. Ich seufze. Das werde ich wohl nie erfahren. Bei mir ist es Liebe auf den ersten Blick gewesen.

Ich habe ihn bei einer Vorlesung an der Uni zum ersten Mal gesehen und war ihm sofort verfallen. Ich lächele bei der Vorstellung, wie ich ihm mit wachsender Faszination zugehört habe. Als sein Blick auf mich fiel und kurz verweilte, bei der zweiten Veranstaltung mit ihm saß ich in der ersten Reihe, bin ich rot angelaufen wie eine überreife Tomate und habe ihn verlegen angegrinst. Später hat er mir dann gestanden, dass er dadurch auf mich aufmerksam geworden ist. Die Mischung aus mädchenhafter Verlegenheit und frechem Grinsen hat ihn angemacht. Hat er tatsächlich angemacht gesagt? Ja, hat er. Vielleicht hätte mir seine Wortwahl da schon zu denken geben sollen. Ich gähne herzhaft.

Wie auch immer. Alles, was jetzt zählt, ist mein Baby. Ich bin dankbar und glücklich über das kleine Wesen, das in mir heranwächst und mich mit so viel Liebe erfüllt, wie ich sie nie zuvor empfunden habe.

»Wenn es dich nicht gäbe, mein kleiner süßer Schatz, würde ich jetzt in einem schwarzen Loch hocken und mich meiner Trauer um Daniels Tod voll und ganz hingeben«, flüstere ich mit Tränen in den Augen und streichele zärtlich über meinen schwangeren Bauch.

Am nächsten Tag werde ich von einem Geräusch unsanft aus dem Schlaf gerissen. Was war das? Benommen richte ich mich auf und schaue mich um. Wo bin ich? Ich brauche ein paar Sekunden, bis es mir einfällt. Ein Blick auf mein Handy auf dem Nachttisch verrät mir, dass es bereits neun Uhr ist. So lange habe ich schon ewig nicht mehr geschlafen. Ich hieve mich aus dem Bett und tappe barfuß in die Küche. In meinem Kühlschrank herrscht gähnende Leere. Ich muss dringend einkaufen. Ob Marie mir ihren Wagen leiht?

Ich dusche ausgiebig, ziehe mich an und gehe durch den Verbindungsflur ins Haupthaus. Wie sich das anhört: Haupthaus. Ich muss schmunzeln. Stimmen dringen an mein Ohr. Marie scheint Besuch zu haben. Vermutlich war es die Türklingel, die mich vorhin geweckt hat. Ich zögere. Es wäre unhöflich von mir, jetzt einfach reinzuplatzen.

Ich werde mich wohl oder übel gedulden müssen. Ich will schon kehrtmachen, als ich aufhorche. Eine Männerstimme tönt an mein Ohr. Sie ist etwas zu laut und klingt belegt, als wäre der Mann erkältet. Ich kenne die Stimme. Mir fällt nur nicht auf Anhieb ein woher. Meine Neugier lässt mich näher an das Wohnzimmer heranschleichen. Die Tür steht einen Spaltbreit offen. Vorsichtig linse ich in den Raum.

In dem Moment erhebt sich Maries Besucher vom Sessel, anscheinend um zu gehen. Ich zucke zurück, kann aber einen kurzen Blick auf sein Gesicht werfen. Ich kenne ihn, er ist einer der Profs von der Uni. Im ersten Semester, oder war es im zweiten, hatte ich ein Seminar bei ihm. Ich fand ihn weder sympathisch noch besonders kompetent und habe keine weiteren Kurse bei ihm belegt. Aber ich weiß, dass Daniel und er befreundet waren.

»Ich glaube, es ist alles gesagt, Marie«, sagt er jetzt mit so eisiger Stimme, dass es mir kalt den Rücken hinunterläuft. »Ich kann das nicht auf sich beruhen lassen.«

»Warte, bitte«, sagt Marie.

»Wozu?«

Irre, wie viel Misstrauen der Typ in ein Wort packen kann.

»Ich würde dir gerne etwas zeigen. Aber nicht hier«, erwidert Marie. »So viel Zeit wirst du doch noch haben?«

Das ist mein Stichwort. Auf leisen Sohlen husche ich zurück in meine Wohnung. Ich fülle ein Glas mit Leitungswasser und trinke es in einem Zug leer. Es schmeckt etwas nach Eisen, aber es ist besser als nichts. So habe ich wenigstens etwas in meinem Magen, der vor Hunger schon laute Knurrgeräusche von sich gibt.

Das Gespräch, das ich gerade belauscht habe, klang nicht danach, als wären Marie und dieser Professor, mir will partout sein Name nicht einfallen, die besten Freunde. Aber das kann mir egal sein. Ich hoffe, dass er bald verschwindet, sonst sterbe ich hier noch vor Hunger. Seit ich schwanger bin, könnte ich pausenlos Essen in mich hineinstopfen. Es kostet mich unglaublich viel Selbstbeherrschung, diesem Zwang nicht ständig nachzugeben. Ich schaffe es leider nicht immer. Der Gedanke, dass es Daniel mit Sicherheit nicht gefallen würde, wenn ich mich während der Schwangerschaft verdoppele, hat mir manchmal geholfen. Aber jetzt? Rasch wische ich den Gedanken an Daniel beiseite. Ich will keine Trübsal blasen, schon dem Baby zuliebe. Ich bin mir nämlich sicher, dass die Stimmung der Mutter sich auf das Wohlbefinden des Kindes auswirken kann. Und ich möchte nicht, dass sich meine Traurigkeit auf mein Baby überträgt.

Es dauert ewig, jedenfalls kommt es mir so vor, bis ich endlich von draußen das Geräusch eines startenden Motors vernehme. Er scheint wegzufahren. Endlich! Ich warte noch eine kleine Weile, dann begebe ich mich wieder ins Haupthaus. Wie das klingt. Als wäre ich eine Bedienstete in einem hochherrschaftlichen Haushalt aus dem vorigen Jahrhundert.

»Marie?«, rufe ich.

Ich bekomme keine Antwort.

Ich rufe noch mal, dieses Mal lauter. Mit dem gleichen negativen Ergebnis. Ist sie mit ihm weggefahren? Das kann natürlich sein. Ob sie etwas dagegen hat, wenn ich mir ein Brot schmiere? Ganz bestimmt nicht, beruhige ich mich, als ich mit schlechtem Gewissen Richtung Küche gehe. Die schmale Tür auf der rechten Seite fällt mir zum ersten Mal auf. Vermutlich verbirgt sich dahinter die Treppe zum Keller. Neugierig drücke ich die Klinke herunter. Die Tür ist abgeschlossen oder sie klemmt.

»Was tust du da?«

Der schneidende Ton der Stimme lässt mich innehalten. Rasch ziehe ich meine Hand zurück, als hätte ich mich an der Klinke verbrannt, und drehe mich langsam um. Marie steht vor mir. Ihre Wangen sind rot und ihre Augen blitzen vor Zorn.

15

MARIE

Anne starrt mich mit erschrocken aufgerissenen Augen so fassungslos an, dass mir mein Ausbruch sofort leidtut.

»Entschuldige«, sage ich rasch. »Ich hatte gerade einen sehr unangenehmen Besuch. Ein Kollege von Daniel. Ich habe, ehrlich gesagt nie verstanden, warum er mit ihm befreundet war.«

Sie ist eingeschüchtert, nickt zögerlich. Spontan entscheide ich mich, ihr die Wahrheit zu sagen. Nun ja, zumindest einen Teil davon.

»Die Tür zum Keller ist verschlossen. Ich habe dort unten mein Atelier und«, ich mache eine kleine Pause, als würde ich mich genieren, es zuzugeben, »mein Refugium, in das ich mich hin und wieder zurückziehe. Niemand darf es ohne meine ausdrückliche Erlaubnis betreten. Es war sogar für Daniel verbotenes Terrain.«

Wieder nickt sie. Sie scheint nicht so ganz überzeugt. Ich muss wohl nachlegen. Ich habe die Erfahrung gemacht, dass ich mit Ehrlichkeit, so unangenehm sie auch ist, am besten fahre.

»Gerd verdächtigt mich, Daniel umgebracht zu haben«, sage ich mit leiser Stimme. Ich schlucke und zwinkere, als müsste ich die Tränen zurückhalten.

»Wie … Warum? Ich meine …«, stottert Anne.

»Lass uns doch in der Küche weiterreden«, sage ich und marschiere an ihr vorbei. Aus dem Augenwinkel registriere ich, dass sie mir folgt. Sie sieht sehr verwirrt aus.

»Tee?«

»Ja, bitte. Oder nein. Lieber Kaffee. Eine Tasse erlaube ich mir am Tag.«

Schweigend fülle ich Wasser in die Kaffeemaschine und löffele das Pulver in den Filter. Ich koche meinen Kaffee auf die althergebrachte Art. Ich kann diese Vollautomaten auf den Tod nicht ausstehen. Erstens schmeckt mir das Gebräu nicht und zweitens finde ich den Lärm, den sie veranstalten, unzumutbar. Ich lasse mir bewusst Zeit und spüre förmlich, wie Anne vor Anspannung immer nervöser wird.

»Milch? Zucker?« Ich stelle zwei Becher auf den Tisch.

»Milch, keinen Zucker.«

»Hast du denn schon gefrühstückt?«, frage ich und gebe mir die Antwort gleich selbst. »Wie gedankenlos von mir. Du bist ja noch nicht zum Einkaufen gekommen.«

»Deswegen bin ich hier. Ich wollte dich fragen, ob du mir vielleicht«, an der Stelle zögert sie, »deinen Wagen leihen kannst. Oder gibt es einen Supermarkt, den man zu Fuß erreichen kann?«

»Weißt du was? Ich komme mit. Ich wollte zwar erst morgen einkaufen, aber das kann ich genauso gut auch heute erledigen. Wenn du magst, können wir gleich nach dem Frühstück los.«

»Sehr gerne«, antwortet sie. Ich sehe ihr jedoch an, dass es ihr nicht wirklich recht ist.

Ich räume Butter, Käse, Milch, Marmelade aus dem Kühlschrank auf den Tisch und schneide mit der Brotschneidemaschine vier Scheiben von dem Mehrkornbrot. Ich spüre genau, dass sie vor Ungeduld kurz vorm Platzen ist, aber ich warte, bis sie das Gespräch auf die Anschuldigung von Daniels Kollegen bringt.

»Warum beschuldigt dich dieser Mann, Daniel umgebracht zu haben?«, fragt sie erwartungsgemäß, nachdem ich ihr gegenüber am Tisch Platz genommen habe. Ihr Blick hat etwas Lauerndes. Ich muss höllisch aufpassen, was ich sage.

»Er wusste von dir und Daniel.« Ich ziehe die Unterlippe zwischen die Zähne und atme tief durch. »Und er hat behauptet, Daniel hätte ihm gegenüber angedeutet, dass er mich verlassen wollte.«

Sie hört mir mit unbewegter Miene zu. Ich habe keine Ahnung, was in ihr vorgeht.

»Das hat mich natürlich sehr getroffen, weil ich das einfach nicht für möglich gehalten habe. Nun, ja ...« Ich räuspere mich. »Als er dann von Daniels tödlichem Unfall gehört hat, hat er drei und drei zusammengezählt. Seine Rede.«

Anne hat eine Hand auf ihre Körpermitte gelegt, als müsse sie ihr ungeborenes Kind beschützen. Vermutlich schwirrt ihr eine Frage im Kopf herum, aber sie wagt nicht, sie mir zu stellen.

»Nein«, sage ich mit fester Stimme. »Ich habe Daniel nicht umgebracht. Es war ein schrecklicher Unfall. Und ich hatte unglaubliches Glück, dass ich diesen Schneesturm überlebt habe.«

Sie nickt nachdenklich, wirkt jedoch noch immer nicht ganz überzeugt.

»Ich bin keine Mörderin«, sage ich und schaue ihr fest in die Augen. Sie hält meinen Blick. »Ich habe Daniel geliebt. Ich hätte ihm niemals etwas Böses getan. Lieber hätte ich ihn gehen lassen.«

Sie taxiert mich mit wachen Augen. Es kostet mich all meine Willenskraft, ihrem Blick nicht auszuweichen.

»Ich glaube dir«, sagt sie nach einer Weile, die mir wie eine Ewigkeit vorkommt.

»Danke«, erwidere ich und versuche erst gar nicht, mir meine Erleichterung nicht anmerken zu lassen.

16

ANNE

Erst als ich wieder in der Wohnung bin und die Lebensmittel verstaue, ungefähr ein Fünftel von dem, was Marie eingekauft hat, drängt sich unser Gespräch wieder in den Vordergrund meiner Gedanken. Ich habe ihr zwar versichert, dass ich ihr glaube, das war auch nicht gelogen, aber nicht die ganze Wahrheit. Ich kann mir wirklich nicht vorstellen, dass Marie fähig wäre, einen Menschen zu töten, und schon gar nicht ihren Mann. Aber ein leiser Zweifel hält sich hartnäckig und lässt mir keine Ruhe. Man kann nicht in jemanden hineinschauen. Wie sich ein Mensch nach außen präsentiert, entspricht nicht immer unbedingt seinem wahren Charakter.

Ich fahre meinen Laptop hoch und bemühe die Internetsuche. Schon mein erster Versuch mit *Tödlicher Unfall in den Berchtesgadener Bergen* bringt Ergebnisse. Ich bin überrascht, wie viele Unfälle mit Todesfolge im Gebirge passieren. Ich selbst fahre lieber ans Meer und genieße am Strand unter einem schützenden Sonnenschirm die Wärme und die Weite des Ozeans. Mit einem guten Buch kann ich so viele Tage verbringen. Daniel liebte die Berge, das wusste ich. Aber wir hätten sicher Kompromisse gefunden. Ich beiße auf die Unterlippe und dränge die Tränen zurück.

Ganz unten auf der ersten Seite finde ich, was ich suche. Der Artikel ist schon einige Wochen alt.

Gestern kam es bei einer Bergtour in den Berchtesgadener Hochalpen zu einem schweren Unfall. Ein 40-jähriger Mann aus Berlin war zusammen mit seiner 42-jährigen Frau am frühen Morgen zu einer Wanderung aufgebrochen. Auf der Hälfte des Weges zu einer Schutzhütte gerieten sie in einen Schneesturm und verloren aufgrund des dichten Schneegestöbers die Orientierung. Der Mann kam vom Weg ab und stürzte in die Tiefe. Seine Frau konnte sich in eine nahegelegene Hütte retten. Sie wurde am nächsten Morgen von der Bergrettung gesichtet und mit einem Hubschrauber der Bundespolizei ausgeflogen. Da nur ihr Mann ein Handy bei sich führte, war es ihr nicht möglich, einen Notruf abzusetzen. Die Suche nach ihrem Begleiter konnte wegen der neu einsetzenden schweren Schneefälle nicht fortgesetzt werden. Die Frau ist weitgehend unverletzt geblieben.

Das klingt nicht danach, als hätte Marie Daniel getötet. Ohne Handy konnte sie nicht mal die Bergrettung verständigen. Es wäre unsagbar dumm gewesen, in so einer Situation jemanden umzubringen. Sie ist selbst nur knapp dem Tod entgangen. Sie scheint nicht gelogen zu haben. Trotzdem finde ich es merkwürdig, dass Daniels Kollege Marie des Mordes verdächtigt. Ich überlege, ob ich ihm an der Uni *zufällig* über den Weg laufen und danach fragen sollte. Immerhin scheint er von mir gewusst zu haben. Einen Versuch wäre es wert. Allerdings genießt er unter den Studenten an der Uni nicht den besten Ruf. Er ist übellaunig und über die Maße streng. Einige witzeln, er versuche seine geringe Körpergröße damit zu kompensieren, dass er schlechte Bewertungen verteilt.

Ich blättere weiter durch Nachrichten über Bergunfälle in Berchtesgaden und stoße auf einen weiteren Artikel, in dem es im letzten Absatz heißt:

> Die Bergrettung hat alles Mögliche getan, um den abgestürzten Wanderer aus Berlin zu finden. Man habe jetzt entschieden, die Suche einzustellen, teilte eine Sprecherin der Polizei mit, denn es bestehe kaum noch Hoffnung, den vermissten Mann lebend zu bergen.

Obwohl ich wusste, dass es nach so langer Zeit keine Überlebenschance für Daniel mehr gab, ist es ein kleiner Schock, es hier schwarz auf weiß vor mir zu sehen. Tränen stürzen aus meinen Augen. Ich kann mich kaum beruhigen. Irgendwann tappe ich blind vor Tränen ins Bad und putze mir mit einem Stück Toilettenpapier die Nase. Ich betrachte mich im Spiegel über dem Waschbecken. Mein Gesicht ist rotfleckig, die Augen geschwollen. In diesem Moment tue ich mir unendlich leid. Ich scheine das Pech gepachtet zu haben. Wieder steigen mir Tränen in die Augen.

Ein energisches Klopfen an der Verbindungstür beendet abrupt mein Suhlen im Selbstmitleid. Was will Marie denn jetzt von mir? Ich werfe einen schnellen Blick in den Spiegel, streiche mir eine Haarsträhne hinters Ohr und eile zur Tür.

»Oh, störe ich gerade?« Marie mustert mich mit einer Mischung aus Interesse und Neugier.

»Nein, nein«, wehre ich ab.

»Du siehst aus, als hättest du geweint«, stellt sie fest.

In mir regt sich leiser Ärger. Was glaubt sie denn? Dass ich Daniels Tod als geschehen abhake und zur Tagesordnung übergehe, als wäre nichts weiter geschehen?

»Entschuldige, das geht mich natürlich nichts an. Ich wollte dir nur die Schlüssel für die Sicherheitsverriegelung vorbeibringen. Ich musste sie erst suchen.« Sie reicht mir einen Schlüsselbund mit mehreren Schlüsseln.

»Danke«, erwidere ich.

»Hier ist bereits zweimal eingebrochen worden. Aus dem Grund haben wir auch überall die Gitter installieren lassen«, setzt sie ungefragt zu einer Erklärung an.

Ich registriere, dass sie immer noch von *wir und uns* spricht. Auch bei ihr scheint es noch nicht so ganz angekommen zu sein, dass Daniel tot ist. Mein Ärger auf sie ist nicht angebracht gewesen. Mitgefühl überschwemmt mich ganz unerwartet.

»Denk bitte dran, die Fenster und die Terrassentür zu sichern, wenn du das Haus verlässt.«

»Mach ich«, verspreche ich.

»Dann will ich dich mal nicht länger stören.« In ihrer Stimme klingt ein trauriger Unterton an, der mich rührt. Sie ist einsam.

»Willst du heute Abend zum Essen rüberkommen?«, frage ich. »Es gibt allerdings nichts Besonders. Ein Gemüsecurry mit Reis.«

»Gerne«, sagt sie und ich sehe ihr an, wie sehr sie sich über die Einladung freut.

»Um sieben?«

»Ich werde pünktlich sein«, verspricht sie.

Ich schließe die Tür und bereue im gleichen Moment,

dass ich mich habe hinreißen lassen, sie einzuladen. Ich hatte mich auf einen Abend allein mit meiner Freundin Susa gefreut. Daraus wird jetzt leider nichts. Ob ich Marie absagen und sie auf ein anderes Mal vertrösten soll? Ich verwerfe den Gedanken rasch wieder. Ich habe ihr viel zu verdanken, da kann ich auch mal ein kleines Opfer bringen.

17

MARIE

Das läuft besser als gedacht. Obwohl ich das Gefühl hatte, dass Anne sich verpflichtet gefühlt hat, mich einzuladen. Ich habe ihr wohl leidgetan. Aber was soll's. Hauptsache, wir nähern uns einander an und werden Freundinnen. Bis zur Geburt dauert es ja noch ein bisschen, das müsste zu schaffen sein.

Gerds Besuch heute Morgen hat mich ziemlich aus der Fassung gebracht. Mit ihm habe ich weiß Gott nicht gerechnet. Und jetzt frage ich mich natürlich, ob ich nicht überreagiert habe. Vielleicht hätte sich das Problem auch mit anderen Mitteln lösen lassen. Doch es ist müßig, sich den Kopf darüber zu zerbrechen. Es lässt sich nicht mehr ungeschehen machen.

Ich habe ihn einen Lügner genannt. Er hat sein Handy gezückt und mir die Mail gezeigt, ein triumphierendes Grinsen im Gesicht. Am liebsten hätte ich mitten hinein in seine feixende Visage geschlagen, aber ich konnte mich gerade noch beherrschen.

Ob Marie mich umbringen würde? Gut möglich. Manchmal habe ich das Gefühl, sie plant es sogar schon.

Der Smiley am Ende sollte das Ganze vermutlich entschärfen. Als das enttarnen, was es meiner Meinung gewesen ist. Ein blöder, um nicht zu sagen saublöder Scherz unter Kumpeln. Aber das schien Daniels Kollege nicht begreifen zu wollen. Als ich ihn fragte, worum es in dem Chat mit Daniel ging, verweigerte er mir die Antwort. Irgendetwas scheint er zu wissen. War Daniel unvorsichtig? Hat er geplaudert?

»Ich glaube, es ist alles gesagt, Marie«, sagte mein Besucher mit eisiger Stimme. »Ich kann das nicht auf sich beruhen lassen.«

»Warte, bitte«, sagte ich.

»Wozu?« Der misstrauische Ton war nicht zu überhören.

»Ich würde dir gerne etwas zeigen. Aber nicht hier«, sagte ich. »So viel Zeit wirst du doch noch haben?« Ich wickelte eine Haarsträhne um den Zeigefinger und warf ihm einen, wie ich hoffte, verheißungsvollen Blick zu.

Er zog die Augenbrauen hoch, sein Gesichtsausdruck veränderte sich. Das Misstrauen verschwand, nur seine Augen verrieten, dass er noch immer achtsam war.

»Bitte, komm mit«, wisperte ich. Ich trat so dicht an ihn heran, dass mein Busen seinen Körper fast berührte. Mit großen Augen schaute ich ihn an, während ich seine Hand nahm und noch einmal »Bitte« hauchte.

Er folgte mir so bereitwillig in mein Atelier, dass es ein Leichtes war, ihn auszutricksen. Er dachte, dass ich mir sein Schweigen mit Sex erkaufen wollte. Er war schon immer scharf auf mich gewesen, das war sogar Daniel aufgefallen, und ein Blick auf die Ausbeulung in seinem Schritt gab mir recht. Was für ein armseliger Zeitgenosse. Nur mit Mühe konnte ich den Brechreiz unterdrücken.

Ich ließ ihm den Vortritt. Er erstarrte, als das Licht aufflammte und er meine Gemälde erblickte. Bevor er zu einer

Reaktion fähig war, rammte ich ihm die Spitze des Palettenmessers seitlich in den Hals. Er gab einen erstickten Laut von sich, seine Hand fuhr hoch zum Hals, zwischen seinen Fingern quoll unablässig Blut hervor. Ich trat einen Schritt zurück. Er wankte, schaffte eine halbe Drehung in meine Richtung und schaute mich aus seinen hellen Froschaugen so entgeistert an, dass ich um ein Haar gekichert hätte, was ich meiner Aufregung und der Absurdität der Situation zuschrieb. Dann wurden seine Augen schlagartig glasig und er kippte wie ein gefällter Baum um. Mit dem Hinterkopf schlug er hart auf den Betonboden, ich glaubte, ein leises Knacken zu hören, als würde seine Schädeldecke brechen. Aber das habe ich mir vermutlich nur eingebildet. Rasch nahm ich sein Handy und die Autoschlüssel an mich und stellte nach kurzer Überlegung auch das Wasser ab. Dann schloss ich die Tür sorgfältig hinter mir ab.

Seinen Wagen habe ich in die Garage gefahren, die zum Glück groß genug für zwei Autos ist. Darum werde ich mich später kümmern. Schade ist nur, dass ich jetzt für mehrere Tage mein Atelier nicht betreten kann. So lange wird es wohl dauern, bis er verdurstet ist, wenn er nicht vorher an der Verletzung starb, die ich ihm zugefügt hatte.

In der Zwischenzeit muss ich mir überlegen, wie ich ihn verschwinden lasse. Ob er oben im Haus zu hören ist, wenn er anfängt zu randalieren? Ich glaube nicht, bin mir aber nicht sicher, wie viel Schall die schwere Holztür wirklich abfängt. Allerdings glaube ich nicht, dass er noch in der Lage ist, lautstark auf sich aufmerksam zu machen. Dafür war die Verletzung vermutlich doch zu schwer.

Unvermittelt meldet sich die Stimme meines Gewissens: Ist das wirklich nötig gewesen? Ich atme tief durch und beantworte mir selbst die Frage mit einem eindeutigen »Ja«.

Wäre er mit seinem Verdacht zur Polizei gegangen, hätten sie angefangen in meiner Vergangenheit zu wühlen. Sie hätten die Geschichte mit meinem Vater wieder ausgebuddelt und noch schlimmer, sie hätten Novalees Schicksal noch mal genauer unter die Lupe genommen. Das musste ich verhindern.

Mir ist übel. Ich habe ständig das Gefühl, mich übergeben zu müssen. Das Ganze hat mich mehr mitgenommen, als ich dachte. Es ist ja nicht so, als hätte es mir Spaß gemacht. Ich husche jetzt sicher schon zum zehnten Mal zu der Tür, die in den Keller hinunterführt, lege mein Ohr an das Türblatt und lausche. Und bin jedes Mal erleichtert, dass von unten kein Geräusch zu mir hochdringt. Aber vielleicht ist er auch noch bewusstlos. Oder tot? Irgendwann werde ich nachsehen müssen. Mir graut jetzt schon davor.

Pünktlich um sieben stehe ich bei Anne vor der Tür. Sehr zu meinem Erstaunen vernehme ich Stimmen aus dem Wohnungsinnern. Bin ich nicht der einzige Gast? Es klingt fast danach. Ich schlucke die Enttäuschung hinunter, atme tief durch und setze mein freundlichstes Gesicht auf. Gerade rechtzeitig, denn in dem Augenblick öffnet eine mir unbekannte Frau die Tür. Sie ist das genaue Gegenteil von Anne: mollig, blond und blauäugig. Ihr Haar ist kurz geschnitten und kunstvoll verstrubbelt. Sie ist nicht unattraktiv und strahlt eine natürliche Herzlichkeit aus, die ich sofort mit Naivität in Verbindung bringe. Aber vielleicht tue ich ihr damit unrecht.

»Du musst Marie sein.« Kurz weiten sich ihre Augen. »Ich darf doch du sagen?«

»Natürlich«, erwidere ich lächelnd.

»Ich bin Susanne, eine Freundin von Anne. Aber alle nennen mich Susa. Ich finde es unsagbar klasse, dass du ihr unter die Arme greifst.«

»Das ist doch selbstverständlich«, murmele ich.

»Nein, ist es nicht.« Sie wirft mir einen Blick zu, in dem ich Bewunderung für mein Verhalten lese.

Die Situation ist mir unangenehm. Ich folge Annes pausenlos plappernden Freundin in die Küche, ohne wirklich mitzubekommen, was sie von sich gibt. Vermutlich ohnehin nur belangloses Geschwafel. Ich mag sie jetzt schon nicht.

Es duftet nach Curry und Kokosnussmilch. Mein Magen gibt ein hungriges Knurren von sich. Erst jetzt wird mir klar, dass ich den ganzen Tag bis auf eine Scheibe Toast zum Frühstück nichts gegessen habe.

»Auf jeden Fall freue ich mich sehr, dich kennenzulernen. Auch wenn die Umstände natürlich …«

»Hallo Marie«, fällt Anne ihr ins Wort und verdreht hinter ihrem Rücken mit einem nachsichtigen Lächeln die Augen. »Schön, dass du da bist. Setz dich doch bitte.« Sie weist auf den gedeckten Tisch.

Das Curry ist köstlich. Susa bestreitet fast die gesamte Unterhaltung. Zum Glück bin ich nicht mehr Thema, sondern ihr neuer Freund, mit dem sie erst seit kurzer Zeit zusammen ist und der sie laut ihrer Aussage auf Händen trägt und gar nicht genug von ihr bekommen kann.

»Ihr wisst, was ich meine«, fügt sie augenzwinkernd hinzu und schiebt sich eine vollgepackte Gabel in den Mund.

Anne und ich nicken synchron und tauschen einen amüsierten Blick. Man muss Susa in ihrer kindlichen Naivität einfach mögen, ist die unausgesprochene Botschaft. Das sehe ich zwar anders, aber es erfüllt mich mit großer Freude, dass Anne und ich uns ohne Worte verstehen.

»Ach, ich freue mich schon so auf die Geburt«, verkündet Susa, als wir den Tisch abräumen und das schmutzige Geschirr in die Spülmaschine verfrachten. »Obwohl ich auch ein bisschen Angst davor habe.«

Ich werde hellhörig.

»Und ich freue mich, dass du dennoch ja gesagt hast.« Anne und Susa umarmen sich umständlich und lösen sich lachend wieder voneinander.

»Ehrlich gesagt bin ich froh, wenn ich den Bauch wieder los bin. Er ist schon ziemlich hinderlich in manchen Situationen.«

Ein Stich der Eifersucht schneidet sich in mein Herz. Mit Susa hatte ich nicht gerechnet.

»Ich habe Susa gebeten, bei der Geburt dabei zu sein«, klärt Anne mich auf.

»Wie schön«, sage ich und hoffe, dass man mir meinen Missmut nicht anmerkt.

18

ANNE

Irgendwie werde ich das Gefühl nicht los, dass etwas Marie die Laune verhagelt hat. Seit Susa freudestrahlend verkündet hat, dass ich sie gebeten habe, bei der Geburt dabei zu sein, ist sie recht schweigsam geworden. Aber wahrscheinlich bilde ich mir das nur ein. Es ist auch nicht ganz so einfach, Susas Redefluss etwas entgegenzusetzen, wenn sie einmal in Fahrt gekommen ist. Susa ist die typische Löwin: Sie liebt es, im Mittelpunkt zu stehen. Zum Glück hat sie noch andere Eigenschaften, die sie als verlässliche Freundin auszeichnen. Susa ist ein Mensch, den man mitten in der Nacht anrufen kann, und der sofort zur Stelle ist, wenn man ihn braucht. Sie hat, um das abgenutzte Klischee zu strapazieren, ein Herz aus Gold.

Ich werfe einen verstohlenen Blick auf die Uhr. Mittlerweile bin ich todmüde, schaffe es kaum noch, ein Gähnen zu unterdrücken und so bin ich heilfroh, als Susa nach einem Blick auf ihr Handy abrupt vom Sofa hochspringt.

»Oh, Gott, schon so spät. Ich muss los.«

»Du kannst gerne hier übernachten, wenn du magst«, biete ich ihr an.

»Lieb von dir, aber«, sie zwinkert mir verschwörerisch zu, »bei mir zu Hause wartet jemand schon sehnsüchtig auf mich.«

»Dann will ich dich gar nicht länger aufhalten«, sage ich lachend.

»Ich kann dich fahren«, bietet Marie an. »Wo musst du denn hin?«

»Danke für das nette Angebot. Aber ich gehe gerne zu Fuß. Das erspart mir das Fitnessstudio.« Sie lacht. »Und es ist ja auch nicht weit bis zum S-Bahnhof.«

»Wie du meinst.« Marie erhebt sich ebenfalls. »Ich werde mich dann auch verabschieden. Es hat mich gefreut, dich kennenzulernen«, sagt sie an Susa gewandt.

»Ganz meinerseits.« Susas Antwort ist für ihre Verhältnisse merkwürdig hölzern.

»Komm gut nach Hause«, sagt Marie.

»Danke.«

»Auf Wiedersehen, Marie. Hab eine gute Nacht.«

Sie bedankt sich bei mir für die Einladung und verlässt das Wohnzimmer.

Ich warte, bis ich höre, dass sie die Tür hinter sich zugezogen hat, dann wende ich mich meiner Freundin zu, die es plötzlich gar nicht mehr so eilig hat, wegzukommen.

»Ist was?«

»Ich weiß nicht, wie ich es sagen soll, aber …« Sie stockt und verzieht das Gesicht zu einer Grimasse. »Ich meine, Marie ist nett und dass sie dich hier wohnen lässt, ist wirklich mehr als großzügig.«

»Aber?«

»Vielleicht spinne ich ja auch nur.« Jetzt sieht sie ganz unglücklich aus.

»Jetzt spuck's schon aus.«

»Die Frau hat irgendetwas an sich, das mir nicht gefällt.«

»Geht es auch etwas konkreter?« Ich verliere langsam die Geduld.

»Es ist nur so ein Gefühl. Anfangs dachte ich, wow, was für eine tolle Frau, aber im Laufe des Abends wurde sie mir immer unheimlicher. Sie hat etwas Verschlagenes, Hinterhältiges. Ja«, bestätigt Susa sich ihre Beobachtung selbst. »Genau das ist es. Sie verbirgt etwas. Als würde hinter ihrer schönen Fassade etwas Böses lauern.«

»Meinst du nicht auch, dass du jetzt etwas übertreibst?«

»Mag sein«, gibt sie kleinlaut zu. »Aber pass gut auf dich auf, ja?«

»Das mach ich«, verspreche ich.

»Ach, fast hätte ich es vergessen.« Susa beginnt in ihrem Rucksack zu kramen. »Ich habe ein Geschenk für dich.«

»Ein Geschenk? Für mich?«

»Nichts Weltbewegendes. Ich dachte nur, wo du jetzt so weit draußen wohnst, quasi, da, wo Fuchs und Hase sich Gute Nacht sagen, könntest du das hier«, sie grinst und präsentiert mir eine kleine schwarze Sprühdose, »ganz gut gebrauchen.«

Stirnrunzelnd nehme ich sie entgegen. »Pfefferspray?«

»Ja. Du weißt doch: Hinter der Fassade des Spießertums und der Gutbürgerlichkeit lauern oft wahre Monster.«

»Du spinnst«, erwidere ich kopfschüttelnd. »Aber danke für deine Fürsorglichkeit.«

»Immer gerne! Und ruf an, wenn du mich brauchst.«

Auch das verspreche ich ihr und endlich verabschiedet sie sich. Mit einem erleichterten Seufzer drücke ich die Tür hinter ihr ins Schloss und schließe von innen ab.

Obwohl ich Susas Eindruck von Marie nicht teile, hat mich ihre Einschätzung verunsichert. Bin ich zu blauäugig ihr gegenüber? Möglich wäre es schon. Sie war zur rechten Zeit zur Stelle. Ohne sie würde ich vielleicht schon bald auf der Straße sitzen. Aber wenn ich ehrlich bin, ist mir ihre Art auch schon aufgestoßen. Etwas seltsam ist sie tatsächlich. Aber verschlagen und hinterhältig? Das kann ich mir nicht vorstellen.

Aber vielleicht sollte ich schon mal anfangen, mich nach etwas anderem umzusehen. Das kann ja nicht schaden. Ich seufze laut und gehe ins Schlafzimmer. Watscheln wäre der bessere Ausdruck, und ich muss laut lachen bei der Vorstellung, dass andere mich so wahrnehmen: wie eine watschelnde überdimensionale Ente.

Ich werde morgen darüber nachdenken, ob etwas Wahres dran ist an Susas Einschätzung von Maries Wesen. Jetzt bin ich einfach zu müde, um einen klaren Gedanken fassen zu können.

19

MARIE

Ich ziehe die Tür hinter mir zu und spurte in mein Schlafzimmer. In Windeseile ziehe ich mich aus, schlüpfe in meine Joggingklamotten und stecke Handy und mein Portemonnaie in die Bauchtasche. Ich kenne eine Abkürzung durch den Wald. Mit etwas Glück komme ich vor Susa am Bahnhof an. Jetzt kommt es mir zugute, dass ich regelmäßig jogge und recht gut in Form bin.

Aus Annes Wohnung dringen Stimmen. Susa ist noch nicht gegangen. Ich verlasse das Haus durch den Haupteingang, bete dass sie nicht ausgerechnet in dem Augenblick um die Ecke biegt, aber ich habe Glück. Ich komme ungesehen vom Grundstück auf die Straße. Zu dem Waldstück, durch das ein schmaler Pfad zum S-Bahnhof führt, sind es nur wenige Meter. Normalerweise laufe ich nachts nicht durch den Wald. Ich halte mich zwar nicht für sonderlich ängstlich, aber wenn es dunkel ist und der Wald voller unerklärlicher Geräusche, fürchte ich mich schon ein bisschen.

Ich beschleunige meine Schritte. Mein Atem weht mir in Nebelwölkchen voraus. Der Frühling ist dieses Jahr ungewöhnlich spät gestartet und nachts ist es noch immer empfindlich kalt. Ein heller Mond beleuchtet die Strecke mit seinem silbrigen Licht nur spärlich. Ich habe in der Eile natürlich nicht an eine Stirnlampe gedacht und muss höllisch aufpassen, dass ich nicht über eine der Wurzeln stolpere, die sich wie dicke Schlangen kreuz und quer über den Weg winden.

Außer Atem erreiche ich den Bahnhof. Meine Schritte hallen unnatürlich laut in der menschenleeren Halle, denn niemand hält sich zu dieser späten Stunde hier auf. Ich werfe einen Blick auf den Fahrplan. Der nächste Zug, es ist der letzte, kommt in fünf Minuten. Ich ziehe mir die Kapuze des Hoodies tief ins Gesicht, vergrabe die Hände in der Kängurutasche und gehe auf dem Bahnsteig unruhig auf und ab. Es sind noch drei Minuten, bis die Bahn kommt, und von Susa keine Spur. Hat sie sich entschlossen, doch bei Anne zu übernachten? Dann wäre der ganze Aufwand umsonst gewesen. Immer wieder sehe ich auf die Uhr und behalte den Treppenaufgang im Auge. Ich trete an die Bahnsteigkante, sehe in der Ferne den Zug, der sich schnell nähert und kurze Zeit später mit lautem Getöse einfährt.

Ich will mich schon abwenden und frustriert wieder nach Hause laufen, da sehe ich jemanden die Treppe hochsprinten. Ein kurzer Blick genügt. Sie ist es. Rasch wende ich ihr den Rücken zu und steige ein. Das Signal zur Abfahrt ertönt. Von meinem Fensterplatz aus sehe ich, dass Susa es in letzter Sekunde schafft, in den Waggon vor meinem zu springen. Durch die Trennscheibe beobachte ich, wie sie sich auf einen Sitzplatz fallen lässt und sofort ihr Handy aus der Tasche zieht.

Ich verschränke meine Arme und lasse den Kopf nach vorne sinken, als würde ich vor mich hin dösen. So habe ich Susa im Blick, ohne dass sie mein Gesicht sehen kann. Siedend heiß fällt mir ein, dass ich bei der ganzen Aufregung vergessen habe, mir eine Fahrkarte zu ziehen. Wie dumm von mir. Ich kann nur hoffen, dass die Kontrolleure für heute schon Feierabend gemacht haben.

Eine Stunde später weiß ich, wo sie wohnt. In Berlin-Mitte in der Luisenstraße. Laut Klingelschild an der Hauseingangstür ist ihre Wohnung im Gartenhaus in der dritten Etage. Ich gehe davon aus, dass sie alleine wohnt, da nur ihr Name, Susanne Reichel, auf dem Papierstreifen hinter dem Sichtfenster aus angelaufenem Plastik steht. Aber heute sind mir die Hände gebunden. Ihr neuer Lover erwartet sie schon sehnsüchtig, wenn man ihren Worten Glauben schenken kann.

Todmüde und seltsam ausgelaugt steige ich am Bahnhof Friedrichstraße in ein Taxi. Der Fahrer hat kaum den Motor gestartet, da schlafe ich auch schon ein und komme erst wieder zu mir, als eine laute Stimme mich aus dem komaähnlichen Schlaf reißt. Ich schrecke hoch, öffne schlaftrunken die Augen und stelle fest, dass wir direkt vor meinem Haus stehen. Rasch fummele ich einen Fünfzigeuroschein aus dem Portemonnaie, reiche ihn dem Fahrer mit einem gemurmelten »Stimmt so« und steige aus.

Das Motorgeräusch des wegfahrenden Taxis schneidet sich wie ein greller Misston in die nächtliche Stille. Prompt fängt irgendwo in der Nachbarschaft ein Hund zu bellen an, will sich gar nicht mehr beruhigen. Ich bete, dass Anne einen festen Schlaf hat und nicht mitbekommt, dass ich mitten in der Nacht von einem Taxi nach Hause gebracht worden bin.

Der Bewegungsmelder flammt auf, als ich mich die Stufen zur Eingangstür hochschleppe. Ich schließe auf und verriegele sie sorgfältig von innen. Es war keine Lüge, die ich Anne aufgetischt habe. Es wurde tatsächlich schon zweimal hier eingebrochen, aber es war nicht der einzige

Grund, warum Daniel und ich die Gitter haben anbringen lassen.

Auf dem Weg nach oben ins Schlafzimmer komme ich an der Kellertür vorbei. Ich zögere, entschließe mich dann aber doch dazu, nach unten zu gehen und nach dem Rechten zu sehen. Vorsichtshalber nehme ich das japanische Messer aus der Küche an mich.

Die Klinge ist so scharf, damit trennst du dir problemlos den Finger ab. Also sei schön vorsichtig damit.

Daniels mahnende Stimme im Ohr schleiche ich die Stufen zum Keller hinunter. Linker Hand ist ein Raum mit einer Waschmaschine, einer riesigen Kühltruhe und einem Metallregal, in dem Daniels Werkzeug lagert. Vor der Tür zum Atelier verharre ich. Aus dem Innenraum dringt kein Laut an mein Ohr. Entweder Gerd schläft oder er wartet auf meine Rückkehr, um mir aufzulauern. Ich lausche mit angehaltenem Atem. Nichts. Vielleicht ist er auch schon tot, schießt es mir durch den Sinn. Vielleicht war die Verletzung, die ich ihm zugefügt habe, doch schwerer, als ich gedacht hatte.

Ich will schon den Schlüssel ins Schloss stecken, als ich ein röchelndes Husten vernehme. Der Schreck fährt mir wie ein Stromschlag durch die Glieder. Meine Hand zuckt zurück. Steht er direkt hinter der Tür, um mich zu überwältigen, sobald ich aufgeschlossen habe? Gerd ist zwar für einen Mann recht klein, fast zierlich, er misst kaum 1,65 m und ist damit sogar vier Zentimeter kleiner als ich, aber man sollte einen Menschen in Todesangst nicht unterschätzen. Ängste können ungeahnte Kräfte freisetzen. Nicht auszudenken, was passiert, wenn er sich auf mich stürzt und das Messer in die Finger bekommt.

Ich entferne mich so geräuschlos wie möglich. Das Messer deponiere ich in dem Regal mit Daniels Werkzeug. Dann habe ich es beim nächsten Mal gleich zur Hand.

In dieser Nacht schlafe ich unruhig, wache immer wieder auf, in meinem Kopf jedes Mal die gleiche Frage: Wie werde ich Susa los?

20

ANNE

Mitten in der Nacht werde ich von lautem Hundegebell aus dem Schlaf gerissen. Ich stöhne, schließe die Augen und versuche wieder einzuschlafen, aber ich muss auf die Toilette. Das lässt sich nicht länger ignorieren. Seufzend wälze ich mich aus dem Bett und tappe barfuß ins Bad. Noch halb im Schlaf setze ich mich auf die Toilette, wasche mir anschließend flüchtig die Hände und gehe zurück ins Schlafzimmer.

Ein Geräusch lässt mich aufhorchen. Ist da jemand im Haus? Oder leidet Marie an Schlaflosigkeit und geistert mitten in der Nacht durch die Räume. Mit einem Mal bin ich hellwach. Ich husche zur Verbindungstür, öffne sie leise und spähe hinaus. Im gleichen Augenblick geht das Licht an und ich zucke erschreckt zurück. Ich sehe Marie in den Flur treten, vor der Kellertür bleibt sie stehen und schließt sie auf.

Was hat sie da in der Hand? Ist das …? Ja, das ist ein Messer. Ein ziemlich großes Messer. Was zum Teufel will Marie mitten in der Nacht mit einem Messer bewaffnet im Keller? Ist jemand eingebrochen? Vielleicht braucht sie Hilfe. Ich will mich bemerkbar machen, da verschwindet sie aus meinem Blickfeld.

Ich fasse mir ein Herz, trete in den Flur hinaus und schleiche zur Kellertür. Im funzeligen Licht erkenne ich eine steile Betontreppe, deren letzte Stufen im Dunklen liegen.

Marie ist nicht zu sehen. Ich höre auch keine Geräusche. Es ist mucksmäuschenstill. Zögernd setze ich einen Fuß auf die erste Stufe. Da erlischt das Licht. Keine Sekunde später flammt es wieder auf und jetzt bekomme ich es doch mit der Angst zu tun. Ich mache kehrt und haste in den Schutz meiner Wohnung zurück. Rasch schließe ich die Tür bis auf einen kleinen Spalt, durch den ich neugierig hinausspähe.

Eine Weile tut sich nichts, dann höre ich plötzlich Schritte auf der Kellertreppe. Ich sollte meine Tür verrammeln, die Polizei verständigen, schießt es mir durch den Kopf, aber da tritt Marie schon wieder in den Flur. Sie drückt die Kellertür zu und schließt sie ab. Sie sieht unversehrt aus. Das Messer hat sie nicht mehr in der Hand. Ich warte, bis sie verschwunden ist, dann erst drücke ich so leise wie möglich meine Wohnungstür ins Schloss.

Eine unerklärliche Angst hat von mir Besitz ergriffen. Woran die Äußerungen meiner Freundin Susa nicht ganz unschuldig sind. Vermutlich gibt es eine ganz banale Erklärung dafür, warum Marie mit einem Messer in den Keller geschlichen ist. Vielleicht hat sie etwas gehört und wollte nachschauen? Vielleicht habe ich es mir auch nur eingebildet, dass sie ein Messer in der Hand hatte?

Den Schlüssel, der von innen im Schloss steckt, drehe ich bis zum Anschlag. Die Tür ist aus massivem Holz, so schnell kommt hier keiner rein, sage ich mir. Doch wirklich beruhigt bin ich nicht. Umso erstaunlicher ist es, dass ich irgendwann doch einschlafe und erst vom Klingeln meines Handys am nächsten Morgen geweckt werde.

Noch schlaftrunken melde ich mich mit einem genuschelten: »Ja?«

»Guten Morgen, Lieblingsschwester«, tönt Hendrik gut gelaunt an mein Ohr.

Ich schließe genervt die Augen, lasse mich ins Kissen zurücksinken und nehme mir zum x-ten Mal vor, ein Gespräch erst nach einem Blick auf das Display anzunehmen. Auf meinen Bruder habe ich gerade echt gar keinen Nerv.

»Was willst du?«, knurre ich. »Wie oft soll ich dir denn noch sagen, dass bei mir nichts zu holen ist?«

»Das ist nicht der Grund meines Anrufs«, antwortet Hendrik ungewohnt förmlich für seine Verhältnisse.

»Ach, nein? Was willst du dann?«

»Ich bin auf dem Weg nach Berlin und würde dich gerne treffen.«

Für einen kurzen Moment verschlägt es mir die Sprache. Hendrik ist ein typischer Saarländer, der in seiner Heimat so fest verwurzelt ist, dass er sie selten verlässt und schon gar nicht, um in die chaotische Hauptstadt zu reisen. Was führt er wieder im Schilde?

»Du bist auf dem Weg nach Berlin?«, wiederhole ich ungläubig. »Was willst du hier?«

»Dich besuchen.«

»Wer's glaubt.« Der Spott ist bei ihm verschwendet, er ignoriert meine Bemerkung einfach.

»Sag mal, kann ich für ein paar Tage bei dir wohnen?«

Aha, von daher weht der Wind. »Nein!«

»Behandelt man so seinen Bruder?«

»Wir können uns gerne in der Stadt treffen, aber du kannst hier nicht einziehen.«

»Auch nicht für ein paar Tage?«

»Auch nicht für ein paar Tage.«

»Warum nicht?« Hendrik lässt nicht locker. »Auf dem Video, das du mir geschickt hast, sieht deine neue Wohnung so klein nicht aus.«

Ich kann es mir selbst nicht so ganz erklären, warum ich

mich mit Händen und Füßen dagegen wehre. Platz genug hätte ich. Aber ich will nicht, dass er und Marie sich begegnen und er die Zusammenhänge mitbekommt. Außerdem will ich ihre Gastfreundschaft nicht überstrapazieren.

»Ich bin schwanger«, flüchte ich mich in eine Ausrede. »Und ich brauche einfach meine Ruhe.«

»Du bist schwanger? Von diesem Typen, diesem ... Ich habe den Namen vergessen.«

»Ja!«

»Was sagt seine Frau dazu?«

»Woher weißt du, dass Daniel verheiratet ist?«

Ich habe das ihm gegenüber nie erwähnt. Auch wenn mein Bruder nicht unbedingt zu den wertvollen Stützen unserer Gesellschaft zählt, hat er gewisse moralische Ansprüche. Einer lautet: Ehen sind tabu. Das liegt daran, nehme ich an, dass unser Vater mit seinen zahlreichen Affären Mutter das Herz gebrochen hat. Hendrik gibt ihm die Schuld, dass sie zur Alkoholikerin geworden und an akutem Leberversagen gestorben ist. Womit er wahrscheinlich sogar recht hat. Obwohl ich der Meinung bin, dass jeder selbst für sein Leben und was er daraus macht, die Verantwortung trägt.

»Das Netz kennt keine Geheimnisse, mit etwas Geduld kannst du alles in Erfahrung bringen, was du wissen willst.«

»Dann weißt du ja sicher auch, dass Daniel bei einem Bergunfall ums Leben gekommen ist.«

»Ach, du Scheiße.« Anscheinend wusste er das noch nicht. Und mir Beileid zu wünschen, wäre wahrscheinlich zu viel verlangt. »Und was machst du jetzt?«

Ich zögere. »Das erzähle ich dir, wenn du hier bist, okay?«

»Okay. Darf ich dich wenigstens besuchen?«

Wieder zögere ich. Aber es gibt keinen Grund, ihm das abzuschlagen. Und wie ich meinen Bruder kenne, würde er ohne große Mühe meine neue Adresse herausfinden und unangemeldet vor der Tür stehen. Also nenne ich sie ihm freiwillig.

»Dann bis später, Lieblingsschwester«, flötet er und legt auf.

Meine Freude auf unser Wiedersehen hält sich in Grenzen. Ich hoffe, Marie und Hendrik laufen sich nicht über den Weg. Marie hat Geld, sie ist hübsch und ungebunden und somit genau Hendriks Kragenweite. Der Altersunterschied spielt in so einem Fall keine Rolle. Und mein kleiner Bruder verkörpert den Typ Mann, den jede Mutter sich als Schwiegersohn wünscht. Sein offenes, spitzbübisches Lächeln lässt ihn jungenhaft und sympathisch erscheinen. Er hat wie ich dunkles leicht gelocktes Haar, es bildet einen schönen Kontrast zu seinen tiefblauen Augen. Dass wir verwandt sind, erkennt man außerdem an dem großen geschwungenen Mund und der zu groß geratenen Nase. Von der ich finde, dass sie ihm um einiges besser steht als mir.

21

MARIE

Stand die Tür zum Seitenflügel gestern Nacht einen Spaltbreit offen, als ich aus dem Keller kam? Mit dieser Frage im Kopf schrecke ich schweißgebadet aus dem Schlaf hoch.

Mit einem Schlag bin ich hellwach.

Hat Anne mich gestern Nacht gesehen? Ich springe so schnell aus dem Bett, dass mir schwindelig wird und ich mich am Bettpfosten festhalten muss. Ich atme ein paar Mal tief durch, bis ich mich wieder einigermaßen gefasst habe.

Jetzt nur keine Panik bekommen. Vielleicht habe ich mir das auch nur eingebildet. Vielleicht vermische ich Traum und Realität. Und für den Fall, dass sie mich wirklich gesehen hat, denke ich mir etwas aus. Nicht mehr ganz so beunruhigt dusche ich und setze in der Küche einen Kaffee auf. Während er durchläuft, gehe ich zu der Verbindungstür. Leise Radiomusik ist zu hören. Anne scheint schon auf den Beinen zu sein. Ich klopfe an die Tür. Keine Reaktion. Sicher hört sie das Klopfen wegen der Musik nicht. Ich klopfe ein zweites Mal. Anne öffnet mir nicht. Nach einer Weile wende ich mich ab. Ärger schwelt in mir, obwohl es dazu keinen Grund gibt. Sie muss mir nicht öffnen, wenn sie keine Lust dazu hat. Ich bin schon fast wieder in der Küche, als ich sie meinen Namen rufen höre.

Anne kommt in ihrem typischen Watschelgang auf mich zu, der mich an einen Pinguin erinnert. Vor allem wenn sie wie jetzt eine schwarze Hose und ein weites, weißes Herrenhemd trägt. Ob es Daniel gehörte, schießt es mir durch den Kopf, und ein Stich der Eifersucht durchfährt mich.

»Entschuldige.« Sie klingt etwas atemlos. »Ich war grade im Bad.«

»Kein Problem«, sage ich betont leichthin. »Ich wollte auch nur fragen, ob du einen Kaffee mit mir trinken magst.« Ich habe das Gefühl, sie zögert für den Bruchteil einer Sekunde.

»Gerne«, sagt sie schließlich und folgt mir in die Küche. Ich fülle zwei Becher mit Kaffee und stelle die Hafermilch auf den Tisch. Sie gießt etwas von der Milch in ihren Kaffee und trinkt einen kleinen Schluck. Ich tue es ihr nach.

»Ich bin heute wie gerädert«, sage ich.

Anne hebt fragend die Augenbrauen.

»Ich habe schlecht geschlafen und mal wieder von Einbrechern geträumt. Sie sind über den Keller ins Haus gekommen. Ich bin wach geworden und habe tatsächlich Geräusche gehört.« Ich schüttele den Kopf und verziehe die Lippen zu einem spöttischen Lächeln. »Noch halb im Schlaf bin ich in die Küche, habe mir das größte Messer aus der Schublade geschnappt und bin todesmutig die Kellerstufen hinuntergeschlichen. Da war natürlich niemand.«

Anne hört meiner Erklärung sehr aufmerksam zu, lässt mich nicht aus den Augen. Sie hat mich gesehen, da bin ich mir sicher.

»Ich habe geschlafen wie ein Stein. Man hätte mich wegtragen können, ich hätte es nicht bemerkt.«

Warum lügt sie? Oder täusche ich mich und sie hat mich doch nicht beobachtet. Wie auch immer. Ich muss Gerd schnellstens loswerden. Ich habe nur noch keine Ahnung, was ich mit ihm machen soll.

»Was hast du heute vor?«, wechsele ich das Thema.

»Mein Bruder hat überraschend seinen Besuch angekündigt.«

»Du hast Geschwister?«

»Nur einen jüngeren Bruder. Hendrik. Er wohnt in Saarbrücken«, erzählt sie. »Wir haben uns seit fast zwei Jahren nicht mehr gesehen.«

»Wie lange bleibt er?«

»Das weiß ich nicht. Er wird aber nicht hier wohnen. Er kann woanders unterkommen.«

»Gut, sonst hätte ich gerne das Gästezimmer zur Verfügung gestellt.«

»Danke. Das ist lieb von dir, aber wirklich nicht nötig.«

Anne macht heute einen angespannten Eindruck auf mich. Ihr Verhalten mir gegenüber hat sich geändert. Sie ist distanzierter. Ob es etwas mit ihrer Freundin Susa zu tun hat? Vielleicht mag die mich nicht?

»Ich habe dir noch gar nicht das Haus gezeigt«, sage ich einer spontanen Eingebung folgend. Ich hatte das für später eingeplant, aber manchmal erfordern die Umstände eine Planänderung. »Hast du Lust auf eine Besichtigung?« Bevor sie ablehnen kann, ziehe ich Anne vom Stuhl hoch. »Komm mit!«

Sie fühlt sich überrumpelt, das sehe ich ihr an. Aber das ist mir in dem Fall egal.

»Küche und Wohnzimmer kennst du ja schon. Dann gehen wir jetzt mal nach oben.«

Mit ihr im Schlepptau steige ich die Stufen ins Obergeschoss hoch. Sie hat hörbar Mühe, mir hinterherzukommen, schnauft schon nach der Hälfte der Treppe.

»Das hier ist …«, ich stocke, verbessere mich, »Das war Daniels Arbeitszimmer.«

Anne bleibt mit unbewegter Miene in der Tür stehen, als scheue sie sich davor, es zu betreten. Danach zeige ich ihr das Schlafzimmer, das daneben liegende Gästezimmer, das großzügige Bad mit Whirlpool und Saunabereich. Sie ist sichtlich beeindruckt.

»Schön hast du es hier«, sagt sie.

»Ja, aber es ist einfach zu groß für eine Person. Es war schon für uns zwei zu groß. Ich überlege, ob ich es nicht verkaufen soll. Jetzt, wo Daniel …« Ich lasse den Satz unbeendet und hole tief Luft, als würde ich um meine Fassung ringen müssen.

»Mir fehlt er auch«, flüstert Anne. Um sich gleich darauf eine Hand vor den Mund zu schlagen. »Oh, entschuldige, das war unsensibel von mir.«

»Nicht doch«, winke ich ab. »Wir haben ihn beide geliebt. Irgendwie verbindet uns das ja auch.«

»Du bist …«, sie stockt, als müsse sie nach dem richtigen Wort suchen. »Du bist schon etwas Besonderes. Nicht jede Frau würde so locker …«

»Ach, hör auf«, falle ich ihr ins Wort »Du machst mich ja ganz verlegen.«

»Was ist denn in dem Zimmer?« Sie zeigt auf die geschlossene Tür links neben dem Schlafzimmer.

Ich schlucke, gebe vor, nach Worten zu suchen. Anne ist sensibel genug, mein Zögern zu bemerken.

»Oh, ich wollte nicht neugierig sein«, entschuldigt sie sich sofort. »Es geht mich natürlich nichts an und wenn du es mir nicht …«

»Schon gut.« Ich drehe mich zu ihr um. »Das ist das Kinderzimmer.«

»Oh, verstehe«, sagt sie.

»Ich bin schon lange nicht mehr drinnen gewesen. Olga, das ist meine Reinigungskraft, ist die Einzige, die das Zimmer betritt.« Ich lege eine Hand auf meinen Brustkorb. »Allein bei dem Gedanken, dieses Zimmer zu betreten, schlägt mein Herz wie ein Trommelfeuer.«

Das ist keine Lüge, sondern die reine Wahrheit. Es ist, als wäre all meine Qual in diesem Raum gefangen und würde nur darauf warten, über mich herzufallen und mich in die Finsternis der Depression zu reißen.

Annes Augen werden feucht. Ich habe erreicht, was ich wollte. Ich habe ihr Mitgefühl.

»Hat Daniel es dir erzählt?«

»Er hat einmal erwähnt, dass du mehrere Fehlgeburten hattest.« Ihre Stimme ist so leise, dass ich sie kaum verstehe.

»Irgendwann haben Daniel und ich es aufgegeben.« Ich reibe meine kalten Hände aneinander. »Ich hätte es nicht ertragen, noch ein Kind zu verlieren.«

»Das tut mir so leid«, sagt sie. »Wenn ich etwas für dich tun kann …«

Das könntest du tatsächlich, denke ich, aber das würdest du niemals tun. Nicht freiwillig jedenfalls.

22

ANNE

Ich weiß nicht, was ich sagen soll. Marie tut mir unendlich leid. Es muss doch unerträglich schwer für sie sein, mich jeden Tag schwanger mit dem Kind ihres toten Mannes zu sehen.

»Du denkst jetzt sicher, wie kann sie dann meine Gegenwart hier ertragen«, sagt sie, als hätte sie meine Gedanken gelesen.

»Ja«, gebe ich verlegen zu. »Das frage ich mich ehrlich gesagt schon.«

»Ich würde lügen, wenn ich sagen würde, es wäre kein Problem für mich. Aber ich hoffe, dass wir Freundinnen werden können und ich dein und Daniels Kind aufwachsen sehen darf.«

Mir schießen Tränen in die Augen. »Möchtest du die Patin meines Kindes werden?« Die Frage ist aus mir herausgesprudelt, ohne dass ich meinen Verstand eingeschaltet habe. Am liebsten würde ich sie sofort wieder zurücknehmen, aber das geht ja schlecht.

»Oh!« Marie legt eine Hand auf den Brustkorb und sieht etwas erschrocken aus. »Darf ich es mir durch den Kopf gehen lassen? Es ist immerhin eine große Verantwortung, die Patenschaft für ein Kind zu übernehmen.«

»Natürlich«, erwidere ich und bin insgeheim erleichtert,

dass sie nicht gleich ja gesagt hat. Wenn ich Glück habe, lehnt sie ab, was mir sehr recht wäre. Ich habe Susa als Patin und Hendrik als Paten vorgesehen. Wie oft habe ich mir schon vorgenommen erst nachzudenken, bevor ich mit irgendetwas rausplatze.

»Ich glaube, ich würde dir gerne das Zimmer von Lily zeigen. Sie ist kurz vor der Geburt gestorben. Wir hatten schon alles vorbereitet und dann ...« Sie presst die Lippen zusammen und wendet sich rasch von mir ab.

Wieder überschwemmt mich eine Welle Mitleid. Unfassbar, was diese Frau durchmachen musste.

Marie drückt die Klinke herunter und öffnet die Tür. Sie lässt mir den Vortritt und ich betrete den Raum mit so viel Andacht, als würde ich ein Heiligtum besichtigen. Was es für Marie sicherlich auch ist.

Das Zimmer ist hell und freundlich. Die Wände sind in Cremeweiß gestrichen, auch das Gitterbettchen und die Wickelkommende sind weiß. Der Boden ist aus Holzdielen, die wie frisch abgezogen und geölt glänzen. Ein flauschiger Teppich, ebenfalls in Weiß nimmt fast die Hälfte des Raumes ein. Die hellblauen und rosa Stoffmonde des Mobiles über der Wickelkommode sind die einzigen Farbtupfer, wenn man von dem Strauß aus Wildblumen, der in einer Vase auf der Fensterbank steht, mal absieht. Man merkt dem Zimmer an, mit wie viel Liebe es eingerichtet wurde. Mir wäre es allerdings zu weiß, zu steril. Ich bevorzuge bunte, fröhliche Farben.

»Olga stellt jedes Mal, wenn sie hier sauber macht, einen Strauß Blumen auf die Fensterbank.«

»Was für eine schöne Geste.«

»Wenn du magst, leihe ich dir die Wiege.« Marie schließt die Tür zu einem Wandschrank auf, und zeigt auf eine handgeschnitzte Wiege. »Darin hat schon meine Oma als Baby gelegen. Wir wollten sie in der ersten Zeit neben das Bett in unserem Schlafzimmer stellen.«

Man sieht dem Holz an, dass es schon ein paar Jahre auf dem Buckel hat, aber ich finde die Wiege wunderschön.

»Ich habe sie natürlich neu auskleiden lassen.« Marie fährt mit den Fingerspitzen über den weißen weichen Stoff. »Und mit einer neuen Matratze und neuem Nestchen bestückt. Auch der Himmel ist neu. Die Schnitzereien hier vorne«, ich folge ihrem Fingerzeig, »sind auch von mir.«

Sie hat einen lachenden Sichelmond mit Pausbäckchen und Schlafmütze umgeben von Sternen ins Holz eingeritzt und alles bunt angemalt.

»Sie ist toll«, sage ich.

»Wie gesagt, ich leihe dir die Wiege gern für die erste Zeit. Sag mir einfach Bescheid.«

»Das mache ich. Vielen lieben Dank.«

»Sehr gerne.«

Ein verlegenes Schweigen breitet sich zwischen uns aus. Ich möchte etwas Nettes zu ihr sagen, aber mir fällt partout nichts ein. Marie scheint es ähnlich zu gehen. Sie wirft einen verstohlenen Blick auf ihre Armbanduhr.

»Du, ich muss los«, sagt sie. »Ich habe einen Termin bei meinem Finanzberater.«

»Ich muss auch wieder rüber. Sonst verpasse ich noch meinen kleinen Bruder.«

»Ich habe mir als Kind sehnlichst Geschwister gewünscht. Es war so still bei uns«, sagt Marie und zieht die Tür hinter sich zu. »Aus dem Grund wollte ich immer eine große Familie haben.« Es klingt unendlich traurig, wie sie das sagt.

Ich bin seltsam erleichtert, als ich wieder in meinen vier Wänden bin. In Maries Gegenwart habe ich immer das Gefühl, ich müsste mich in irgendeiner Form revanchieren. Auch wenn sie mir in keiner Weise zu verstehen gibt, dass sie eine Gegenleistung für ihre Großzügigkeit erwartet.

Die nächsten Stunden verbringe ich damit, Jobangebote zu studieren. Ich suche etwas, das ich in Heimarbeit machen kann. Leider werden vor allem IT-Fachleute und Fahrer für Transporter gesucht, und das ist nun wirklich nichts für mich. Für ein Callcenter zu arbeiten, entspricht auch nicht unbedingt meiner Vorstellung. Außerdem kommt es sicher nicht gut an, wenn mitten im Gespräch das Baby schreit und meinen Einsatz fordert. Entnervt will ich den Laptop zuklappen, als mein Blick auf eine Nachricht fällt.

Seit einigen Tagen wird der 45-jährige Gerd R. aus Berlin vermisst. Seine Schwester hat der Polizei gegenüber angegeben, dass sie befürchtet, er könne sich etwas antun. Ihr Bruder sei seit einiger Zeit depressiv gewesen und hätte immer wieder von Lebensüberdruss gesprochen. Nachdem er auf keinen ihrer Anrufe reagiert habe, sei sie in seine Wohnung gefahren, habe ihn dort aber nicht vorgefunden. Sie nimmt an, dass er mit seinem Wagen, einem beigen Mercedes, unterwegs ist.

Mein Blick bleibt an dem Foto unter dem Artikel hängen und meine vage Ahnung bestätigt sich. Es handelt sich um Gerd Reuter. Meinen Dozenten von der Uni. Ich erinnere mich, dass Susa mal zu mir gesagt hat, ihn umgebe eine dunkle, unheilvolle und zugleich tieftraurige Aura. Sie würde sich nicht wundern, wenn er sich irgendwann selbst die Kugel geben würde. Susa ist noch nie besonders wählerisch in ihrer Wortwahl gewesen, und Feinfühligkeit gehört auch nicht unbedingt zu ihren hervorstechenden Eigenschaften.

Ich fahre erschreckt zusammen, als es an der Seitentür Sturm klingelt. Das kann nur Hendrik sein. Ich klappe den Laptop zu und eile zur Tür. Davor steht wie erwartet mein kleiner Bruder. Und wie immer sieht er aus, als wäre sein Outfit aus einem Modemagazin für erfolgreiche junge Manager. Er trägt eine beigefarbene Stoffhose, niemals würde er so etwas Gewöhnliches wie eine Jeans anziehen. Dazu ein weißes locker fallendes Leinenhemd, teure italienische Slipper und eine Designer-Sonnenbrille ins Haar zurückgeschoben runden den Eindruck ab. Hendrik ist alles andere als erfolgreich, aber er lebt getreu dem Motto: *Kleider machen Leute.*

Das freudige Grinsen auf Hendriks Gesicht weicht bei meinem Anblick in Sekundenschnelle einem überraschten Ausdruck. Seine Augen heften sich staunend auf meinen Babybauch.

»Dass du schon so schwanger bist, hätte ich nicht gedacht.«

Ich muss über seine Bemerkung herzlich lachen. Sowas kann auch nur er von sich geben. »Komm erst mal rein«, sage ich noch immer schmunzelnd.

Hendrik folgt meiner Aufforderung und sieht sich staunend um. »Schicke Wohnung. Sie sieht real noch besser aus. Wie bist du denn an die gekommen?«

Ich kann schlecht lügen und Hendrik kennt mich gut genug, um sofort zu erkennen, wann ich die Unwahrheit sage, also entscheide ich mich dafür, ihm zu sagen, dass ich bei Daniels Frau untergekommen bin.

23

MARIE

Ich könnte laut jubeln vor Freude. Damit hatte ich nun wirklich am allerwenigsten gerechnet. Natürlich werde ich Annes Angebot, Patin ihres Kindes zu werden, annehmen. Die Bedenkzeit, die ich mir erbeten habe, brauche ich natürlich nicht. Aber sie sollte nicht das Gefühl haben, dass ich es drauf angelegt habe. Ich weiß natürlich, dass ich als Patin keine rechtlichen Verpflichtungen eingehe und entsprechend auch keinerlei Rechte habe. Das heißt, falls Anne stirbt, wird mir nicht automatisch das Sorgerecht übertragen. Es ist ein kleiner, jedoch nicht unwichtiger Schritt auf dem Weg zu meinem Ziel.

Bevor ich das Haus verlasse, fasse ich mir ein Herz und gehe in den Keller hinunter. Ich muss wissen, wie es um Gerd steht, ob er in der Lage ist, auf sich aufmerksam zu machen. Vorsichtshalber nehme ich das Messer mit, das ich in Daniels Werkzeugregal deponiert habe. Vor der Tür zu meinem Atelier verharre ich und lausche. Drinnen ist alles still. Ich schließe auf, drücke die Tür auf und bleibe auf der Schwelle stehen. Der Gestank, der mir aus dem Inneren entgegenschlägt, lässt mich sofort würgen. In einem Reflex halte ich mir die Nase zu und atme durch den Mund weiter.

Wo ist er? Auf den ersten Blick ist er nicht zu sehen. Ich umfasse das Messer fester, halte es wie einen Schutzschild vor meinen Körper und mache einen vorsichtigen Schritt in den Raum hinein. Er sitzt mit ausgestreckten Beinen an der Tür, die in die Tiefgarage führt, die neben den Kellerräumen liegt. Sein Kopf ist nach vorne gesackt, das Gesicht gleicht einer wächsernen Maske. Sein weißes Hemd ist mit Blut durchgetränkt, das schon angetrocknet aussieht. Die Wunde an seinem Hals ist verkrustet. Ich habe ihn offensichtlich doch schwerer verletzt, als ich gedacht habe. Wie es aussieht, hat er sich mit letzter Kraft zu der Tür geschleppt in der Hoffnung, sie sei offen und es könnte ihm die Flucht gelingen.

Du hast kaltblütig und mit Vorsatz einen Menschen umgebracht. Dafür gibt es lebenslänglich.

Mit aller Macht verdränge ich die Stimme meines Gewissens. Ich hatte keine Wahl. Er hätte alles kaputt gemacht. Ich weiß, das ist keine Entschuldigung, aber ich kann nicht rückgängig machen, was ich getan habe. Ich weiß, die Schuldgefühle werden mich irgendwann einholen und quälen, aber jetzt muss ich kühl und emotionslos handeln.

Der Gestank nach Fäkalien und Urin wird immer unerträglicher. Ich habe nicht damit gerechnet, dass Gerd die Kontrolle über seine Körperfunktionen verlieren könnte, als er noch am Leben war. Rasch lege ich das Messer beiseite, ziehe mir die kleine Trittleiter heran und öffne die zwei schmalen Kellerfenster, um frische Luft hereinzulassen. Viel bringt es nicht. Ich muss die Sauerei schnellstens entfernen, bevor sich der Geruch im ganzen Haus breitmacht. Aber erst mal muss ich die Leiche wegschaffen.

Ich eile nach oben, um den Autoschlüssel von Gerds Mercedes, eine Rolle große reißfeste Mülltüten und, fast hätte ich es vergessen, Latexhandschuhe zu holen. Aus Annes Wohnung dringen Stimmen und lautes Gelächter. Ihr Bruder ist da, nehme ich an. Sie wird vermutlich nicht rüberkommen, sie wähnt mich bei einem Termin. Aber vorsichtshalber schließe ich die Kellertür hinter mir ab und haste die Treppenstufen wieder hinunter.

Bevor ich das Atelier betrete, hole ich tief Luft und atme durch den Mund weiter. Viel hilft es nicht. Den Gestank, der in dem Raum hängt wie eine unsichtbare Dunstglocke, kann ich immer noch riechen. Ich trete neben die Leiche und öffne die Tür zur Garage. Gerds Körper kippt nach hinten. Ich ziehe mir die Latexhandschuhe über und mache mich an die Arbeit. Zum Glück ist er nicht groß und für einen Mann relativ leicht, dennoch bin ich komplett durchgeschwitzt, bis ich seine Beine in einen der Müllsäcke gestopft und diesen bis über den Hintern hochzogen habe. Ich verschnüre den Sack, greife mit beiden Händen unter die Achseln des Toten und zerre ihn Richtung Garage. Ich lasse ihn hinter dem Mercedes auf den Boden gleiten und entriegele das Fahrzeug mit der Fernbedienung. Der Kofferraum klemmt, leise fluchend ziehe und zerre ich an dem Deckel, bis er sich endlich erbarmt, aufzuspringen.

Jetzt muss nur noch die Leiche da rein. Ich beuge mich über sie, vermeide es tunlichst, Gerd ins Gesicht zu schauen, da er mich aus offenen Augen vorwurfsvoll anzustarren scheint, und versuche, ihn hochzuziehen. Ich höre ein schmatzendes Geräusch, der Körper zuckt, als wolle er sich gegen mich zur Wehr setzen. Ich stoße einen schrillen Schrei aus, lasse Gerd fallen und weiche einen Schritt zurück.

Entsetzt starre ich auf ihn hinunter. Lebt er etwa noch? Ich keuche, mein Herz rast. Misstrauisch und ängstlich zugleich beäuge ich ihn. Er gibt keinen Mucks von sich, liegt still und unbeweglich vor mir auf dem Boden. Ich erinnere mich, mal gelesen zu haben, dass sich nach dem Tod eines

Menschen die Muskeln zusammenziehen und das dann so aussieht, als würde der Tote zucken.

Dennoch dauert es eine Weile, bis ich mich wieder traue, ihn anzufassen. Als ich ihn endlich unter Aufbietung all meiner Kräfte im Kofferraum verstaut habe, bin ich vor Schweiß so klatschnass, als wäre ich in einen Regenschauer geraten. Schwer atmend klappe ich den Kofferraumdeckel zu, verriegele den Wagen und mache mich daran, die Sauerei in meinem Atelier zu beseitigen.

Danach bin ich fix und fertig mit den Nerven und am Ende meiner Kräfte. Jeder einzelne Muskel meines Körpers tut weh. Ich kann mich kaum noch auf den Beinen halten. Ich werfe die Latexhandschuhe in die Mülltonne, schleppe mich ins Bad und entledige mich meiner Kleidung. Die werde ich danach ebenfalls in der Mülltonne entsorgen. Die Müllabfuhr wird glücklicherweise morgen wie üblich in aller Frühe kommen.

Selbst nach der ausgiebigen Dusche habe ich den Geruch nach Blut und Fäkalien noch immer in der Nase, als hätte er sich in meinen Schleimhäuten eingenistet. Ich ziehe frische Kleidung an und mixe mir einen Gin Tonic. Ich brauche jetzt dringend etwas, um meine Nerven zu beruhigen. In mir ist immer noch alles in Aufruhr und meine Hände zittern, als wäre ich im Delirium tremens. Heißt es nicht, der erste Mord ist der schwerste? Streng genommen ist es schon mein zweiter gewesen. Unwillkürlich muss ich kichern und fühle mich dem Wahnsinn näher als je zuvor.

24

ANNE

»Verstehst du? Ich hatte keine Wahl.«

»Man hat immer eine Wahl.« Der finstere Blick, den Hendrik mir zuwirft, spricht Bände.

»Du hast gut reden«, protestiere ich. »Du musst ja nicht demnächst ein Baby versorgen, dessen Vater in den Tod gestürzt ist.«

»Deine Beweggründe kann ich nachvollziehen. Wohl gemerkt deine, ihre sind mir völlig schleierhaft.«

»Ich habe dir doch erklärt, dass …«

»Sagen kann diese Frau viel«, fällt mir Hendrik ins Wort. »Es ist nur die Frage, ob es auch die Wahrheit ist.«

»Warum sollte Marie mich anlügen?«

»Keine Ahnung.«

»Ich glaube, sie ist einsam nach Daniels Tod und sie möchte gern ein Teil meines Lebens werden und Daniels Kind aufwachsen sehen.«

»Das ist eine Erklärung, aber es kann auch ein Vorwand sein. Sei einfach vorsichtig, hörst du?«

»Großes Indianerehrenwort«, verspreche ich lachend.

In den nächsten beiden Stunden schwelgen wir bei einer Kanne Kamillentee für mich und Kaffee für Hendrik in Erinnerungen und machen anschließend einen Spaziergang zum nahegelegenen See.

»Gut getroffen hast du es hier ja schon«, gibt Hendrik zu. »Ich würde es dir gönnen, dass die Sache keinen Haken hat.«

»Sie hat keinen, glaub mir.« In dem Moment, in dem ich das von mir gebe, schießt mir Susas Bemerkung in den Sinn.

Die Frau hat irgendetwas an sich, das mir nicht gefällt.

Ich verabschiede mich vor dem Haus mit einer Umarmung von meinem Bruder, nicht ohne mich vorher zu erkundigen, wo er denn untergekommen ist.

»Bei einem Kumpel in Kreuzberg.« Es klingt ein bisschen beleidigt.

»Dort bist du auch näher am Geschehen als hier«, sage ich augenzwinkernd.

Er rollt mit den Augen, verspricht, sich noch mal bei mir zu melden, bevor er nach Saarbrücken zurückfährt, und braust mit seinem Auto, einem silberfarbenen Jaguar, laut hupend davon. Kopfschüttelnd schaue ich ihm hinterher. Er ist und bleibt ein Kindskopf. Woher er das Geld für diesen teuren Wagen hat, will ich, glaube ich, gar nicht wissen.

Nachdenklich kehre ich in die Wohnung zurück. Hendrik ist jetzt nach Susa schon der Zweite, der mich zur Vorsicht gegenüber Marie warnt. Aber die beiden kennen sie nicht von der Seite, die sie mir gezeigt hat. Und was könnte sie schon im Schilde führen? Daniel hat selten über seine Frau gesprochen. Er hat lediglich einmal erwähnt, dass sie mehrere Fehlgeburten hatte und sie das fast aus der Bahn geworfen hätte. Er hat nie etwas Schlechtes über sie gesagt. Ich hatte immer den Eindruck, dass er sie respektierte, auch wenn seine Liebe zu ihr längst erloschen war.

Dennoch die Zweifel der beiden verunsichern mich. Vielleicht sollte ich doch bei Susa unterkriechen? Ich rufe mir ihre winzige Wohnung ins Gedächtnis und schüttele den Kopf. Sie bewohnt eine Einzimmerwohnung. Zum Schlafen muss sie das Sofa ausziehen. Ich kann ihr unmöglich zumuten, mich und mein Baby aufzunehmen. Vor allem jetzt nicht, wo sie gerade frisch verliebt ist. Ich seufze. Eigentlich habe ich heute vorgehabt, mich umzumelden, aber das verschiebe ich erst mal. Das hat ja auch noch Zeit.

Ich schließe die Terrassentür und das gusseiserne Gitter auf und trete hinaus. Es ist ein Tag wie aus dem Bilderbuch. Die Sonne strahlt von einem blauen Himmel, an dem nur ein paar Wölkchen segeln, die wie kleine Wattebäusche ausschauen. Und die Vögel sind am Zwitschern, als stünden sie in einem Wettbewerb miteinander. In der Luft hängt der Geruch nach frisch gemähtem Gras. Ich atme tief ein und koste den Moment mit all meinen Sinnen aus. Es ist schön hier und eigentlich will ich auch gar nicht weg. Es ist genau das, was ich mir für mein Kind und mich und Daniel erträumt hatte. Wehmut schleicht sich in mein Herz. Ich schlucke den Kloß in meiner Kehle hinunter und beschließe den Garten zu erkunden.

Der Rasen, der sich hinter dem Haus befindet, ist teilweise übersät mit Gänseblümchen, was ich ganz allerliebst finde. Kleine Inseln mit Stauden und größere mit Bäumen unterbrechen hier und da die Grünfläche. Unter einem Ahorn, der einzige Baum, den ich erkenne, lädt eine weiß gestrichene Bank zum Verweilen ein. Die Grenze zum Nachbargrundstück auf der rechten Seite bildet eine übermannshohe Hecke aus unterschiedlichen Sträuchern, von denen einige in Gelb und Rosa blühen. Auf einem Pfad, der mit Steinplatten ausgelegt ist, gelange ich zu einem Bootssteg, der sich zum See hin verbreitert. An der Stirnseite ist eine Metallleiter befestigt, über die man ins Wasser steigen kann. Ich sehe es schon vor mir, wie ich im Sommer jeden Morgen zu einer kleinen Schwimmrunde im See herkomme, während mein Baby am Ufer von Marie bewacht friedlich schläft. Es ist ein Traum und ich möchte nie wieder daraus aufwachen.

Der Wind hat unerwartet aufgefrischt und dunkle Wolken haben sich vor die Sonne geschoben. Das Wetter ist zurzeit unberechenbar und launisch wie ein pubertierender Teenager. Ich ziehe fröstelnd die Schultern hoch und mache mich auf den Rückweg. Die Kinderschaukel, die mir schon bei meinem ersten Besuch aufgefallen ist, zieht meinen Blick wie magisch an. Ich verlasse den Pfad und gehe quer über den Rasen darauf zu. Von hier aus habe ich freien Blick auf die Villa. Sie wirkt abweisend und erinnert mich ein bisschen an eine uneinnehmbare Festung. Mir kriecht ein Schauer über den Rücken.

Rasch wende ich mich der Schaukel zu. Sie sieht stabil aus, die Befestigungspfosten sind aus massivem Holz. Ich kann nicht widerstehen und nehme auf dem schmalen Sitzbrett Platz. Ich packe die Haltestricke rechts und links, stoße mich mit den Füßen ab und lehne mich weit nach hinten. Höher und höher schwinge ich mich in die Luft. Ich habe gelesen, dass Babys es mögen, geschaukelt zu werden. Angeblich fördert es zudem die geistige Entwicklung. Nach kurzer Zeit wird mir allerdings schwindelig und ich lasse die Schaukel langsam ausschwingen. Aus dem Augenwinkel bemerke ich, dass auf der Rückseite des linken Holzpfostens etwas eingeritzt ist.

Ich bremse den Schwung mit den Füßen ab, rutsche von der Schaukel herunter und trete hinter den Pfosten. Mit der Zeit ist das Holz nachgedunkelt, sodass ich etwas Mühe habe, zu entziffern, was da steht. Doch schließlich gelingt es mir.

Novalee & Daniel & Marla. Um die drei Namen ist ein sehr schief geratenes Herz in das dunkle Holz geritzt.

25

MARIE

Auf dem Handy entdecke ich zwei entgangene Anrufe und eine Nachricht auf der Mailbox. Sie ist von meinem Finanzberater. Den Termin bei ihm habe ich komplett vergessen. Ich rufe sofort zurück, entschuldige mich und lasse mir einen neuen Termin geben. Der zweite Anruf ist von einer mir unbekannten Nummer. Ich zögere, rufe dann aber doch nicht zurück. Vermutlich hat sich jemand verwählt. Und wenn nicht, meldet sich der Anrufer sicher wieder.

Ich öffne die Tür zur Terrasse und trete hinaus. Vor Schreck fällt mir fast das Glas aus der Hand. Jemand sitzt auf der Schaukel und schwingt sich in die Höhe. Einen schrecklichen Moment lang habe ich ein Déjà-vu. Dann dämmert mir, dass es nur Anne sein kann. Jetzt klettert sie umständlich von der Sitzfläche der Schaukel herunter. Ich wende mich kurz ab und stelle mein Glas auf den Tisch in der Ecke.

»Hallo, Anne«, rufe ich ihr zu und winke.

Sie steht mit seltsam geneigtem Kopf hinter einem der Holzpfosten und scheint sich daran festzuhalten. Ist ihr schlecht geworden? Stimmt etwas mit dem Baby nicht? Zutiefst beunruhigt eile ich quer über den Rasen zu ihr. Sie bemerkt mich erst, als ich vor ihr stehe.

»Alles in Ordnung?«

Anne schaut mich mit großen Augen an, als wäre sie gerade in Gedanken weit weg gewesen.

»Ja, ja.« Ihr Lachen klingt gekünstelt. »Mir ist schwindelig geworden. Ich habe wohl zu doll geschaukelt.«

»Du bist dir sicher, dass es dir und dem Baby gut geht?«

»Ja!« Jetzt klingt sie ungeduldig, fast feindselig.

Was hat sie denn plötzlich? Ob es etwas mit dem Besuch ihres Bruders zu tun hat? Ich würde gerne weiter in sie dringen, aber ich halte mich zurück, sonst verschließt sie sich noch mehr.

»Dann bin ich beruhigt.« Ich schenke ihr ein, wie ich hoffe, unbefangenes Lächeln. »Ich geh dann mal wieder rein. Wenn du etwas brauchst, sag Bescheid, ja?«

»Das mach ich, danke.«

Ich gehe ins Haus zurück und habe das Gefühl, dass sie meinen Abgang mit Argusaugen verfolgt. Ich spüre ihren Blick, der sich regelrecht in meinen Rücken brennt. Es kostet mich all meine Überwindung, mich nicht nach ihr umzudrehen. Als ich die Terrassentür schließe, ist Anne verschwunden. Hab ich mir eingebildet, dass sie mir nachgesehen hat? Gehen meine Nerven mit mir durch? Das kann sein, verwunderlich wäre es nicht.

Das Klingeln meines Handys schreckt mich aus meinen Gedanken. Auf dem Display erscheint die mir unbekannte Nummer. Dieses Mal gebe ich meiner Neugier nach und nehme das Gespräch an.

»Ja, bitte?«

»Könnte ich Frau Rothenberg sprechen?« Eine Frauenstimme, hoch, ein wenig schrill. Sie kommt mir aufgeregt vor.

»Am Apparat.«

»Entschuldigen Sie die Störung, ich will Sie auch nicht lange aufhalten. Ich wollte nur …« Sie verstummt, räuspert sich vernehmlich. »Ich habe mich noch gar nicht vorgestellt. Ich bin die Schwester von Gerd Reuter. Sieglinde Reuter.«

Ich schlucke, mein Herzschlag beschleunigt sich. Was will die Frau von mir?

»Was kann ich für Sie tun?« Meine Stimme klingt gefestigter, als mir zumute ist.

»Sie haben sicher gehört, dass mein Bruder vermisst wird.«

»Oh, nein!« Ich gebe mich bestürzt. »Das höre ich zum ersten Mal.«

»Er wollte zu Ihnen, um Ihnen persönlich sein Beileid auszusprechen,« fährt sie fort.

Ich könnte lügen und behaupten, er wäre nicht bei mir gewesen, aber jemand aus der Nachbarschaft könnte sein Auto gesehen haben und dann wäre ich in Erklärungsnot.

»Ja, er war hier«, sage ich. »Vor«, ich zögere, als wüsste ich nicht genau, wann es war, »einigen Tagen.«

»Wie wirkte er auf Sie? Der Tod Ihres Mannes hat ihn schwer getroffen. Sie waren nicht nur Kollegen, sondern auch beste Freunde.«

Das hat Daniel anders gesehen, aber das behalte ich für mich. Über Tote soll man nichts Schlechtes sagen. »Er wirkte betrübt, aber durchaus gefasst.«

»Mein Bruder litt in letzter Zeit wieder stärker unter Depressionen und der Tod Ihres Mannes könnte ihn komplett aus der Bahn geworfen haben.«

»Sie fürchten, er könnte sich etwas angetan haben?«, hake ich erschrocken nach.

Ihr gewispertes »Ja« klingt erstickt, als würde sie nur mit Mühe die Tränen zurückhalten können.

»Das tut mir so leid«, sage ich. »Aber ich wüsste jetzt nicht, wie ich Ihnen helfen könnte.«

»Hat er Ihnen gegenüber vielleicht erwähnt, wohin er fahren wollte?«

»Nein, mit keinem Wort. Ich nahm an, dass er zur Uni fährt.«

»Das hatte er auch vor, aber er ist dort nicht angekommen. Die Polizei sucht jetzt nach ihm.«

Mein Herz geht in den Turbogang. »Vielleicht ist es nur falscher Alarm. Vielleicht braucht er einfach mal eine Auszeit.«

»Das glaube ich nicht«, widerspricht sie mir vehement. »Mein Bruder ist sehr pflichtbewusst. Er hat Vorlesungen, Seminare. Einfach zu verschwinden, sieht ihm gar nicht ähnlich.«

»Na, dann weiß ich auch nicht weiter«, erwidere ich lahm.

»Ich habe der Polizei gesagt, dass er zu Ihnen wollte. Es kann sein, dass sie demnächst diesbezüglich bei Ihnen nachfragen.«

Nach den üblichen Abschiedsfloskeln beende ich das Gespräch. Alles in mir ist in fiebriger Aufregung. Ich muss den Wagen mit der Leiche loswerden. So schnell wie möglich! Und ich weiß auch schon wo.

26

ANNE

Wer ist Novalee? Und wer Marla? Was haben die beiden mit Daniel zu tun?

Verwirrt und beunruhigt kehre ich in meine Wohnung zurück. Mit einem Mal fühle ich mich fremd hier und vollkommen fehl am Platz. Die Welle der Euphorie, die mich gerade noch getragen hat, ist abgeflacht und der Verunsicherung gewichen. In meinem Kopf geht alles wild durcheinander. Vielleicht hätte ich Marie danach fragen sollen, aber etwas in mir hat sich gesperrt und zur Vorsicht gemahnt.

Novalee. Bei dem Namen klingelt leise etwas in meinem Hinterkopf. Doch ich bekomme es nicht zu fassen. Der Name ist ungewöhnlich und selten, aber er ist mir schon mal begegnet. Ich weiß nur nicht mehr wo. Wie immer in solchen Fällen bemühe ich als Erstes die Internetsuche. Was mich allerdings keinen Schritt weiterbringt. Auch mit dem Namen Marla komme ich nicht weiter. Mir ist nur eins klar: Daniel muss im Leben dieser Frauen eine Rolle gespielt haben. Es fragt sich nur welche. Die Möglichkeiten sind beschränkt und ich habe so eine Ahnung, dass mir die Wahrheit nicht gefallen wird. Facebook und Instagram helfen mir auch nicht weiter. Frustriert klappe ich den Laptop wieder zu.

Ich mache mir etwas zu essen und setze mich anschließend vor den Fernseher. Aber meine Gedanken schweifen immer wieder ab zu Novalee und Marla. Das Einfachste wäre, Marie zu fragen, ob sie die beiden Frauen kennt. Ein Blick auf das Handydisplay sagt mir, dass ich das auf morgen verschieben muss. Es ist schon nach elf.

Ich schalte den Fernseher aus, mache mich bettfertig und krieche unter die Decke. Mit einer Hand streichele ich über meinen Babybauch, spüre, wie sich das Kind sachte in mir bewegt, und lächele. So sehr ich die Schwangerschaft genossen habe, ich hatte keinerlei Probleme, ich litt nicht mal unter der verbreiteten Morgenübelkeit in den ersten Monaten, so sehr freue ich mich, dass der kleine süße Wurm bald das Licht der Welt erblicken wird.

Über diesem Gedanken schlafe ich ein. Mitten in der Nacht werde ich von einem Geräusch geweckt. Seit ich schwanger bin, habe ich einen leichten Schlaf und werde bei jedem noch so kleinen Geräusch wach. Ich bin dann von jetzt auf gleich hellwach und in einer Art Alarmstimmung, als drohe mir und dem Baby eine Gefahr.

Ich richte mich auf und horche. Alles ist still. Aber ich habe Durst und einen schlechten Geschmack im Mund. Gähnend hieve ich mich aus dem Bett und schlurfe barfuß in die Küche, die nach vorne zur Straße rausgeht. Ich hole mir ein Glas aus dem Schrank, fülle es unter dem Wasserhahn und trinke es im Stehen halb leer.

Ein Lichtschein huscht über die Fensterscheibe. Neugierig schiebe ich den Vorhang beiseite und spähe durch die Gitterstäbe nach draußen. Ein Wagen fährt die Auffahrt zur Straße hoch und verschwindet aus meinem Blickfeld. Es ist mitten in der Nacht. Wohin will Marie um diese Uhrzeit? Dass sie sich in Berlin ins Nachtleben stürzen will, kann ich mir beim besten Willen nicht vorstellen. Nachdenklich trinke ich das Glas leer.

Ich habe keine Ahnung, was mich reitet, aber wenige Minuten später stehe ich im Haupthaus vor der Tür, die zum Keller hinunterführt. Sie ist verschlossen. Natürlich! Ich zucke mit den Schultern. Ich bin schon auf dem Weg zurück in mein Bett, als mir die Garage einfällt. Bei unserem gemeinsamen Einkauf letztens habe ich dort eine Tür bemerkt, die, wie Marie sagte, in ihr Atelier führt.

»Daniel nannte es immer das Sperrgebiet«, erzählte sie mir mit einem leicht verschämten Lächeln. »Ich weiß, ich bin in der Beziehung eigen, du kannst es auch seltsam nennen, aber wir müssen mit den Lebensmitteltüten den Umweg durch den Vordereingang nehmen.«

Plötzlich will ich unbedingt wissen, was es mit dem Atelier auf sich hat, warum Marie niemandem den Zutritt gewährt. Ich ziehe mir meine dicke Wolljacke über und verlasse das Haus. Die Luft ist kalt und feucht. Fröstelnd ziehe ich die Jacke fester um mich und gehe zur Garage. Wie ich gehofft hatte, steht das Tor offen. Ich knipse das Licht an.

Als Erstes fällt mir auf, dass Maries rotes BMW-Cabrio noch da ist. Daniel besaß keinen eigenen Wagen, als eingeschworener Fahrradfahrer hegte er eine regelrechte Abneigung gegen das Autofahren. Habe ich mich getäuscht? Hatte Marie Besuch und nicht sie, sondern der Besuch ist eben weggefahren?

Ich sollte zusehen, dass ich in meine Wohnung zurückkomme, bevor sie mich hier erwischt. Doch ich kann es mir nicht verkneifen, schnell zu prüfen, ob die Tür zu Maries Atelier offen ist. Leider ist sie verschlossen. Ich wüsste zu gern, warum sie so ein Geheimnis aus ihrem Atelier macht. Was versteckt sie darin? Ich mache kehrt, um die Garage wieder zu verlassen, da fällt mein Blick auf einen Gegenstand auf dem Boden. Ein großer blauschwarzer Knopf liegt da. Vorsichtig gehe ich in die Hocke und hebe ihn auf. Er hat ein auffälliges Muster, in dem dunklen Blau bricht sich eine schwarze Welle, was man erst auf den zweiten Blick erkennt. Ich umschließe ihn fest mit der Hand. Bestimmt stammt er von einer Jacke, die Daniel gehörte. Ich werde ihn als Glücksbringer und als Erinnerung an ihn behalten.

Später, als ich wieder im Bett liege, wird mir klar, dass ich Marie gegenüber misstrauisch geworden bin. Susa hat recht. Irgendetwas stimmt nicht mit ihr. Ich werde in Zukunft auf der Hut sein und sie genau beobachten.

27

MARIE – DAVOR

Die Zeit schleicht dahin, als hätte sie, um mich zu quälen, auf Zeitlupe umgestellt. Ich kann nicht schlafen, kann mich aber auch nicht ablenken. Unruhig tigere ich im Haus hin und her, die Treppen rauf und runter, schalte den Fernseher an und wieder aus. Ich fühle mich kurz vor einem Nervenzusammenbruch. Alles an mir ist am Zittern, meine Nerven flattern und, so sehr ich mich bemühe, ich bekomme es nicht unter Kontrolle.

Reiß dich zusammen. Du darfst jetzt auf gar keinen Fall durchdrehen.

Doch alles Zureden hilft nichts. Ich haste die Stufen hoch ins Schlafzimmer. Ganz hinten in der Schublade des Nachttischschränkchens finde ich die angebrochene Schachtel Diazepam, die mir der Arzt verschrieben hatte, als ich nach der letzten Fehlgeburt zusammengebrochen bin und mich eine Weile in psychiatrische Behandlung begeben musste. Ich zögere, nehme schließlich nur eine halbe. Das müsste reichen, um meine Panik für eine Weile zu dämpfen. Die Wirkung setzt bereits nach wenigen Minuten ein. Die Anspannung fällt allmählich von mir ab, das Gefühl der Panik ist jedoch hartnäckiger, erst nach einer Weile legt es sich, aber eine innere Unruhe bleibt. Auch nicht gerade angenehm, aber besser auszuhalten.

Kurz vor zwei halte ich es nicht länger aus. Vorsichtshalber schlucke ich die andere Hälfte des Diazepams und mache mich ans Werk. Ich hoffe, dass meine biedere Nachbarschaft tief und fest den Schlaf der Gerechten schläft und niemand beobachtet, wie ich mitten in der Nacht wegfahre. Durch das Atelier gelange ich in die Tiefgarage. Ich nehme die drei Benzinkanister, die ich nach dem Telefonat mit Gerds Schwester an einer Autobahntankstelle aufgetankt und an der Kasse bar bezahlt habe, aus meinem Wagen und verstaue sie im Fußraum des Beifahrersitzes von Gerds Mercedes. Daniels Bolzenschneider und eine Packung mit Grillanzündern habe ich schon nachmittags in den großen Rucksack gepackt und ihn auf dem Rücksitz platziert. In letzter Sekunde habe ich an die Kaminstreichhölzer gedacht. Die sind länger und brennen besser. Vorsichtshalber habe ich auch einen Kerzenanzünder einpackt, falls es regnen sollte und die Streichhölzer nicht zünden, und einen kleinen Stapel Kopierpapier.

Ich bin ganz in Schwarz gekleidet, mein langes Haar ist zu einem Dutt hochgebunden unter einer ebenfalls schwarzen Mütze versteckt. Ich rechne zwar nicht damit, dass mir dort, wo ich hinwill, jemand begegnet, aber man kann nie wissen. Es ist besser zu vorsichtig als nachsichtig zu sein.

Das Garagentor öffnet sich mit der Fernbedienung fast lautlos. Ich ziehe mir die Latexhandschuhe über, steige in den Mercedes und fahre langsam aus der Garage. Das Motorgeräusch kommt mir unnatürlich laut vor. Ich bete, dass Anne nicht wach davon wird und sich fragt, wo ich mitten in der Nacht hinwill. Rasch schiebe ich jeden Gedanken an sie beiseite.

Innerhalb weniger Minuten bin ich auf der Autobahn Richtung Tegel. Um diese Uhrzeit sind nur wenige Fahrzeuge unterwegs und ich komme ohne Zwischenfälle an mein Ziel: das Regierungskrankenhaus der ehemaligen DDR in Berlin-Buch.

Um dieses Hospital rankten sich damals viele Gerüchte, die nach dem Fall der Mauer zum größten Teil bestätigt wurden. *Normalsterbliche* wurden hier nicht behandelt, sondern nur Angehörige der Regierung, des SED-Zentralkomitees und des Politbüros, Staatssekretäre und die Angehörigen hoher SED-Funktionäre. Fehlende Medikamente, die es in der DDR nicht gab, wurden auf schnellstem Weg aus dem Westen beschafft. Die Gebäude auf dem großflächigen Gelände stehen seit 2001 leer. Angeblich sollen hier Stadtquartiere mit vielen Wohnungen entstehen, aber bislang ist nichts in dieser Richtung unternommen worden.

Daniel liebte diese Lost Places und er hat mich ständig an diese oft unheimlichen Orte mitgeschleppt. Ich glaube, wir sind im Umkreis von Berlin in jedem dieser verlassenen, meist geschichtsträchtigen Gebäude gewesen. Auch hierhin habe ich ihn begleitet. Ich werde etwas wehmütig, wenn ich daran zurückdenke. Es war jedes Mal wie ein kleines Abenteuer. Wir haben uns allerdings dem Krankenhaus zu Fuß durch den Wald genähert und sind über einen Zaun geklettert, um auf das Gelände zu gelangen.

Um ein Haar hätte ich den Haupteingang zu dem Krankenhaus verpasst. Er liegt zwar nur wenige Meter von der Straße entfernt, aber im Laufe der Jahre ist die betonierte Zufahrt von Unkraut überwuchert und liegt halb versteckt zwischen Bäumen. Ich trete auf die Bremse, zum Glück ist außer mir niemand unterwegs, biege scharf nach rechts ab und parke den Mercedes direkt vor dem großen zweiflügeligen Tor, das mit Metallelementen verziert ist, die wohl stilisierte Menschen darstellen sollen.

Ich lasse die Scheinwerfer brennen, damit ich etwas sehen kann und steige aus. Feuchte Kälte umfängt mich. Obwohl mein Gesicht vor Aufregung glüht, beginne ich zu frieren. Die Temperatur ist in den letzten Nächten wieder auf vier Grad gesunken. Ich höre das Motorgeräusch eines sich nähernden Wagens und ducke mich automatisch vor den Mercedes. Das Auto rast mit überhöhter Geschwindigkeit vorbei. Die Straße hinter mir versinkt wieder in der Dunkelheit. Aus der Ferne klingt ein leises Rauschen an mein Ohr, ein Geräusch, das ich nicht zuordnen kann.

Ich wende mich dem Eingang zum Krankenhaus zu. Das große übermannshohe Tor ist mit einem stabil aussehenden Schloss gesichert. Für den Bolzenschneider stellt das jedoch kein Problem dar. Im Nu habe ich das Schloss durchtrennt. Ich öffne das Tor, dessen Scharniere ein protestierendes Knarren in die Stille senden, steige wieder in den Mercedes und fahre in Schrittgeschwindigkeit über das Gelände. Der Asphalt der Straße ist im Laufe der Jahre an vielen Stellen aufgeplatzt, in den entstandenen Rissen sprießt Unkraut.

Auf einem großen betonierten Platz stoppe ich und sehe mich im fahlen Licht der Scheinwerfer um. Das Ausmaß des Zerfalls ist trotz der schlechten Lichtverhältnisse erschreckend. Viele Fensterscheiben sind zertrümmert, die Fassaden mit schwarzem Schimmel überwuchert und überall liegt Unrat herum. Aber ich bin nicht zur Besichtigung hier, rufe ich mich zur Ordnung.

Ich atme tief durch, öffne sämtliche Autofenster, hole die drei Benzinkanister und meinen Rucksack aus dem Wagen und stelle ihn in sicherer Entfernung ab. Dann öffne ich den ersten Kanister und überschütte den Wagen mit Benzin, den Inhalt des zweiten kippe ich durch die geöffneten Fenster ins Wageninnere und auf den Boden unter das

Auto. Der Benzingeruch wird immer durchdringender. Jetzt kommt der schwierigste Teil.

Es kostet mich einiges an Überwindung, den Kofferraum zu öffnen. Ein widerwärtiger Geruch schlägt mir entgegen. Mit abgewandtem Gesicht gieße ich den Inhalt des dritten Benzinbehälters hinein. Ein Stöhnen lässt mich zusammenzucken. Ich stoße einen Schrei aus, fast wäre mir der Kanister entglitten, und sehe mich panisch um. Da ist niemand. Oder hat Gerd gestöhnt? Lebt er doch noch? Ich wage einen schnellen Blick auf den Körper. Er bewegt sich nicht, gibt auch keinen Laut von sich. Vermutlich habe ich mir das Geräusch nur eingebildet. Oder es kam von einem morschen Ast der umliegenden Bäume. Rasch kippe ich den Rest des Benzins über ihn aus.

Ich zünde ein Blatt Papier nach dem anderen an und lasse sie durch die offenen Fenster ins Innere gleiten. Einige verglimmen sofort, andere brennen weiter. Ich nehme die Grillanzünder, platziere sie in kleinen Abständen auf der rechten Wagenseite, zünde sie an und schiebe sie dann mit Hilfe des Bolzenschneiders unter den Wagen. Das Feuer lodert sofort auf. Ich zögere, aber es muss sein. Die letzten verteile ich auf der Leiche im Kofferraum und zünde sie an. Dann trete ich ein paar Schritte zurück und sehe zu, wie der Wagen in Flammen aufgeht.

Eine schwarze Rauchwolke steigt von dem brennenden Wagen hoch und zerfasert sich nach wenigen Metern in ein dunkles Grau. Das hatte ich nicht bedacht. Der Rauch wird weithin sichtbar sein. Ich schnappe mir meinen Rucksack und mache, dass ich von dem Gelände verschwinde. Ich überlege, ob ich den kürzeren Weg durch den Wald nehme, aber das ist mir dann doch zu unheimlich. Ich entscheide mich der Wiltbergstraße zu folgen. Nur ein schmaler Grünstreifen trennt die dunkle Mauer des Waldes von der Straße. Ich gehe so schnell ich kann, sehe nicht nach rechts und nicht nach links. Ich will nur eins: weg von hier. Einmal überholt mich laut hupend ein Auto, hält aber zum Glück nicht an. Vermutlich irgendwelche Jugendlichen auf dem Weg von einem Club in Berlin nach Hause.

Außer Atem, aber noch immer voll mit Adrenalin erreiche ich den S-Bahnhof Buch. Ich sprinte die Stufen zum Bahnsteig hoch. Er ist menschenleer. Die zwanzig Minuten, bis der Zug fährt, der erste des Morgens, vergehen quälend langsam. Nach und nach treffen weitere Leute auf dem Bahnsteig ein, was mich etwas nervös macht. Doch niemand schenkt mir Beachtung.

Dafür hat sich in meinem Hinterkopf das Wort *Mörderin* eingenistet wie ein bösartiges Geschwür. Ich werde es nicht mehr los. Es kreist in einer endlosen Schleife durch meinen Verstand, begleitet von dem Bild einer verkohlten Leiche. Einmal mehr fühle ich mich dem Wahnsinn nahe.

Zweieinhalb Stunden später komme ich völlig erschöpft zu Hause an. Das Garagentor steht offen. Die Garage ist hell erleuchtet. Ich stutze. Habe ich in der Hektik des Aufbruchs vergessen, das Licht auszumachen? Oder war in meiner Abwesenheit jemand hier drin? Anne? Mit einem bangen Gefühl haste ich zur Tür, die in mein Atelier führt, und stoße einen Seufzer der Erleichterung aus. Sie ist verschlossen. Ich verriegele das Garagentor von innen, lösche das Licht und gelange durch das Atelier, in dem es immer noch penetrant nach scharfen Putzmitteln riecht, ins Haus.

Kraftlos schleppe ich mich die Stufen zum Schlafzimmer hoch. Ich fühle mich, als hätte ich heute Nacht den Mount Everest bestiegen. Ich kann kaum noch krauchen. Mir tut alles, wirklich alles weh. Und ich bin so erschöpft, dass ich nicht mehr denken kann. Was gut ist. Mein Kopf fühlt sich an, als sei er mit Watte gefüllt. Ich falle, schmutzig wie ich bin und nach Rauch stinkend, aufs Bett und schlafe sofort ein.

28

ANNE

Das Klingeln meines Handys reißt mich am Morgen aus einem wirren Traum, in dem Daniel, meine Freundin Susa und Hendrik eine Rolle spielten. Letzte Traumfetzen schwirren mir durch den Kopf, ergeben aber keinen erkennbaren Sinn. Schlaftrunken greife ich nach dem Telefon auf dem Nachttisch.

»Ja?«

»Spreche ich mit Frau Lenzer? Anne Lenzer?« Eine unfreundlich klingende Altmännerstimme. Sie kommt mir vage bekannt vor.

Wieder murmele ich ein »Ja« und schiebe ein »Und wer sind Sie?« hinterher.

»Bernd Hähnel, der Hausmeister. Kann es sein, dass Sie versäumt haben, einen Nachsendeantrag zu stellen?«

Oh Mist, daran habe ich tatsächlich keine Sekunde gedacht.

»Sie haben recht«, antworte ich. »Das werde ich umgehend nachholen.« In Gedanken setze ich es auf meine heutige To-do-Liste.

»Was soll ich mit der Post machen, die ich gestern aus Ihrem überquellenden Briefkasten genommen habe?«

»Könnten Sie mir die freundlicherweise an meine neue Anschrift schicken? Die Werbung können Sie natürlich gerne wegwerfen.«

»Was glauben Sie, wer ich bin, Fräulein? Ihr Dienstbote?«, knurrt er. »Die holen Sie sich schön bei mir ab. Wo mein Büro ist, wissen Sie ja.«

Bevor ich etwas erwidern kann, hat er das Gespräch unterbrochen. Was für ein griesgrämiger Zeitgenosse! Mir wird wohl nichts anderes übrig bleiben, als nach Kreuzberg zu fahren. Das wird mich heute einige Stunden kosten. Seufzend quäle ich mich aus dem Bett. Vielleicht kann ich es mit einem Treffen mit Susa verbinden. Ich rufe sie sofort an. Ihre Stimme klingt verschlafen, offensichtlich habe ich sie geweckt. Im Hintergrund höre ich eine zweite Stimme, eindeutig männlich. Vermutlich ihr neuer Lover. Ich bin gespannt, wie lange sie es dieses Mal mit ihm aushält.

»Was soll ich machen?«, hat sie schelmisch grinsend erwidert, als ich sie mal auf ihren Männerverschleiß angesprochen habe. »Der Richtige war einfach noch nicht dabei. Ich bin sozusagen noch in der Testphase.«

Wir verabreden, dass ich zu ihr komme, nachdem ich meine Post in Empfang genommen habe, und nach einem schnellen Frühstück mache ich mich auf den Weg. Das Garagentor ist wieder geschlossen, stelle ich fest. Ich würde ja zu gerne wissen, mit wem sie gestern mitten in der Nacht weggefahren ist. Im Grunde geht mich das auch nichts an. Merkwürdig ist es aber schon. Ich habe nicht den Eindruck, als hätte Marie einen großen Freundeskreis. Wenn überhaupt.

Herr Hähnel überreicht mir gewohnt übel gelaunt meine mit einem Gummiband verschnürte Post. Ich nehme sie dankend entgegen und auf seine Nachfrage, ob ich den Nachsendeantrag denn endlich gestellt hätte, erwidere ich, das sei das Erste gewesen, das ich nach unserem Telefonat heute Morgen erledigt hätte. Was glatt gelogen ist. Ich stopfe die Post in meinen Rucksack, ich werde sie mir später in aller Ruhe ansehen, und trete auf die Straße.

Es ist windig geworden. Ein Schiff tuckert gemütlich durch den Landwehrkanal, das Wasser schlägt Wellen und klatscht gegen die Uferbefestigung. Eine Frau erregt meine Aufmerksamkeit. Sie steht regungslos unten am Ufer. Ist das Marie? Ich schaue genauer hin. In diesem Moment eilt ein Mann auf die Frau zu, stoppt neben ihr und legt eine Hand auf ihren Arm. Sie wendet sich ihm zu. Erst jetzt bemerke ich, dass sie braunes Haar hat, das zu einer Pagenfrisur geschnitten ist. Ich sehe schon überall Gespenster. Kopfschüttelnd wende ich mich ab und mache mich auf den Weg zur S-Bahn.

Eine strahlende, nur mit Slip und Hemdchen bekleidete Susa öffnet mir und lacht laut, als sie mich laut schnaufend vor der Tür stehen sieht. Sie wohnt im dritten Stock, was auch schon ohne Babybauch ein kleiner Kraftakt für mich gewesen ist. Ich bin noch nie die Sportlichste gewesen.

»Du Ärmste«, sagt sie. Das Lachen straft ihre mitfühlenden Worte Lügen. »Komm rein und ruh dich erst mal aus.«

Das lasse ich mir nicht zweimal sagen und sinke stöhnend auf einen der beiden Küchenstühle. Ihr neuer Lover scheint gegangen zu sein. Schade, ich hätte ihn gerne kennengelernt.

»Hast du schon gefrühstückt? Nein? Ich lade dich ins *Zimt und Zucker* ein«, sagt Susa, ohne meine Antwort abzuwarten. »Ich zieh mir nur schnell was Vorzeigbares an.«

Das Café in der Nähe des S-Bahnhofs Friedrichstraße ist wie immer um diese Uhrzeit proppenvoll. Doch wir haben Glück, ein Pärchen zahlt gerade und Susa und ich quetschen uns an den kleinen Zweiertisch in der Ecke. Während wir uns über das leckere Frühstück hermachen, plaudern wir über Gott und die Welt. Wir lachen viel und ich fühle mich wie immer sehr wohl in Susas Gesellschaft. Als sie zum Tresen geht, um zu bezahlen, da die gestresste Kellnerin uns keine Beachtung schenkt, kommen mir Novalee und Marla wieder in den Sinn.

»Sag mal, kennst du eine Frau namens Novalee?«, frage ich Susa, als sie an unseren Tisch zurückkommt.

»Wie kommst du denn jetzt da drauf?« Susa schaut mich irritiert an. Ich erzähle es ihr.

»Bei Marla klingelt rein gar nichts bei mir«, erwidert sie nachdenklich. »Aber Novalee habe ich schon mal gehört. Was glaubst du denn, wer die beiden sind? Verwandte von Daniel?«

»Möglich. Aber nicht sehr wahrscheinlich. Oder würdest du den Namen eines männlichen Verwandten mit einem Herz versehen?«

»Warum nicht?« Susa zuckt mit den Schultern. »Wenn ich jemanden besonders mag.« Sie nimmt ihr Handy vom Tisch und wirft einen Blick auf das Display. »Du, ich muss los. Sonst komme ich zu spät zu meinem Seminar.«

Ich müsste mich auch mal wieder an der Uni blicken lassen. Es ist zwei Wochen her, seit ich das letzte Mal in einer Vorlesung gewesen bin. Ich hatte einfach zu viel um die Ohren. Nächste Woche gehe ich wieder hin, beruhige ich mein schlechtes Gewissen und verlasse hinter Susa das Café. Nebeneinander überqueren wir plaudernd die Straße und steigen die Stufen zum S-Bahnhof hoch. Dann trennen sich unsere Wege. Susa muss auf den Bahnsteig oben, ich nach unten. Wir verabschieden uns mit einer Umarmung voneinander. Ich bin schon auf der Treppe, als sie mir hinterherkommt.

»Warte.« Sie hält mich am Arm fest. »Nova Horten«, sagt sie.

»Nova Horten?«, wiederhole ich stirnrunzelnd. Dann fällt der Groschen. »Novalee! Du kennst sie?«

»Kennen wäre zu viel gesagt. Wir waren mal zusammen in einer Arbeitsgruppe. Das ist schon eine ganze Weile her. Ein oder zwei Jahre. Danach sind wir uns noch ab und zu mal an der Uni über den Weg gelaufen. In letzter Zeit habe ich sie allerdings nicht mehr getroffen. Vielleicht hat sie geschmissen.«

»Vielleicht ist sie's auch nicht.«

»Es ging damals so ein Gerücht herum«, druckst Susa und weicht meinem Blick aus.

»Was für ein Gerücht?«

»Na, ja. Man hat gemunkelt, dass sie von einem der Profs schwanger war.«

»Gott, Susa, lass dir doch nicht jedes Wort einzeln aus der Nase ziehen. Von wem?«

»Von Daniel Rothenberg.« Susa ist rot im Gesicht vor Verlegenheit. »Tut mir leid, aber …«

»Das muss dir doch nicht leidtun. Es war ein Gerücht. Da muss ja nichts dran gewesen sein.«

»Da hast du natürlich recht.« Sie ist sichtlich erleichtert, dass ich nicht geschockt reagiere.

»Und jetzt ab mit dir, sonst kommst du doch noch zu spät zu deinem Seminar.«

Susa wirft mir einen Blick zu, in dem ich leise Zweifel lese. So ganz nimmt sie mir meine Gelassenheit nicht ab. Dafür kennt sie mich zu gut. Und ihre Zweifel sind berechtigt. Ich bin alles andere als gelassen. Alles in mir ist in Aufruhr.

Ich kenne die Gerüchte, die sich um Daniels Liebesleben rankten. Jeder an der FU wusste, dass er hin und wieder mit einer Studentin anbandelte. Aber er hat mir immer wieder versichert, dass er für keine dieser Frauen wirklich etwas empfunden hat. *Das waren Affären, nichts von Bedeutung*, hatte er geschworen. Und ich habe ihm natürlich geglaubt. Ich wollte ihm glauben, wollte glauben, dass ich die Einzige war, für die er wirklich etwas empfand, und dass er sich meinetwegen von seiner Frau trennen würde. Aber nun kann ich nicht mehr umhin, die bittere Pille zu schlucken. Daniel hat mich eiskalt belogen, fürchte ich. Was ich noch befürchte, wage ich nicht einmal zu denken.

29

MARIE

Gerds Handy! Wo habe ich das hingetan? Schlagartig bin ich wach. Ist es noch unten im Atelier? Ich muss die SIM-Karte entfernen und es schnellstens loswerden. Viel zu hastig springe ich aus dem Bett und prompt wird mir schwindelig. Benommen stütze ich mich mit einer Hand an der Wand ab und warte, bis der Schwindelanfall vorbei ist. Dann schlüpfe ich in meinen Bademantel und haste die Stufen zum Keller hinunter.

Mit vor Aufregung zittrigen Fingern schließe ich das Atelier auf. Wo ist das Handy? Ich stelle alles auf den Kopf, kann es aber nirgendwo finden. Ich bin kurz vorm Durchdrehen.

Ganz ruhig. Denk nach! Wann hattest du das Telefon das letzte Mal in der Hand?

Ich versuche, es mir in Erinnerung zu rufen. Ich habe Gerd die Autoschlüssel und das Handy abgenommen und beides mit nach oben genommen. Ich haste die Kellertreppe wieder hoch. Das Handy liegt gut sichtbar auf dem Sideboard im Wohnzimmer neben der Station des Festnetztelefons. Ich schließe die Augen und puste erleichtert die Luft aus meiner Lunge. Dann greife ich danach, um die SIM-Karte zu entfernen. In der Sekunde klingelt das Gerät. Ich stoße einen Schrei aus, das Telefon fällt mir aus der Hand und schlägt scheppernd auf den Bodenfliesen auf. Augenblicklich verstummt es.

Die letzten Tage waren zu viel für mich. So schreckhaft kenne ich mich gar nicht. Ich hebe das Handy vom Boden auf, entferne rasch die SIM-Karte und überlege, ob ich beides im See versenken soll, entscheide mich aber dagegen. Wenn das Handy durch einen dummen Zufall in der Nähe meines Hauses entdeckt wird und nachverfolgt werden kann, wem es gehört, könnte das unangenehme Folgen für mich haben. Ich werde alles so weit weg wie möglich von hier entsorgen.

Eine halbe Stunde später bin ich, dieses Mal mit meinem Auto, unterwegs nach Berlin. Handy und SIM-Karte, die ich vorsichtshalber zerbrochen habe, stecken in einer dieser Baumwolltaschen, die man in jedem Supermarkt an der Kasse kaufen kann. Zwei faustgroße Kieselsteine aus dem Garten habe ich dazu getan, damit die Tasche schneller untergeht. Ich habe die Echthaarperücke rausgekramt, die ich schon seit Ewigkeiten nicht mehr getragen habe: Jetzt habe ich braunes Haar, das zu einer kinnlangen Pagenfrisur geschnitten ist, und ich trage eine große dunkle Sonnenbrille, die mein Gesicht halb verdeckt. Vermutlich eine völlig überflüssige Tarnung, aber ich fühle mich so einfach wohler.

Mein Ziel ist Kreuzberg, genauer der Landwehrkanal. In Berlin staut es sich wie üblich an jeder Ecke. Es dauert fast zwei Stunden, bis ich den Wagen in einer der kleinen Seitenstraßen parken kann. Ich nehme die Baumwolltasche vom Rücksitz und mache mich zu Fuß auf den Weg. Das Gefühl, neben mir zu stehen, will nicht weichen. Wie ferngesteuert setze ich einen Schritt vor den anderen und finde mich nach kurzer Zeit am Landwehrkanal wieder.

Es ist sehr windig, ich habe Angst, dass mir die Perücke vom Kopf gerissen wird und prüfe ständig ihren Sitz. Es ist recht kühl, sodass außer mir kaum jemand unterwegs ist, was mir entgegenkommt. Die Zweige der Trauerweide direkt neben mir rascheln leise im Wind. Verstohlen schaue ich mich um: Niemand ist in der Nähe. Mit viel Schwung schleudere ich den Baumwollbeutel in den Kanal und sehe zu, wie er langsam im Wasser versinkt.

Dass ich nicht mehr allein bin, registriere ich erst, als mich jemand am Arm packt. Ich schnelle herum. Der alte Mann lässt mich augenblicklich los, hebt beide Hände und tritt einen Schritt zurück.

»Was soll das?«, fauche ich.

Aus dem Augenwinkel sehe ich, dass uns eine Frau von der Straße aus beobachtet. Ist das Anne? Bevor ich genauer hinschauen kann, wendet sie sich ab und geht davon. Es ist Anne. Der Babybauch hat sie verraten. Spioniert sie mir etwa nach?

Der Mann faselt etwas von: »Sie sahen so unglücklich aus, ich habe befürchtet, Sie würden sich etwas antun.«

Ich lasse ihn ohne ein weiteres Wort stehen und eile Anne hinterher. Keine Ahnung, was ich mir davon verspreche. Es ist ein Impuls, dem ich nachgebe, ohne groß darüber nachzudenken. Ich folge ihr im sicheren Abstand bis zum U-Bahnhof Schlesisches Tor. An der Station Hallesches Tor verlässt sie die Bahn und steigt in eine andere U-Bahn. In dem Gewimmel verliere ich sie aus den Augen. Ich will schon aufgeben, da entdecke ich sie wieder.

Ich verfolge Anne bis zum Haus, in dem ihre Freundin Susa wohnt. Was mache ich hier eigentlich, frage ich mich, als die Hauseingangstür hinter Anne ins Schloss gefallen ist. Eine Antwort auf die Frage finde ich nicht, dennoch bleibe ich in der Nähe und warte. Vielleicht ergibt sich eine Gelegenheit, Susa auszuschalten. Nicht dass ich auch sie töten will. Das mit Gerd wird eine Ausnahme bleiben, das habe ich mir geschworen. Aber ein Unfall, der sie für einige Zeit außer Gefecht setzt, würde mir reichen.

Meine Geduld wird belohnt. Kurze Zeit später verlassen die beiden plaudernd und lachend das Haus. Es versetzt mir einen kleinen Stich, Anne und Susa zusammen zu sehen. Ich habe mir immer eine beste Freundin gewünscht. Aber ich weiß selbst nicht, warum die anderen Mädchen in meiner Schule mich mieden, als hätte ich eine ansteckende Krankheit. Ich verscheuche die schmerzliche Erinnerung und gehe den beiden hinterher.

Sie verschwinden in einem Café in fußläufiger Entfernung gegenüber vom S-Bahnhof Friedrichstraße. Das kann dauern. Ich werfe einen Blick durch die Fensterscheibe. Der Raum ist proppenvoll und zudem so klein, dass ich mich nirgendwo verstecken könnte. Wieder frage ich mich, ob ich nicht meine Zeit verschwende, wieder schaffe ich es nicht, mich umzudrehen und zu gehen.

Und dieses Mal wird meine Geduld arg strapaziert. Es dauert geschlagene anderthalb Stunden, bis sie das Café verlassen und sich Richtung Bahnhof aufmachen. Ich folge ihnen in sicherer Entfernung und als sich ihre Wege trennen, haste ich Susa hinterher.

Die Fahrt geht bis zum Bahnhof Botanischer Garten. Susa läuft vor mir die Treppenstufen zum Ausgang hoch. Ich könnte sie überholen, ihr einen Stoß versetzen, sodass sie hinterrücks die Treppenstufen hinunterstürzt.

Sie könnte sich bei dem Sturz das Genick brechen.

Ich zögere eine Sekunde zu lange. Eine Horde Teenager stürmt die Treppe hinunter und lärmt an uns vorbei. Ich drehe mich um und gehe ihnen hinterher. Enttäuscht wegen der verpassten Gelegenheit, aber auch erleichtert, dass ich mich nicht schon wieder eines Verbrechens schuldig gemacht habe.

Ich habe zum Glück noch einen Plan B. Er wird mich zwar eine Menge Geld kosten und der Erfolg ist auch nicht garantiert, aber es wird nicht auf einen weiteren Mord hinauslaufen. Zumindest nicht, wenn alles gut geht.

30

ANNE

Auf dem Heimweg beschließe ich, Marie auf Novalee anzusprechen. Hat sie nicht erwähnt, dass sie über alle Affären ihres Mannes informiert war? Ich habe auch einen Verdacht, wer Marla sein könnte. Obwohl ich hoffe, dass ich mich täusche. Aber Marie ist nicht zu Hause. Erst am späten Nachmittag höre ich einen Wagen vorfahren. Ich werfe einen Blick aus dem Fenster. Es ist Maries rotes Cabrio. Plötzlich bin ich ganz aufgeregt. Soll ich sie wirklich auf Novalee ansprechen? Alles in mir signalisiert ein eindeutiges Ja. Ich werde keine Ruhe finden, bevor ich nicht weiß, ob etwas Wahres an den Gerüchten um Novalee und Daniel ist.

Da ich Marie nicht gleich überfallen will, warte ich eine Weile, bevor ich rübergehe. Sie ist in der Küche und löffelt Kaffeepulver in den Filter. Ich klopfe gegen den Türrahmen, um mich bemerkbar zu machen. Sie zuckt zusammen, legt eine Hand auf den Brustkorb und starrt mich an, als wäre ich eine Geistererscheinung.

»Oh, sorry«, entschuldige ich mich. »Ich wollte dich nicht erschrecken.«

»Puh«, sagt sie. »Ich habe dich gar nicht kommen gehört. Ich war mit den Gedanken ganz woanders. Möchtest du auch einen Kaffee?«

»Nein, danke. Ich hatte heute schon eine Tasse Kaffee.«

»Ich kann dir auch einen Tee machen«, bietet sie mir an.

Auch das lehne ich dankend ab. »Ich will dich gar nicht lange stören. Ich wollte dich nur fragen …« Ich stocke, weiß mit einem Mal nicht mehr, wie ich die Frage nach Novalee formulieren soll.

»Was wolltest du mich fragen?« Sie sieht mich forschend an.

»Kennst du eine Novalee?«, falle ich mit der Tür ins Haus.

Schlagartig verändert sich Maries Gesichtsausdruck. Ihre Augen weiten sich und ihr Mund öffnet sich zu einem unausgesprochenen Oh. Doch sie fängt sich schnell.

»Novalee?« Mit gerunzelter Stirn wiederholt sie den Namen, als müsse sie nachdenken, wo sie ihn schon mal gehört hat. »Ungewöhnlicher Name.«

Sie macht mir was vor. Ihre Miene, in der sich nur kurz, kaum wahrnehmbar der Schrecken zeigte, als ich den Namen erwähnte, hat sie verraten. Sie weiß genau, wer Novalee ist. Ich fürchte, sie wird mir gleich eine Lüge auftischen.

»Warum fragst du mich das?«

»Susa hat mir heute erzählt, dass Daniel mit ihr eine längere Affäre hatte.«

Marie zieht ihre Unterlippe zwischen die Zähne. »Jetzt, wo du es erwähnst, fällt es mir wieder ein. Ich glaube, Daniel nannte sie Nova. Ich bin ihr allerdings nie begegnet.«

»Wie lange waren sie zusammen?«

»Gott, Anne, warum willst du dich mit etwas quälen, was für Daniel keine Bedeutung hatte?«

»Vielleicht hast du recht.« Ich schlage die Augen nieder, presse die Lippen aufeinander, als kämpfte ich mit den Tränen. »Ich wusste natürlich von Daniels Ruf, aber ich dachte immer, ich sei etwas Besonderes für ihn.«

»Das warst du auch.« Marie macht einen Schritt auf mich zu. Sofort versteife ich mich. Ich weiß nicht, wie ich reagieren werde, wenn sie mich jetzt umarmt. Wahrscheinlich schlage ich um mich.

»Das mit dieser Novalee ist lange her. Wenn ich mich richtig erinnere, hatte Daniel sie recht schnell über. Sie war ihm wohl zu anhänglich.« Der Ton ihrer Stimme ist sanft, voller Mitgefühl, das ich ihr nicht abkaufe.

»Daniel konnte einfach nicht treu sein. Er liebte die Frauen, das lag in seiner Natur. Ich habe lange gebraucht, um das zu akzeptieren, mich aber schließlich damit abgefunden, weil ich ihn nicht verlieren wollte.«

»Ich weiß nicht, ob ich das gekonnt hätte«, erwidere ich.

Marie zuckt mit den Schultern. »Für mich wäre ein Leben ohne ihn unvorstellbar gewesen.«

»Ich gehe dann mal wieder rüber«, sage ich. »Danke für deine Offenheit.«

»Sehr gerne«, antwortet sie und schenkt mir ein Lächeln.

»Wenn du mal jemanden zum Reden brauchst: Ich bin für dich da.« Ich erwidere Maries Lächeln und komme mir unsagbar falsch vor. »Du siehst müde aus. Liegst du auch nachts oft wach und kannst nicht fassen, dass Daniel für immer weg ist?«

»Ja.« Mir entgeht der wachsame Ausdruck in Maries Augen nicht.

»Ich habe dich gestern mitten in der Nacht wegfahren sehen.«

»Ich musste raus.« Eine leichte Röte steigt ihr in die Wangen. »Ich habe es nicht mehr ausgehalten. Es gibt Momente, da vermisse ich Daniel so sehr, dass ich glaube, es nicht länger hier im Haus ohne ihn aushalten zu können. Dann hilft es mir, durch die Gegend zu fahren. Dabei kann ich am besten abschalten.«

Ich bin kurz davor, sie zu fragen, wem das Auto gehört, mit dem sie losgefahren ist, aber mein Gefühl sagt mir, dass es besser ist, das nicht zu tun.

»Das verstehe ich sehr gut.« Ich lege so viel Anteilnahme in meine Stimme, wie mir möglich ist. Ich bin leider nicht so eine gute Schauspielerin, wie es Marie ganz offensichtlich ist.

»Unsere Liebe zu Daniel verbindet uns. Das ist doch etwas sehr Schönes.«

»Ja«, bringe ich heraus und wünsche ihr noch einen schönen Abend.

Wir lächeln uns zu, dann verlasse ich die Küche und kehre in meine Wohnung zurück. Die Verbindungstür schließe ich von innen ab.

Warum hat Marie gelogen? Was versucht sie, vor mir geheim zu halten? Ich muss herausfinden, was aus Novalee geworden ist. Sie ist der Schlüssel zu allem.

31

MARIE

Ich werde das Gefühl nicht los, dass Anne mir kein Wort geglaubt hat. Aber vielleicht irre ich mich auch. Die letzten Tage haben mir ziemlich zugesetzt. Es läuft nicht so, wie ich es geplant habe, und ich habe schreckliche Angst, dass ich die Kontrolle verlieren könnte. Ich trete auf die Terrasse und umschlinge mich mit beiden Armen. In einem Punkt habe ich nicht gelogen. Ich vermisse Daniel unsagbar. Mir fehlen seine Gelassenheit, sein Humor und seine Neugier auf all das, was das Leben ihm zu bieten hatte. In meinen Augen brennen Tränen, aber ich kann sie nicht weinen. Auch wenn ich mir in Augenblicken wie diesen nichts sehnlicher wünsche.

Und wieder schießt die Erinnerung wie eine Art Geysir in mir hoch und überschüttet mich mit Bildern, die ich nur zu gerne vergessen würde, doch das gelingt mir nicht. Zu groß ist die Schuld, die ich auf mich geladen habe.

Wir waren klettern, wie so oft in diesem Jahr. Vater hat darauf bestanden, dass ich dieses Mal vor ihm hochsteige und uns sichere.

Du bist so weit, du kannst das.

Ich habe seine Worte noch heute im Ohr, sehe sein Lächeln, mit dem er mir Mut machen wollte. Ich hatte Angst, eine Scheißangst, aber ich habe getan, was er von mir verlangte. Dann passierte etwas, womit man beim Klettern immer rechnen muss, und doch trifft es einen unvorbereitet, wenn es tatsächlich geschieht.

Steine prasselten von oben auf uns herab. Ich konnte blitzschnell ausweichen, aber meinen Vater trafen mehrere Gesteinsbrocken. Er war sofort bewusstlos und hing leblos im Seil. Wir waren nur noch durch einen Haken gesichert. Ich pendelte, versuchte wieder Halt zu erreichen, aber ich schaffte es nicht.

Ich schließe die Augen. Mein Mund ist staubtrocken, ich kann kaum noch schlucken. Vergeblich versuche ich die Bilder wegzudrängen, sie stürmen auf mich ein, bringen mich fast zum Taumeln. Ich bin mir bis zum heutigen Tag nicht sicher, ob ich es mir nur eingebildet habe oder ob mein Vater das Bewusstsein wiedererlangt hatte.

»Du musst das Seil durchschneiden«, rief er mir von unten zu. »Sonst sterben wir beide.«

»Nein!« Mein verzweifelter Schrei hallte durch die Stille.

»Denk dran, was ich dir gepredigt habe! Tu es«, befahl er mir. »Sofort. Wenn du mich nicht abschneidest, stürzt auch du in den Tod.«

Ich zog das Messer und durchtrennte das Seil unter mir. Mein Vater stürzte vor meinen Augen in die Tiefe.

Im Krankenhaus erzählte ich meiner Mutter, was geschehen war. Ich beschönigte nichts. Sie hörte mir mit versteinerter Miene zu. Mit jedem Wort wurde mir klarer, dass ich von ihr keinen Trost erwarten konnte. Für sie war ich die Mörderin ihres geliebten Mannes. Und das war ich ja auch. Als ich mit tränenerstickter Stimme geendet hatte, erhob sie sich von der Bettkante und verließ das Zimmer. Seit dem Tag hat sie kein Wort mehr mit mir gewechselt. Nicht ein einziges. Doch ich wusste auch so, was meine Mutter dachte. *Ohne meine Tochter könnte ich leben, aber nicht ohne meinen geliebten Mann.* Sobald ich volljährig war, verließ ich mein Elternhaus. Ohne ein Wort des Abschieds.

Seither habe ich nie wieder einen Fuß hineingesetzt. Aber tief in mir drinnen schlummerte der Wunsch, meine Mutter möge nach mir suchen, um mir zu vergeben. Ich sehne mich nach wie vor mit jeder Faser meines Körpers nach ihrer Liebe und weiß doch um die Vergeblichkeit meiner Sehnsucht. Denn sie ist gestorben. Zwei Jahre nach dem Tod meines Vaters hat sie sich das Leben genommen. Von ihrem Tod habe ich erst durch den Testamentsvollstrecker erfahren. Ich war die Eigentümerin einer weltweiten Hotelkette und um viel Geld reicher. Aber ich hätte mit Freuden darauf verzichtet, wenn mir das meinen Vater und meine Mutter zurückgebracht hätte.

Mein brennender Wunsch nach einem Kind, einer Familie scheint mit einem Fluch belegt zu sein. Vielleicht sollte ich aufgeben, dafür zu kämpfen. Allein bei dem Gedanken sträubt sich alles in mir. Ich bin so kurz davor. Diese Chance werde ich nicht ungenutzt verstreichen lassen.

Anne ist misstrauisch geworden. Die Chance, ihre Freundschaft oder vielleicht sogar Liebe zu erlangen, ist vertan. Anne ist nicht dumm. Sie wird sich auf die Suche nach Novalee machen und sie wird erfahren, was mit ihr passiert ist. Das werde ich kaum verhindern können.

32

ANNE

Dieses Mal ist meine Suche im Internet von Erfolg gekrönt. Schon nach kurzer Zeit stoße ich auf eine Todesanzeige. Novalee Horten wurde mit gerade mal fünfundzwanzig aus dem Leben gerissen, lese ich mit wachsender Bestürzung.

Mit Tränen in den Augen lese ich die Worte der Eltern in der Anzeige:

Uns wurde das Liebste genommen, das wir auf Erden hatten, unsere über alles geliebte Tochter Novalee. Im Himmel werden wir uns wiedersehen. Das ist unser einziger, wenn auch schwacher Trost. Wir lieben Dich über alles, Du warst das Beste und Schönste in unserem Leben, Deine untröstlichen Eltern.

Es ist das Schlimmste, was Eltern geschehen kann, wenn sie das geliebte Kind zu Grabe tragen müssen. So etwas dürfte nicht sein, dass Kinder vor ihren Eltern gehen, und doch passiert es immer wieder. Das Schicksal ist unfair und grausam. Ich hole tief Luft und wische mir die Tränen von den Wangen.

Die Eltern heißen Amelie und Paul Horten. Die Beisetzung fand auf dem Dorffriedhof Karow statt. Es gibt im Telefonbuch nur eine Familie Horten in Karow. Ich notiere mir die Adresse und beschließe, den Eltern von Novalee gleich morgen einen Besuch abzustatten. Vielleicht erfahre ich von ihnen auch, wer Marla ist. Wenn sie überhaupt mit mir sprechen wollen.

Nach einer unruhigen Nacht fühle ich mich am Morgen wie gerädert. Das Baby, ich bin mir mittlerweile fast sicher, es wird ein Junge, hat die ganze Nacht um sich getreten. Vermutlich hat er sich schon mal im Fußballspielen geübt. Ich verspüre wenig Lust, mit den Öffentlichen nach Karow zu fahren. Der Stadtteil befindet sich am anderen Ende von Berlin. Aber heute ist Sonntag und die Chance, jemanden anzutreffen, ist groß. Zum Glück ist die Verbindung mit der S-Bahn recht gut, stelle ich fest, als ich die Fahrplanauskunft im Internet bemühe. Eine Stunde Fahrzeit wird angezeigt. Ich hätte mit wesentlich mehr gerechnet. Ich dusche, frühstücke und mache mich auf den Weg.

Es dauert dann doch fast zwei Stunden, bis ich die Stufen des Bahnhofs in Karow hinunterstapfe. Eine Bahn hatte Verspätung, die andere stand ewig zwischen zwei Bahnhöfen still, ohne dass die Fahrgäste den Grund dafür erfahren durften. Auf dem Vorplatz bleibe ich stehen. Ich habe ein mulmiges Gefühl im Magen. Ob es wirklich so eine gute Idee ist, Novalees Eltern aufzusuchen?

Was kann schon groß passieren? Wenn sie sich weigern, mit mir zu reden, habe ich Pech gehabt. Aber vielleicht sind sie froh, mit jemandem über ihre Tochter reden zu können. Ich werde zu einer kleinen Lüge greifen müssen, um mir ihr Vertrauen zu erwerben. Ich folge der Wegbeschreibung auf meinem Handy und stehe zwanzig Minuten später vor dem Haus der Familie Horten. Vor der Garage parkt ein weißer Golf. Es scheint jemand zu Hause zu sein.

Ich atme tief durch, öffne das Gartentürchen und gehe mit klopfendem Herzen auf die Haustür des Bungalows zu, der offensichtlich noch aus DDR-Zeiten stammt. Der Vorgarten sieht vernachlässigt aus. Man kann jedoch noch erkennen, wie liebevoll die Beete mal angelegt wurden. Auf dem Klingelschild steht in verblasster, kaum noch lesbarer Schrift der Name Horten. Mein Mund ist ganz trocken vor Aufregung. Zaghaft drücke ich auf den Klingelknopf. Das Ding Dong im Hausinnern dringt dumpf nach draußen. Mich verlässt der Mut. Vielleicht ist ja doch niemand zu Hause. Im Moment wäre ich gar nicht mal so unglücklich darüber.

Doch da erklingen drinnen Schritte und die Tür öffnet sich.

»Ja, bitte?« Die Frau, die mich mit kurzsichtig zusammengekniffenen Augen fragend anschaut, sieht verhärmt und abgemagert aus. Das mit grauen Strähnen durchgezogene Haar ist kurz geschnitten und macht den Eindruck, als hätte es mal wieder eine Wäsche nötig. Ihre ganze Erscheinung strahlt eine Trostlosigkeit aus, die fast mit den Händen greifbar ist. Am liebsten würde ich um Entschuldigung bitten, sagen, ich hätte mich in der Tür geirrt und das Weite suchen.

»Ich bin eine Kommilitonin Ihrer Tochter«, sage ich stattdessen und schäme mich gleichzeitig zu Tode über meine Lüge.

In ihren Augen blitzt kurz Interesse auf.

»Ich hatte ein Auslandssemester und erst jetzt erfahren, was passiert ist. Ich …« Jetzt weiß ich nicht mehr weiter.

Novalees Mutter schaut mich unverwandt an, sagt aber nicht ein Wort.

»Wenn ich ungelegen komme …«, stottere ich.

»Nein, nein«, beschwichtigt sie sofort. »Kommen Sie doch rein.« Sie tritt zur Seite und ich folge der Aufforderung mit einem sehr schlechten Gewissen.

Frau Horten führt mich in ein Wohnzimmer mit niedriger Holzdecke, das mit Möbeln aus heller Eiche vollgestopft ist. Eine grau getigerte Katze springt vom Sofa, als wir eintreten, und huscht durch die Tür davon. Es riecht so intensiv nach Staub, dass ich das Husten kaum unterdrücken kann. Ich habe mich selten so unwohl gefühlt.

»Kann ich Ihnen etwas anbieten?«, fragt sie.

»Nein, danke. Ich will Sie auch gar nicht lange aufhalten. Ich wollte Ihnen nur mein herzliches Beileid aussprechen.«

»Danke, das ist lieb von Ihnen.« Ihre Stimme ist leise und so traurig, dass mir fast die Tränen kommen. »Von ihren Kommilitonen hat sich keiner gemeldet. Nicht mal zur Beerdigung ist einer von denen erschienen.« Aus ihren Worten spricht die pure Bitterkeit.

»Ich war so erschrocken, als ich von Novas Tod gehört habe. Ich konnte es gar nicht glauben. Was ist denn passiert?«

»Ein Unfall. Sie ist nachts, als sie die Straße überqueren wollte, von einem Auto erfasst worden, das viel zu schnell unterwegs war. Der Fahrer war betrunken.« Sie schluckt, als fiele ihr das Sprechen schwer. »Sie ist noch am Unfallort gestorben.«

»Das tut mir so leid.«

»Sie war schwanger.« Sie deutet auf meinen Bauch. »Ungefähr so weit wie Sie. Aber das haben wir erst nach ihrem Tod erfahren.« Sie fummelt ein Taschentuch aus der Hosentasche, wischt sich über die Nase und zerknüllt es in den Händen.

Ihr Blick geht an mir vorbei, als sei ich nicht vorhanden. Ich verkneife mir die neugierige Frage, die mir auf der Zunge liegt, und warte geduldig, bis sie von selbst weiterredet.

»Wir hatten keinen Kontakt zu Novalee in dieser Zeit.

Mein Mann und ich waren nicht einverstanden mit ihrem Freund.« Das letzte Wort spuckt sie regelrecht aus. Voller Hass und Verachtung! »Er war verheiratet.« Wieder verfällt sie in Schweigen.

»Das Kind war von ihm?«, hake ich vorsichtig nach.

»Ich nehme es an. Sie ist dann von ihrer WG zu ihm gezogen. Zu ihm und seiner Frau. Stellen Sie sich das mal vor.« Ihr Blick sucht meinen um Verständnis heischend. »Uns hat sie vorgeworfen, wir seien prüde, reaktionär, hätten keine Ahnung, was wahre Liebe bedeutet. Dabei hatte ich die ganze Zeit das Gefühl, dass sie uns nicht die ganze Wahrheit sagt. Ich mache mir solche Vorwürfe, dass ich nichts unternommen habe, um sie nach Hause zu holen.«

»Das kann ich verstehen«, sage ich. Sie tut mir unendlich leid. »Aber Sie dürfen sich keine Schuld geben. Novalee war alt genug, um zu wissen, was sie tat.«

Sie schnaubt ein unfrohes Lachen. »Das ist leicht gesagt. Es sollte mich trösten, dass dieser Mann das gleiche Schicksal erlitten hat wie meine Tochter. Aber …«

»Er ist auch bei einem Unfall gestorben?«, unterbreche ich sie.

»Ja, er ist vor Kurzem in den Alpen, irgendwo in Bayern, abgestürzt. Vielleicht kannten Sie ihn ja auch. Er war Dozent an der FU. Daniel Rothenberg.«

»Nein«, lüge ich. »Der Name sagt mir nichts.« Die Röte schießt mir heiß in die Wangen.

»Wissen Sie, was ich mich die ganze Zeit frage?«

Ich schüttele den Kopf.

»Was hat Novalee um drei Uhr nachts nur mit einem Schlafanzug bekleidet und hochschwanger auf der Straße gemacht?«

»Hat die Polizei denn nicht ermittelt?«

»Doch natürlich. Sie haben behauptet, meine Tochter sei schlafgewandelt. Sie hätten sie schon mal nachts draußen aufsammeln müssen. Das war gelogen. Meine Tochter ist nie im Schlaf herumgewandert. Das hätte ich doch gewusst.«

»Sie?«

»Dieser Professor und seine Frau. Natürlich hat man ihnen geglaubt. Die sind ja was Besseres als wir.«

33

MARIE

Nachdem ich den ganzen Morgen gegrübelt habe, bin ich zu dem Entschluss gelangt, Anne die Wahrheit über Novalee zu sagen. Sie wird sie ohnehin herausfinden. Da ist es besser, wenn ich mit offenen Karten spiele oder zumindest mit verdeckten. Die ganze Wahrheit muss und darf sie nicht erfahren. Am Nachmittag beschließe ich, dass ich es am besten so schnell wie möglich hinter mich bringe.

Ich klopfe an der Verbindungstür zu der Einliegerwohnung. Keine Reaktion. Hat sie das Haus verlassen, ohne dass ich es bemerkt habe? Vielleicht ist sie unglücklich gestürzt und bewusstlos. Ich klopfe noch mal fester. Es tut sich nichts. Ich zögere, doch dann drücke ich die Klinke herunter. Die Tür ist nicht abgeschlossen. Ich trete ein und rufe laut ihren Namen. Sie meldet sich nicht. Ich schaue als Erstes im Schlafzimmer nach. Das Bett ist zerwühlt, aber leer.

Neben dem Fenster steht die Wickelkommode aus hellem Holz, der ich beim Einzug angesehen habe, dass Anne sie gebraucht gekauft hat. In den Schubladen hat sie die Erstausstattung für das Baby verstaut. Mehrere Strampler, Oberteile, Söckchen, Mützchen, winzige Schlafanzüge. Alles duftet frisch gewaschen. Ich vermute, auch die Sachen hat sie aus zweiter Hand. Mir wird ganz weh ums Herz, als ich mit den Fingerspitzen sacht über den weichen Stoff der Babykleidung streiche. In der untersten Schublade finde ich neben weiteren Babysachen auch zwei bunte Tragetücher. Ein Kinderwagen fehlt ihr offenbar noch. Den werde ich ihr zur Geburt schenken. Und eine Babyschale für mein Auto muss ich noch besorgen. Der Gedanke erfüllt mich mit Freude.

In der Küche steht ein Teller mit Brotkrümeln und ein Becher mit einer Teepfütze auf dem Tisch. Daneben ist ein Laptop platziert, er ist aufgeklappt, der Bildschirm dunkel. Ich tippe wahllos auf eine Taste und der Laptop erwacht zum Leben. Die Fahrbahnauskunft der S-Bahn ist noch geöffnet. Ich beuge mich vor, um besser sehen zu können. Anne ist anscheinend unterwegs nach Karow. Obwohl mir klar war, dass sie es recht schnell herausfinden würde, fährt mir der Schrecken in alle Glieder. Novalees Eltern werden kein gutes Haar an Daniel und mir lassen.

Wie ich Anne einschätze, wird sie mich darauf ansprechen. Die Geschichte, die ich ihr erzähle, muss stimmig und glaubhaft sein. Sonst wird Anne sich von mir abwenden, womöglich sogar ausziehen. Und das kann ich nicht zulassen. Ich richte mich auf und streiche mir eine Haarsträhne aus dem Gesicht.

»Was machst du denn hier?«

Ich zucke zusammen und fahre erschrocken herum. Anne steht in der Küchentür und funkelt mich böse an. Ich habe sie gar nicht kommen hören.

»Entschuldige bitte«, stammele ich. »Ich habe mir Sorgen gemacht, weil ich seit gestern nichts mehr von dir gehört habe und …«

»Und da dringst du einfach in meine Wohnung ein«, fällt sie mir ins Wort.

Ich könnte erwidern, dass es streng genommen nicht ihre Wohnung ist, aber ich will sie nicht noch mehr gegen mich aufbringen.

»Du hast recht, es war nicht richtig von mir«, lenke ich ein und gebe mich kleinlaut.

Anne mustert mich kühl mit steinerner Miene. Ein ungutes Schweigen hängt sich wie eine unsichtbare Trennwand zwischen uns. Ich fühle mich mit jeder Sekunde unwohler. Jetzt ist nicht der richtige Zeitpunkt für ein Gespräch über Novalee. Doch bevor ich den Rückzug antreten kann, fängt sie an zu reden.

»Ich war heute bei Novalees Eltern.« Sie fixiert mich aus schmalen Augen. »Novalee ist tot, aber da erzähle ich dir, glaube ich, nichts Neues.«

Ich beiße mir auf die Unterlippe und senke schuldbewusst den Blick.

»Warum hast du gelogen?«

»Ich kann es dir erklären«, flüstere ich.

»Ich höre.« Die kalte Feindseligkeit in ihrer Stimme erschreckt mich. Ich habe das Gefühl, die Temperatur im Raum ist um mehrere Grade gefallen.

Sag jetzt nichts Falsches!

Ich hole tief Luft. »Es fällt mir nicht leicht, darüber zu reden.« Ich reibe meine eiskalten Hände gegeneinander, um sie etwas zu wärmen. »Es war Daniels Idee.« Ich stocke und sage dann schnell: »Nein, das ist nicht wahr. Es war ganz allein meine Idee. Daniel und Novalee hatten keine Affäre. Es war, wie soll ich sagen, eine rein geschäftliche Angelegenheit.«

Anne zieht die Augenbrauen hoch. Ihre Stirn legt sich in Falten. »Eine geschäftliche Angelegenheit?«

»Ja. Wir haben Novalee Geld angeboten, sehr viel Geld,

damit sie ein Kind von Daniel und mir austrägt. Wir haben einen Arzt gefunden, der bereit war, uns zu helfen.« Ich sehe ihr an, dass sie am Wahrheitsgehalt meiner Worte Zweifel hat. »Wir haben die künstliche Befruchtung gewählt. Es war ein langwieriger, zermürbender Prozess, wir wollten schon aufgeben, da teilte uns Novalee mit, dass sie schwanger sei. Ich war so glücklich an dem Tag, so glücklich wie nie zuvor. Daniel und ich würden ein Kind bekommen.« Die Erinnerung zaubert ein Lächeln auf mein Gesicht.

»Während der Schwangerschaft hat sie hier gewohnt. Wir haben uns alle sehr gut verstanden. Und dann hat sie es sich, für uns vollkommen überraschend, anders überlegt. Sie wollte das Kind behalten. Wir haben alles versucht, es ihr auszureden, wir haben ihr sogar mehr Geld angeboten, aber sie wollte sich auf nichts einlassen. Sie wurde irgendwann richtig paranoid.« Ich mache eine kleine effektvolle Pause. »Sie hat uns allen Ernstes unterstellt, dass wir sie umbringen, sobald das Baby da ist.«

Annes Augen werden immer größer.

»Spätestens da ist Daniel und mir klar geworden, dass wir keine Chance mehr hatten. Wir haben ihr gesagt, dass es dann wohl besser wäre, wenn sie auszieht.«

»Ihre Eltern haben mir erzählt, dass Novalee mitten in der Nacht nur mit einem Schlafanzug bekleidet auf der Straße herumgeirrt ist.«

»Ja, das ist richtig. Sie ist schlafgewandelt. Daniel hat Novalee schon mal dabei erwischt. Da wollte sie mit meinem Auto wegfahren. Zum Glück war er wach und konnte es grade noch verhindern. Aber in dieser Nacht … Es war so ein furchtbares Unglück. Wir hatten uns gerade geeinigt, dass sie auszieht und sich etwas Eigenes sucht. Zu ihren Eltern wollte sie auf keinen Fall zurück. Wir haben versprochen, ihr dabei zu helfen. Obwohl es uns das Herz gebrochen hat. Es war doch unser Baby.«

»Was ist mit dem Baby geschehen?«

»Das ist leider bei dem Unfall auch gestorben. Es war ein Mädchen. Wir wollten sie Marla nennen.« Meine Stimme bricht, ich schlucke und räuspere mich und wische mir eine Träne von den Wangen. Meine Gefühle sind nicht gespielt, ich spüre den Schmerz noch heute. Er ist wie eine offene Wunde, jedes Wort ein Messer, das darin herumstochert, und es zerreißt mir jedes Mal von Neuem das Herz.

Aus den Augenwinkeln registriere ich, dass Annes versteinerter Gesichtsausdruck wie weggewischt ist. Ist das Mitleid in ihren Augen?

»Oh, Gott, wie furchtbar«, flüstert sie.

Ich nicke wortlos.

»Es tut mir so leid.« Anne kommt auf mich zu und umarmt mich.

In diesem Moment geschieht etwas sehr Seltsames. Es ist, als würde die Mauer meiner inneren Festung bröckeln. Meine Augen füllen sich mit Tränen. Und ehe ich mich versehe, weine ich zum ersten Mal seit dem Tod meines Vaters. Ich kann gar nicht mehr aufhören damit, als müsste ich nun all die Tränen weinen, die sich über die vielen Jahre hinweg in mir angesammelt haben und mich wie ein Dammbruch überschwemmen.

34

ANNE

Marie ist völlig am Ende nach ihrem Gefühlsausbruch. Ich glaube, ich habe noch nie jemanden so herzzerreißend weinen sehen. Sie kann gar nicht mehr aufhören. Mir kommen selbst die Tränen und ich fürchte, dass sie jeden Augenblick zusammenbrechen könnte.

»Komm mit«, sage ich leise zu ihr.

Ich stütze sie und sie lässt es willenlos wie ein hilfsbedürftiges Kind geschehen, dass ich sie in die winzige Küche führe und mit sanfter Gewalt auf einen Stuhl drücke. Ihre Tränen versiegen langsam, doch jetzt scheint sie wie erstarrt. Ihr Blick ist leer, ohne jeden Ausdruck. Vielleicht sollte ich einen Arzt rufen? Ihre Teilnahmslosigkeit macht mir Angst.

»Geht es wieder? Oder soll ich einen Notarzt rufen?«

Es dauert einige Sekunden, bis sie den Kopf schüttelt und ein mattes »Nein, nicht nötig« wispert. Aber sie zeigt zumindest eine Reaktion. Dennoch hake ich noch mal nach.

»Bist du dir sicher?«

»Ja.« Sie schaut mich an und ein zaghaftes Lächeln zuckt in ihren Mundwinkeln. »Lieb, dass du dir solche Sorgen um mich machst. Aber mir geht es schon wieder viel besser.« Sie atmet tief durch und pustet die Luft geräuschvoll aus der Lunge. »Dieser Tränentsunami hat mich selbst überrascht.«

»Wahrscheinlich musste es einfach mal raus«, antworte ich. »Du hast die Trauer viel zu lange unterdrückt.«

»Es sieht ganz danach aus.« Marie putzt sich umständlich die Nase und schnieft noch ein bisschen.

»Weißt du was? Ich mache uns einen Beruhigungstee. Der wird uns beiden guttun.«

»Ein Schnaps wäre mir jetzt lieber.« Sie grinst mich aus verheulten Augen verschämt an.

»Damit kann ich leider nicht dienen«, antworte ich lachend.

»Dann nehme ich gerne den Tee.«

Wir trinken schweigend. Mir brennt noch eine Frage auf der Seele, doch ich wage kaum, sie zu stellen. Schließlich fasse ich mir doch ein Herz.

»Novalees Mutter meinte, ihre Tochter sei nie zuvor schlafgewandelt.«

»Nein?«, fragt Marie überrascht. »Merkwürdig. Kann das nicht in jedem Alter erstmals auftreten? Vielleicht lag es auch an der Schwangerschaft, der Hormonumstellung, keine Ahnung.« Marie trinkt ihren Becher leer und erhebt sich. »Ich bin dir lange genug zur Last gefallen.«

»Nicht doch«, wehre ich ab.

»Vielen Dank noch mal für deine Fürsorge.«

»Sehr gerne.«

»Und sag Bescheid, wenn ich etwas für dich tun kann.«

»Danke, das werde ich tun.«

Marie bleibt zögernd im Raum stehen, sie hat anscheinend noch etwas auf dem Herzen und traut sich nicht, es mir zu sagen.

»Ja?«

»Ich habe noch einige Babysachen«, sagt sie und eine leichte Röte steigt ihr in die Wangen. »Vielleicht magst du bei Gelegenheit mal schauen, ob du etwas davon gebrauchen kannst?«

»Lieben Dank für das Angebot«, sage ich herzlich. »Das nehme ich sehr gerne an«.

Wir lächeln uns zu, dann dreht sich Marie um und verlässt mit schleppenden Schritten meine Wohnung. Aufatmend lasse ich mich im Wohnzimmer aufs Sofa plumpsen. Was für ein anstrengender Tag. In Gedanken gehe ich das Gespräch mit Novalees Mutter noch mal durch. Die Ärmste schien mir verbittert in ihrer Trauer um die einzige Tochter, was ich sehr gut nachvollziehen kann. Sie brauchte jemanden, dem sie die Schuld am Tod ihrer Tochter geben konnte, da kamen ihr Daniel und Marie gerade recht. Es ist vermutlich bequemer für sie, jemand Außenstehenden für Novalees Tod verantwortlich zu machen, als die Schuld in ihrem vermeintlichen Versagen als Mutter zu suchen.

Ich glaube Maries Version der traurigen Geschichte. Ihr Gefühlsausbruch war echt. So gut kann niemand schauspielern. Oder doch? Ein leiser Zweifel bleibt bestehen. Ich verbanne ihn in den hintersten Winkel meines Bewusstseins.

Ich liege schon im Bett, als mir meine Post einfällt. Ich schleppe sie seit gestern im Rucksack mit mir herum. Ich habe wenig Lust, mich jetzt wieder hochzuwuchten, um dann festzustellen, dass das meiste ohnehin nur aus Werbung besteht. Falls doch etwas Unangenehmes dabei ist, wird mich das so beschäftigen, dass ich nicht mehr einschlafen kann. Und ich bin todmüde. Wie heißt es so schön: Was du heute kannst besorgen, verschiebe ruhig auf morgen. Über dem Gedanken schlafe ich ein.

35

MARIE

Ich wälze mich schlaflos hin und her, finde einfach keine Ruhe. Mir ist eiskalt und gleichzeitig sammelt sich Schweiß zwischen meinen Brüsten. Alles in mir ist in fiebriger Aufregung, meine Nerven sind zum Zerreißen gespannt. Das Gespräch mit Anne und mein Gefühlsausbruch haben mich aus der Fassung gebracht.

Immer wieder spult sich die Nacht, in der Novalee und mein Baby zu Tode gekommen sind, vor meinem inneren Auge ab. Wie ein Film, der in einer Endlosschleife hängen geblieben ist. Nicht alles, was ich Anne erzählt habe, war gelogen. Im Grunde nur die Sache mit dem Schlafwandeln und dass wir uns mit ihr geeinigt hätten, unser Baby ihr zu überlassen. Das hätte ich niemals zugelassen. Ich war geschockt, als ich realisierte, dass Daniel unter den gegebenen Umständen bereit dazu war. Er ist immer gerne allen Schwierigkeiten ausgewichen und den Weg des geringsten Widerstands gegangen. Aber doch nicht, wenn es um unser Baby ging.

Novalee war hochschwanger. Ich hatte sie nach ihrem ersten Fluchtversuch mit meinem Auto in der Wohnung eingeschlossen. An Kleidung ließ ich ihr nur das Nötigste, Unterwäsche, Schlafanzüge, Pantoffeln. Damit wollte ich einen weiteren Fluchtversuch vereiteln. Zwar waren alle

Fenster und auch die Terrassentür mit Gittern gesichert, sodass sie ohne die entsprechenden Schlüssel die Wohnung nicht verlassen konnte, aber ich wollte auf Nummer sicher gehen.

Darüber, wie es nach der Geburt meiner Tochter weitergehen sollte, hatte ich mir erst mal keine Gedanken gemacht. Ich würde eine Lösung finden, so wie ich eine Hebamme aufgetrieben hatte, die sich für eine bestimmte Summe bereit erklärt hatte, eine falsche Geburtsbescheinigung auszustellen. Offenbar gibt es kaum noch Menschen, die nicht käuflich sind. Die Summe muss nur hoch genug sein. Ich selbst hatte mir vorsichtshalber genügend Kenntnisse angeeignet und traute es mir durchaus zu, Novalee während und nach der Geburt zu betreuen.

Daniel war mit meiner Vorgehensweise immer weniger einverstanden. Irgendwann warf er mir vor, dass ich den Verstand verloren hätte und mein überbordender Kinderwunsch, der schon an Besessenheit grenzte, mir den Bezug zur Realität verstellen würde. Er äußerte sogar den Verdacht, dass ich über Leichen gehen würde, nur um ein Baby zu haben. Wir hatten heftig gestritten an dem Abend, so heftig wie nie zuvor.

Im Nachgang zu diesem Streit warf ich ihm in meiner Fassungslosigkeit vor, dass er Novalee zur Flucht verholfen hätte und damit schuld wäre am Tod unseres Babys. Daniel schaute mich an, als hätte ich jetzt endgültig den Verstand verloren.

»Spinnst du?«, fragte er. »Für wie dumm hältst du mich? Ich werde mich doch nicht selbst ans Messer liefern.«

Dem Argument konnte ich mich nicht verschließen.

»Sie ist durch den Nebeneingang raus. Irgendwie muss sie an den Schlüssel gekommen sein.«

Vielleicht bist du ihr zu nahegekommen. Aber das dachte ich nur, ich sprach es nicht laut aus.

Daniel verlor kein Wort über unser Kind. Nicht ein Wort des Bedauerns über den Tod unserer ungeborenen Tochter. An dem Tag zerbrach etwas in mir. Ich begann mich zu fragen, ob er mich nicht doch mit Novalee betrogen hatte und sie die Mutter des Babys war und nicht ich. Er stritt das mit einer Vehemenz ab, die ihn sofort verriet. Zudem sah ich die Lüge in seinen Augen.

Mit Anne wird es anders werden. Heute habe ich es, glaube ich, geschafft, ihr Misstrauen mir gegenüber zu zerstreuen. Sogar in den Arm genommen hat sie mich. Mein Mund verzieht sich automatisch zu einem Lächeln. Es war so ein schöner und unglaublich bewegender Moment. Er wird uns zusammenschweißen. Sie und ich werden das Kind gemeinsam aufziehen. Anne kann weiter studieren ohne finanzielle Sorgen, während ich mich um unser Baby kümmere. Wir werden eine kleine, glückliche Familie sein. Ein warmes Gefühl lässt meinen Brustkorb weit werden und die Beklemmung weicht allmählich wieder. Alles wird gut. Begleitet von diesem Gedanken gleite ich endlich in einen tiefen traumlosen Schlaf.

Am nächsten Tag fühle ich mich seltsam leer. Als hätten die ungeweinten Tränen mich all die Jahre ausgefüllt. Das euphorische Gefühl von letzter Nacht ist verschwunden. Wie konnte ich nur denken, dass alles gut werden würde? Anne und ich sind keine Freundinnen, nur weil ich in einer schwachen Sekunde vor ihren Augen zusammengebrochen bin. Es ist mir inzwischen sogar peinlich, dass ich mich so habe gehen lassen. Sie wird mich verlassen, vermutlich nicht gleich nach der Geburt. Aber über kurz oder lang werde ich damit rechnen müssen. Sie wird einen Mann kennen- und lieben lernen und mich verlassen. Ich trete an die Terrassentür und betrachte wehmütig die Schaukel, die im Wind hin- und herschwingt.

Der Tag geht so unerfreulich weiter, wie er begonnen hat. Von meinem Finanzberater erfahre ich, dass Daniel sich großzügig an einigen unserer Konten bedient und in den letzten Monaten fast dreihunderttausend Euro beiseitegeschafft hat. Ich habe mir nie viel aus Geld gemacht, was mit Sicherheit daran liegt, dass ich aus einer vermögenden Familie stamme und wir uns alles leisten konnten, was das Herz begehrte. Auch wenn mein Vater sehr drauf geachtet hat, dass Mutter und ich das Geld nicht mit vollen Händen aus dem Fenster geworfen haben. Daniel und ich haben zwar auf Rat meines Anwalts bei der Eheschließung vertraglich Gütertrennung vereinbart, aber es war für mich selbstverständlich, dass ich meinem Ehemann die Verfügungsgewalt über alle Konten einräumte. Und er hat das auch nie ausgenutzt. Zumindest bisher nicht.

Nachdenklich mache ich mich auf den Heimweg. Es lässt sich nicht länger leugnen. Tatsache ist: Ich habe Daniel falsch eingeschätzt. Aber was hatte er vor? Es muss ihm doch klar gewesen sein, dass ich ihn angezeigt hätte, wenn er mich verlassen und ich von seinem Betrug Wind bekommen hätte.

Wenn ich nicht dabei gewesen wäre, als er abgestürzt ist, würde ich auf die Idee kommen, dass er seinen Tod inszeniert hat. Aber das kann nicht sein. Oder doch? Ich habe den Sturz nicht gesehen. Ein Gefühl der Beklommenheit steigt in mir hoch, legt sich wie eine Klammer um meinen Brustkorb. Ich schaffe es kaum noch, mich auf den Verkehr zu konzentrieren, und bin froh, als ich die chaotische, mit Autos verstopfte Berliner Innenstadt endlich hinter mich gebracht habe.

Ich versuche, mir die Szene noch mal ins Gedächtnis zu rufen. Doch sie ist verschwommen, ich bekomme sie nicht richtig zu greifen. Bin ich über etwas am Boden gestolpert und habe nach Halt suchend Daniel einen Schubs gegeben? Ich presse die Lippen fest aufeinander. Ich weiß es nicht. Ich weiß nur, dass plötzlich das Licht der Taschenlampe erloschen war.

Habe ich Daniels Sturz in den Abgrund verursacht? Bin ich schuld an seinem Tod? Mir wird schlecht. Mein Mund füllt sich mit bitterer Galle. Ich würge, trete auf die Bremse und ignoriere das durchdringende Hupen hinter mir. Ich steuere an den Straßenrand und reiße die Wagentür auf. Aus dem Auto schaffe ich es nicht mehr. Ich beuge mich hinaus und erbreche mich mit einem Schwall auf den Asphalt.

36

ANNE

Ich werde mit unerträglichen Rückenschmerzen wach und richte mich laut stöhnend in eine sitzende Position auf. Ein Zittern erfasst meinen Körper. Kein Grund zur Sorge, suggeriere ich mir. Meine Frauenärztin hat mich darauf hingewiesen, dass diese Symptome vor der Geburt durchaus normal sind. Ich atme bewusst tief ein und aus und warte, bis das Zittern allmählich nachlässt. Der Geburtstermin ist in einer Woche, der Termin bei meiner Ärztin heute in, ich schiele auf den Wecker auf dem Nachttisch, zwei Stunden. Mist! Ich habe total verschlafen. Es ist schon fast Mittag. Offensichtlich habe ich gestern vergessen, den Wecker zu stellen.

Ich quäle mich aus dem Bett und tappe ins Badezimmer. Anschließend frühstücke ich ohne wirklichen Appetit. Im Radio kündigen sie einen Temperatursprung auf 28 Grad an. Wahrscheinlich ein neuer Hitzerekord für den Monat Mai. Am späten Nachmittag muss mit Sturmböen, schweren Gewittern und Starkregen gerechnet werden, teilt der Sprecher mit unpassend fröhlicher Stimme mit. Es wird sogar vor Tornados gewarnt.

Bei der Vorstellung, mit der S-Bahn nach Berlin fahren zu müssen, überfällt mich sofort eine bleierne Müdigkeit. Ich werde Marie bitten, mich zu meiner Ärztin zu fahren.

Kurz entschlossen gehe ich zu ihr rüber. Ich finde Marie in der Küche, wo sie vor einem dampfenden Becher Kaffee sitzt und trübsinnig vor sich hinstarrt. Sie bemerkt mich erst, als ich zaghaft an den Türrahmen klopfe. Ich erschrecke bei ihrem Anblick. Sie ist leichenblass und hat dunkle, bläulich schimmernde Ränder unter den Augen.

»Guten Morgen, Anne«, sagt sie mit matter Stimme.

»Bist du krank?«, frage ich besorgt und stelle mich im Geist schon darauf ein, doch mit der Bahn in die Stadt fahren zu müssen.

»Nein, nein«, winkt sie ab. »Geht schon. Ich habe meine Periode und die üblichen Beschwerden: Kopfschmerzen und Bauchweh. Ich werde gleich eine Tablette nehmen.«

Ich traue mich jetzt kaum noch, meine Bitte vorzubringen, mache es nach kurzem Zögern dennoch.

»Würde es dir etwas ausmachen, mich zu meiner Frauenärztin zu fahren? Ich kann mir natürlich auch ein Taxi nehmen«, füge ich schnell hinzu. Allerdings würde das mein ohnehin schon klammes Budget sehr strapazieren.

»Nein, das musst du nicht. Ich fahre dich gern«, erwidert sie. »Jetzt gleich?« Marie macht Anstalten, sich zu erheben.

»In einer halben Stunde«, antworte ich erleichtert.

»Wir treffen uns vorm Haus«, sagt sie und schenkt mir ein mattes Lächeln.

»Danke. Dann bis gleich.« Ich eile in meine Wohnung zurück, um mich fertigzumachen.

Irgendetwas stimmt nicht mit Marie. Sie wirkt niedergeschlagen. Womöglich macht ihr die Periode nicht nur körperlich, sondern auch seelisch zu schaffen. Vielleicht erinnert es sie schmerzhaft an ihre Fehlgeburten. Wieder zieht sich mein Herz vor Mitleid mit ihr zusammen. Arme Marie. Das Leben meint es nicht gut mit ihr. Da nützt es auch wenig, dass sie keine Geldsorgen plagen wie mich. Ich möchte um nichts auf der Welt mit ihr tauschen.

Die Fahrt nach Berlin verläuft schweigend. Marie ist in sich gekehrt und ich bin aufgeregt wie vor jeder Untersuchung. Ich weiß, es ist albern, aber ich habe jedes Mal schreckliche Angst, dass mit meinem Baby doch etwas nicht in Ordnung ist. Die Rückenschmerzen, die mich noch immer quälen, und dass ich seit zwei Tagen kaum noch Bewegungen meines Kindes spüre, machen mir zusätzlich Sorgen. Außerdem habe ich seit ein paar Tagen in unregelmäßigen Abständen krampfartige Schmerzen. Ich nehme an, es sind Senkwehen und meine Ärztin bestätigt meine Vermutung nach der Untersuchung.

»Alles in bester Ordnung, Frau Lenzer. Ihrem Kind geht es gut. Es hat sich auch bereits gedreht. Sie sollten schon mal Ihre Tasche für die Klinik packen, falls noch nicht geschehen. Es kann jetzt jeden Tag losgehen.«

Ich bin kurz versucht, sie nun doch nach dem Geschlecht des Babys zu fragen, verkneife es mir dann aber. Daniel und ich hatten beschlossen, uns überraschen zu lassen, und ich fühle mich verpflichtet, mich auch nach seinem Tod daran zu halten. Wenn es ein Mädchen wird, werde ich es Daniela nennen. Sollte es ein Junge werden, wird er Daniel heißen. Marie wird das sicher auch freuen.

Erleichtert und glücklich verlasse ich das Sprechzimmer. Marie hat im Wartezimmer Platz genommen und blättert sichtlich lustlos in einer Zeitschrift. Als sie mich sieht, legt sie sie sofort beiseite und erhebt sich.

»Alles in Ordnung?«, fragt sie. In ihrer Stimme klingt Besorgnis an, was ich so rührend finde, dass es mir die Tränen in die Augen treibt. Seit ich schwanger bin, neige ich zu sentimentalen Anwandlungen. Sehr peinlich.

»Alles bestens«, versichere ich ihr strahlend und zwinkere die Tränen weg. In einer spontanen Regung umarme ich sie. Sie versteift sich kurz, erwidert dann meine Umarmung vorsichtig.

»Wie schön, das freut mich.«

»Es kann jetzt jeden Tag so weit sein.«

»Wenn du magst, fahre ich dich ins Krankenhaus«, bietet Marie mir an.

»Das wäre fantastisch.«

»Ich nehme dein Angebot übrigens sehr gerne an«, sagt sie beiläufig, als wir die Praxis verlassen und auf die Straße treten.

»Welches …«, beginne ich, doch dann wird mir klar, was sie meint. »Super«, antworte ich etwas lahm.

Sie wirft mir einen Seitenblick zu. »Oder hast du es dir anders …«

»Nein, nein«, falle ich ihr ins Wort. »Ich freue mich sehr, dass du Patin meines Kindes wirst.«

Sie ist vermutlich die bessere Wahl. Susa ist zwar lieb und hilfsbereit, aber auch sehr sprunghaft in ihrer Art und bei Marie kann ich sicher sein, dass sie ihr *Amt* sehr ernst nimmt. Auch wenn eine leise Stimme in meinem Hinterkopf Zweifel anmeldet und hinterfragt, ob ich ihr wirklich vertrauen kann. Immerhin war ich die Geliebte ihres Mannes und bekomme sein Kind. Gleichzeitig schäme ich mich über das erneute Aufkeimen von Misstrauen. Ob daran auch die Hormone schuld sind?

»Ich danke dir für dein Vertrauen«, sagt Marie mit leiser Stimme und ich schäme mich noch mehr für mein Misstrauen.

Sie wirft einen Blick nach oben und zieht die Stirn kraus. Ich folge ihrem Blick. Der Himmel hat sich unter einer bleigrauen Wolkendecke versteckt, die mir zum Greifen nah vorkommt. Es ist unerträglich schwül geworden und die Luft scheint zu stehen. Der Gestank nach Abgasen und anderen üblen Gerüchen schlägt mir auf den Magen. Wie sehr es in der Stadt stinkt, fällt mir erst auf, seit ich weiter draußen wohne, wo die Luft um einiges besser ist. Es wäre ein Traum, wenn mein Kind im Grunewald aufwachsen könnte. Aber da spielt Marie sicher nicht mit.

»Da braut sich was zusammen«, sagt Marie. »Wir sollten zusehen, dass wir zu Hause sind, bevor das Unwetter losgeht.«

Wir sind auf halber Strecke, als der Himmel alle Schleusen öffnet. Die Scheibenwischer schaffen es kaum, der Wassermassen Herr zu werden. Marie flucht in einer Tour und fährt nicht schneller als dreißig, weil die Sicht so schlecht ist, als würden wir durch dichten Nebel fahren. Ich mache insgeheim drei Kreuze, als wir in die Einfahrt zu Maries Haus einbiegen. Auch hier steht das Regenwasser schon auf der gepflasterten Zufahrt. Marie lässt mich direkt vor der Eingangstür zu meiner Wohnung raus. Ich werfe ihr ein schnelles »Danke« hin und sehe zu, dass ich ins Haus komme.

Es sind nur wenige Schritte, aber ich bin patschnass, als ich die Tür hinter mir zudrücke. Ich reibe mein nasses Haar trocken und ziehe mir bequemere Klamotten an. Wind ist aufgekommen und peitscht die Regenmassen mit einer solchen Wucht gegen die Fensterscheiben, dass ich fürchte, sie könnten jeden Augenblick bersten. Die Bäume im Garten biegen sich im Wind. Besonders an der schlanken hochgewachsenen Birke zerrt der Sturm mit solch einer Wut, dass ihre Äste fast den Boden berühren. Ich löse meinen Blick von dem Unwetter, das draußen tobt, und greife nach meinem Handy, um Susa anzurufen und ihr zu sagen, dass sie sich für die Geburt bereithalten soll. Doch ich habe keinen Empfang, was mit Sicherheit an dem Unwetter liegt.

Die ungeöffnete Post, die ich auf dem Küchentisch platziert habe, damit ich sie nicht wieder vergesse, lässt sich nicht länger ignorieren. Seufzend nehme ich Platz. Das meiste ist, wie ich vermutet habe, Werbung. Die landet ungelesen im Papiermüll. Als ich auf einem größeren Briefumschlag als Absender die Adresse eines Rechtsanwaltes lese, stockt mein Herzschlag vor Schreck. Ich drehe und wende ihn in den Händen und kann mich nicht entschließen, den Umschlag zu öffnen.

Ich lasse ihn liegen und setze erst mal Teewasser auf. Während ich darauf warte, dass es kocht, zermartere ich mir das Hirn, was ein Rechtsanwalt von mir wollen könnte, und komme zu keiner Lösung. Ein ohrenbetäubendes Krachen bricht in meine Gedanken. Ich zucke zusammen und stoße einen spitzen Schrei aus. Ein Blitz erhellt das Rechteck des Küchenfensters. Nur Sekunden später donnert es schon wieder. Das Gewitter ist direkt über dem Haus. Der Regen peitscht mit unverminderter Wucht gegen die Fensterscheiben.

Ich gieße kochendes Wasser über den Teebeutel im Becher und stelle mich im Wohnzimmer an die Terrassentür, um das grandiose und gleichzeitig furchterregende Naturschauspiel zu beobachten. Der Garten steht mittlerweile komplett unter Wasser. Der Wind peitscht wie eine wilde Furie durch die Sträucher und Bäume. Man könnte meinen, die Welt gehe unter.

Der nächste Donnerschlag lässt das Haus erzittern, so kommt es mir jedenfalls vor. Instinktiv ziehe ich den Kopf ein und trete einen Schritt zurück. Ein gezackter Blitz fährt vom Himmel herunter, trifft mit einem gewaltigen Krachen auf die Birke. Im Bruchteil einer Sekunde steht sie in Flammen. Vor Schreck fällt mir die Tasse aus der Hand. Der heiße Tee ergießt sich über meine Hausschuhe, die Tasse zerbricht in Stücke. Ich schüttele die Schuhe von den Füßen und beobachte, wie die Wassermassen den Brand in kurzer Zeit löschen. Gott sei Dank. Ich hatte schon Angst, dass trotz des Regens alles in Flammen aufgeht.

Ich sammele die Scherben und den triefenden Teebeutel vom Boden auf und werfe beides in den Müll. Danach wische ich die Holzdielen trocken. Das Donnergrollen entfernt sich allmählich, der Wind jedoch wütet mit unverminderter Stärke weiter und auch der Regen lässt nicht nach. Im Gegenteil: Er nimmt an Stärke sogar zu. Ich kann hören, wie die Wassermassen durch das Fallrohr rauschen. Auf der kleinen Terrasse vor dem Wohnzimmer steht das Wasser bereits so hoch, dass ich fürchte, es könnte bald ins Innere dringen. Draußen ist es dunkel, als wäre es schon später Abend.

Ich betätige den Lichtschalter, es macht Klick, aber das Licht geht nicht an. Ist die Birne kaputt? Ich versuche es in den anderen Räumen mit dem gleichen negativen Ergebnis. Auch Kühlschrank und Fernseher sind ohne Strom. Vielleicht ist die Hauptsicherung rausgeflogen? Ich werde Marie fragen, wo sich der Sicherungskasten befindet. Ich will mich grade auf den Weg zu ihr machen, da klopft es an der Verbindungstür.

»Komm rein. Die Tür ist offen«, rufe ich. »Ich bin in der Küche.«

»Wir haben keinen Strom.« Marie bleibt auf der Türschwelle stehen. In der Hand hat sie eine Taschenlampe, die den düsteren Raum etwas erhellt. »Er scheint in der ganzen Straße ausgefallen zu sein.«

»Das ist mir auch schon aufgefallen«, erwidere ich. »Dann werden wir es uns wohl erst mal bei Kerzenlicht gemütlich machen müssen.«

»Hast du denn welche?«

»Kerzen? Ähm … Ich fürchte nein.«

»Dann kommst du am besten mit zu mir rüber.« Marie macht eine einladende Geste.

»Gerne«, sage ich.

»Falls es doch länger dauert, kannst du auch bei mir übernachten. Ehrlich gesagt, fürchte ich mich vor nichts so sehr wie vor Gewittern«, gesteht sie verschämt. »Ich wäre wirklich dankbar für deine Gesellschaft, falls es wieder losgehen sollte.«

»Ich pack schnell ein paar Sachen zusammen, ja?«

»Komm einfach rüber, wenn du fertig bist.« Marie lächelt mich an und verlässt meine Wohnung. Sie hat kaum die Tür hinter sich zugezogen, da überrollt mich die erste Wehe.

37

MARIE

Habe ich schon Halluzinationen oder liegt auf dem Tisch in Annes Küche ein Schreiben von Daniels Anwalt? Es sah aus, als hätte sie den Brief noch nicht geöffnet. Zittrige Aufregung erfasst mich. Ich stelle ein paar Kerzen auf, zünde sie an und überlege, unter welchem Vorwand ich noch mal zu ihr rüber gehen könnte. Eine Ahnung sagt mir, dass es besser ist, für *mich* besser ist, wenn Anne diesen Brief nicht liest.

Anne platzt mitten in meine Überlegungen. Sie hat eine Reisetasche in der Hand und trägt einen Mantel überm Arm. »Ich hatte gerade eine Wehe«, sagt sie. Sie wirkt erstaunlich gefasst, während sich in meinem Magen sofort die Aufregung bemerkbar macht.

»Oh«, sage ich. »Soll ich dich ins Krankenhaus fahren oder ist es noch zu früh?«

»Man soll ja eigentlich erst in die Klinik fahren, wenn die Wehen in einem Abstand von fünf bis zehn Minuten auftreten. Aber bei dem Wetter wäre es vielleicht wirklich besser, sofort zu fahren.«

»Das sehe ich genauso«, sage ich. »Wer weiß, ob man später noch durchkommt. Ich ziehe mir nur rasch was über. Warte hier auf mich, ja?«

Der Wind pfeift und grölt in einer Lautstärke ums Haus, dass einem angst und bange wird. Ich hoffe nur, das Dach hält dem Sturm stand. Obwohl es nicht nötig ist bei dem Lärm des Unwetters, schleiche ich mich auf Zehenspitzen im Halbdunkeln in Annes Wohnung. Ich greife mir den Briefumschlag vom Küchentisch, stopfe ihn rasch in den Bund meiner Hose und lasse mein Sweatshirt drüber gleiten. Dann eile ich in mein Schlafzimmer und lasse mich auf der Bettkante nieder. Ich will gerade den Umschlag aufreißen, da ruft Anne meinen Namen und ich höre ihre Schritte auf der Treppe. Rasch verstecke ich den Brief in der Schublade des Nachttisches, öffne den Kleiderschrank und leuchte mit der Taschenlampe ins Innere, als sei ich auf der Suche nach passender Kleidung. Keine Sekunde zu früh, denn schon steht Anne in der Tür.

»Im Radio sagen sie, man solle auf keinen Fall mit dem Auto fahren. Sämtliche Zufahrtsstraßen nach Berlin sind durch umgestürzte Bäume blockiert und die Unterführungen stehen zum größten Teil unter Wasser. Die Feuerwehr ist pausenlos im Einsatz.«

»Ist der Strom denn wieder da?«, frage ich erstaunt.

»Nein, ich habe ein kleines batteriebetriebenes Gerät.« Mit großen ängstlichen Augen sieht Anne mich an. »Was machen wir denn jetzt?«

»Wir könnten einen Rettungswagen anfordern«, schlage ich vor.

»Ja«, antwortet sie. Sie verzieht das Gesicht, umfasst ihren Bauch und atmet tief ein und aus.

»Wieder eine Wehe?«, frage ich alarmiert. Sie nickt stumm.

»Wie lange ist die letzte her?«

»Eine Viertelstunde ungefähr.«

»Dann haben wir noch genug Zeit«, sage ich. »Ich rufe sofort an. Mein Handy ist unten.«

»Hoffentlich kommst du durch.« Anne tappt hinter mir die Treppenstufen hinunter.

Das Handy hat kein Netz, stelle ich auf den ersten Blick fest. Anne lässt sich umständlich auf dem Sofa nieder. Sie atmet konzentriert ein und aus. Ich habe vor Kurzem irgendwo gelesen, dass man in einem solchen Fall das Handy aus- und wieder einschalten und statt der PIN die Notrufnummer 112 eingeben soll. Der erste Versuch scheitert. Ich stelle mich vor die Terrassentür und versuche es wieder. Es funktioniert nicht, ich bekomme kein Netz. Langsam werde ich nervös. Anne zieht hörbar die Luft ein.

»Kommst du nicht durch?«, fragt sie mit gepresster Stimme.

»Nein, aber ich versuche es weiter«, versichere ich ihr.

»Was machen wir, wenn ich es nicht rechtzeitig ins Krankenhaus schaffe?«

»Du musst keine Angst haben.« Ich setze mich zu ihr aufs Sofa und nehme ihre Hand. »Ich bin zwar keine Hebamme, aber ich weiß, was zu tun ist. Ich habe mich intensiv mit dem Thema beschäftigt. Novalee«, ich zögere, »wollte das Baby hier zur Welt bringen.«

»Gut zu wissen, aber ehrlich gesagt wäre es mir lieber, wenn ich im Krankenhaus unter ärztlicher Aufsicht entbinden könnte.«

»Das verstehe ich gut. Ich versuche weiter die 112 zu erreichen«, antworte ich.

Der Sturm lässt nicht nach. Er peitscht den Regen mit unverminderter Wucht gegen die Fensterscheiben. Es ist inzwischen so dunkel, dass die Möbel nur noch als vage Schattenrisse zu erkennen sind. Ich zünde weitere Kerzen an und helfe Anne auf den Schaukelstuhl, der vor dem Kamin steht. Die Wehen kommen jetzt in immer kürzeren

Abständen. Ich schalte das Radio an, das Anne mitgebracht hat. Ein Sprecher informiert uns, dass in einigen Bezirken der Strom ausgefallen und somit weder Festnetz- noch Handyempfang möglich sei.

Anne und ich tauschen einen erschreckten Blick. Ich fange mich als Erste. »Wir schaffen das. Eine Geburt ist ein ganz natürlicher Vorgang und kein Hexenwerk.«

»Dein Wort in Gottes Ohr«, sagt Anne matt.

»Ich gehe nach oben und bereite schon mal alles vor.«

Anne nickt stumm und konzentriert sich wieder auf ihre Atmung.

Das geräumige Gästezimmer ist der beste Ort für eine Geburt. Im Schrank ist noch alles verstaut, was ich für die Geburt von Novalees Baby vorbereitet hatte. Jetzt bin ich froh über die roten Grablichter, die Daniel für den Anlass total unpassend fand. Ich stelle einige auf die Fensterbank, und den Rest platziere ich auf dem Schrank und zünde sie an. Sie tauchen den Raum in ein warmes schummriges Licht. Dann krame ich die Lichterketten heraus, die zum Glück mit Batterie betrieben werden, und hänge sie an die Wand hinter dem Bett. Es ist immer noch zu dunkel. Wir brauchen mehr Licht. Ich hole Daniels Stabtaschenlampe aus dem Keller und lege sie auf den Nachttisch neben das Blutdruckmessgerät. Dazu kommen Handtücher, zwei große Badetücher und zwei Flaschen Wasser.

Zwischendurch schaue ich immer wieder nach Anne, die mit vor Schmerzen verzerrtem Gesicht hin und her läuft und so konzentriert atmet, dass sie mich kaum noch wahrnimmt. Zu guter Letzt decke ich die Matratze mit einer Plastikplane ab und breite ein weißes Bettlaken darüber aus. Im letzten Moment fällt mir ein, dass ich eine Schere für die Nabelschnur brauche. Im Bad finde ich noch eine angebrochene Flasche mit Desinfektionsmittel. Ein Überbleibsel aus der Coronazeit. Jetzt kann es losgehen. Vor Aufregung schlägt mir das Herz bis zum Hals. Wenn ich an Gott glauben würde, würde ich jetzt beten und ihn bitten, dass er mir und Anne beisteht.

Anne steht im Wohnzimmer, beide Hände gegen die Wand gepresst und veratmet die Wehen. Draußen tost und tobt der Sturm, als wolle er nie wieder damit aufhören. Der Regen prasselt gegen das Glas der Fensterscheiben. Ich trete an die Terrassentür und spähe in den Garten. Doch es ist so finster, dass ich durch den strömenden Regen kaum etwas erkennen kann. Der See ist mit Sicherheit schon über die Ufer getreten und der Garten ist von den Regenfluten in eine Schlammwüste verwandelt worden.

»Ich glaube, es geht los«, keucht Anne und stöhnt laut. »Die Fruchtblase ist gerade geplatzt.«

38

ANNE

Ich knie im Vierfüßlerstand auf dem Bett und stütze mich gegen die hochgestellte Rückenlehne. Das ist nicht meine, sondern Maries Idee gewesen, aber ich bin alles andere als in der Lage gewesen, mich ihr zu widersetzen.

»Du wirst es merken«, versprach sie. »Die Haltung ist viel natürlicher als die Rückenlage. Aber wenn du nicht damit klarkommst, sag Bescheid.«

Marie hat recht, es fühlt sich richtig an. Ich bin vollkommen fokussiert, Maries Stimme nehme ich wie durch einen Filter wahr. Sie feuert mich an, zu pressen. Und ich versuche, ihren Forderungen Folge zu leisten. Ich habe keine andere Wahl gehabt, als mich in ihre Hände zu begeben und ihr zu vertrauen. Doch langsam habe ich das Gefühl, dass ich nicht mehr kann, keine Kraft mehr habe. Ich stoße einen Schrei aus, atme und presse.

»Ich sehe das Köpfchen«, ruft Marie. »Bald hast du es geschafft.«

Ich keuche, atme tief ein und wieder aus. Tanke neue Energie. Marie wischt mir den Schweiß vom Gesicht. Dann beginne ich, wieder zu pressen. Ich presse, schreie, atme und presse. Immer wieder und wieder. Und ganz plötzlich spüre ich etwas aus mir herausgleiten und augenblicklich wird der Schmerz erträglicher. Keuchend wende ich mein schweißüberströmtes Gesicht nach hinten. Marie hält ein blutiges Etwas in den Händen, mehr kann ich durch den Film vor meinen Augen nicht erkennen.

»Es ist ein Mädchen«, sagt sie strahlend.

Ich habe es geschafft und breche in Tränen aus. Es sind Tränen der Erschöpfung und der Freude. Marie bettet die Kleine auf meinen Bauch und mich durchströmt ein solches Glücksgefühl, wie ich es nie für möglich gehalten habe. Sie ist so winzig und so wunderschön. Ich habe das Gefühl, vor Liebe zu ihr bersten zu müssen. Sie stößt einen tiefen Seufzer aus, als sei sie genauso froh wie ich, es endlich geschafft zu haben.

»Willkommen auf der Welt, mein kleiner Liebling«, flüstere ich. »Ich werde immer für dich da sein, das verspreche ich dir.«

Marie tritt neben das Bett. Über ihr Gesicht strömen Tränen. »Das war das Ergreifendste und gleichzeitig Schönste, was ich je erlebt habe.«

Ich strecke ihr eine Hand entgegen und sie ergreift sie. Ihre Finger sind genauso klebrig wie meine, aber das stört uns in diesem Augenblick nicht.

»Ich danke dir«, sage ich mit rauer Stimme.

»Ich danke dir für dieses unvergessliche Erlebnis«, sagt sie mit einem Lächeln und fügt hinzu: »Wir haben übrigens wieder Strom.« Sie deutet auf die Deckenlampe.

»Das ist mir gar nicht aufgefallen«, antworte ich und meine kleine Tochter kräht ihre Zustimmung. Ich ströme über vor Liebe. Marie und ich strahlen uns an, erschöpft aber unsagbar glücklich.

Die nächsten Tage verbringe ich unter einer Glocke der Glückseligkeit. Meine kleine Tochter und ich schlafen und kuscheln und schlafen. Dazwischen versorgt mich Marie mit Essen und mein süßer kleiner Schatz trinkt meine Milch mit solcher Hingabe, dass ich gar nicht mehr weiß, wohin mit all meiner Liebe für sie.

»Sag mal, wäre es für dich in Ordnung, wenn ich sie Daniela nenne?«, frage ich Marie.

Sie zuckt kaum merklich zusammen, sagt dann aber schnell: »Was für eine schöne Idee. Ich glaube, Daniel hätte sich sehr darüber gefreut.«

Eine mit Marie befreundete Hebamme kommt einen Tag nach der Geburt, untersucht das Baby und mich und bestätigt, dass alles in bester Ordnung ist. Sie stellt die Geburtsbescheinigung aus, die ich für die Anmeldung beim Standesamt brauche.

»Hier«, sagt Marie und händigt mir Daniels Geburtsurkunde aus. »Die wirst du brauchen. Daniel ist ja nach wie vor nicht für tot erklärt worden.«

»Danke«, sage ich. »Danke für alles, was du für mich und meine Tochter getan hast. Das werde ich dir nie vergessen.«

»Ach was«, winkt Marie verlegen ab. »Das habe ich wirklich sehr gern gemacht. Darf ich sie mal halten?«

Ich zögere, ich gebe sie nur ungern ab. Doch Marie hat schon die Arme nach meinem kleinen Mädchen ausgestreckt.

»Natürlich«, sage ich.

Vorsichtig nimmt Marie sie mir ab. Die Kleine staunt sie mit großen Augen an und gluckst leise.

»Ihr beide könnt hierbleiben, solange ihr wollt«, sagt Marie.

Ihre Stimme ist voller Wärme und Zärtlichkeit. Sie scheint mein Kind mit ihren Blicken förmlich zu verschlingen. Ein ungutes Gefühl legt sich mir in den Magen, eine Ahnung, dass etwas nicht richtig ist. Und gleichzeitig schäme ich mich für meine negativen Gefühle, nachdem Marie so viel für mich getan hat. Vielleicht wäre jetzt der richtige Augenblick, es ihr zu sagen, schießt es mir durch den Kopf. Doch ich belasse es bei dem Gedanken.

»Das ist sehr lieb von dir, vielen Dank«, erwidere ich stattdessen. Insgeheim beschließe ich, mir so schnell wie möglich etwas anderes zu suchen. Auch wenn mir klar ist, dass es nicht leicht werden wird. Aber ich fühle mich nicht mehr wohl in meiner Haut.

39

MARIE

Ich bin so mit Anne und ihrem Baby beschäftigt, dass mir erst drei Tage später das Anwaltsschreiben wieder einfällt. Als Anne und die kleine Ela, wie wir sie inzwischen liebevoll nennen, friedlich auf dem Sofa im Wohnzimmer schlummern, gehe ich nach oben in mein Schlafzimmer und hole den Umschlag aus der Schublade. Ohne Skrupel reiße ich ihn auf. Er enthält einen weiteren, kleineren Umschlag, kein Anschreiben vom Anwalt. Auf der Vorderseite steht handschriftlich *Für Anne.* Es ist unverkennbar Daniels Handschrift. Vor Aufregung klopft mir das Herz bis zum Hals. Ich öffne den Brief ohne zu zögern, und entfalte das linierte Blatt. Das Schreiben ist ohne ein Datum.

Mein Liebling,

ich weiß, es ist ein Schock für Dich, von mir zu hören, denn sicher hast Du die Nachricht von meinem tödlichen Unfall in den Bergen bereits gehört. Es tut mir leid, dass ich Dir das antun musste, aber ich sah keinen anderen Weg. Marie hätte mich niemals freigegeben. Sie hätte mich eher umgebracht.

Fassungslos starre ich auf den letzten Satz. Wie kommt Daniel dazu, so etwas zu behaupten? Es war nie die Rede davon gewesen, dass er sich von mir trennen wollte. Und wenn hätte ich ihn sicher nicht ermordet. Zorn flammt in mir auf.

Ich will es kurz machen. Ich habe keine andere Möglichkeit gesehen, als meinen Tod vorzutäuschen. Man wird annehmen, dass ich bei einer Bergwanderung in den Tod gestürzt bin. Meine Leiche wird man natürlich nicht finden können. *Ich warte auf Dich und unser Baby in Istanbul. Komm bitte so schnell, wie es Dir möglich ist, zu mir, mein Schatz. Ich vermisse dich so sehr, dass es wehtut. Und noch etwas: Halte Dich von Marie fern. Man kann ihr nicht trauen.*

Den Rest des Briefes überfliege ich. Daniel hat auf Annes Namen ein Konto eingerichtet, auf das er 20.000 Euro eingezahlt hat. Er nennt die Adresse des Hotels in Istanbul, in dem er unter falschem Namen abgestiegen ist. Bastian Schneider nennt er sich. Jetzt wird mir auch klar, was er hinter verschlossener Tür in seinem Arbeitszimmer getrieben hat. Von wegen endlich den Roman schreiben. Er hat seinen Abgang vorbereitet, meine Konten geplündert und sich falsche Papiere besorgt. Während er mir vorgespielt hat, es wäre alles in bester Ordnung zwischen uns. Mein Kopf ist ganz heiß geworden, so wütend bin ich. Ich hätte niemals gedacht, dass Liebe so unvermittelt in Hass umschlagen kann.

Wir hatten abgemacht, erinnere ich mich, dass er die letzte Etappe zum Gipfel ohne mich geht. Ich hatte mir geschworen, nie wieder einen Klettersteig zu betreten, und diesen Schwur wollte ich auch Daniel zuliebe nicht brechen. Allem Anschein nach hatte er geplant, von dieser Tour nicht zurückzukehren. Der Schneesturm hat ihm entweder einen Strich durch die Rechnung gemacht oder er hat ihn für seine Zwecke genutzt. Es macht mich total nervös, nicht zu wissen, ob Daniel tot ist oder lebt. Ich werde es herausfinden müssen. Anne darf diesen Brief auf keinen Fall in die Hände bekommen. Wie ich sie einschätze, würde sie, sobald sie die erforderlichen Papiere zusammen hat, mit der kleinen Ela ins Flugzeug steigen und zu Daniel fliegen.

Ich rufe auf meinem Handy das Internet auf und suche nach dem Hotel. Ein riesiger mehrstöckiger Gebäudekomplex, der an Hässlichkeit kaum zu überbieten ist, direkt am Bosporus mit fünf Sternen. Es gibt neben Luxuszimmern auch Apartments, die man mieten kann. Ich nehme an, dass Daniels Wahl auf letzteres fiel, da er nicht wissen konnte, wann Anne in der Lage sein würde, mit dem Baby die Flugreise anzutreten. Ich notiere mir die Telefonnummer und habe sie gerade eingetippt, als Anne von unten nach mir ruft.

»Augenblick, ich komme.« Hastig stecke ich den Brief in den Umschlag zurück und lege ihn wieder in die Schublade des Nachttisches. Mit dem Handy in der Hand eile ich die Treppe hinunter.

»Ich vermisse einen Brief«, sagt sie. »Er lag auf meinem Küchentisch. Hast du ihn weggenommen?«

Ich versuche mir nicht anmerken zu lassen, dass ihre Frage mir einen kleinen Schrecken versetzt. Es ist fast unheimlich, dass sie mich ausgerechnet jetzt danach fragt.

»Nein«, sage ich. »Vielleicht hat ihn Olga versehentlich weggeworfen. Sie hat letzte Woche die Wohnung geputzt. Ich werde sie danach fragen.«

»Das kann natürlich sein. Ich werde mal in der Papiertonne …«

»Die ist gestern geleert worden«, falle ich ihr ins Wort.

»Mist«, sagt sie und verzieht den Mund.

»War es denn etwas Wichtiges?«, frage ich heuchlerisch nach.

»Das weiß ich nicht. Der Brief war von einem Anwalt, ich habe ihn nicht gelesen. Mir ist dieses kleine süße Mädchen dazwischengekommen.« Sie streichelt Ela, die selig in ihrem Tragetuch schlummert, zärtlich über das Köpfchen und ein Leuchten erhellt ihr Gesicht.

»Wenn es wichtig war, wird er sich noch mal melden«, sage ich in dem Wissen, dass das natürlich nicht geschehen wird.

»Ich habe beschlossen, demnächst wieder in die Einliegerwohnung zurückkehren. Ich habe dir schon genug Arbeit gemacht«, sagt Anne unvermittelt und weicht meinem Blick aus.

Das passt mir ganz und gar nicht. Dann bekomme ich die kleine Ela sicher nur noch selten zu sehen, aber das sage ich Anne natürlich nicht.

»Mach das«, erwidere ich. Ich kann allerdings nicht verhindern, dass meine Stimme eingeschnappt klingt. »Wenn du mich brauchst, du weißt ja, wo du mich findest.«

»Noch mal vielen lieben Dank für alles«, sagt Anne. »Ich weiß nicht, was ich ohne deine Hilfe getan hätte.«

Dann verabschiedet sie sich, um bei dem schönen Wetter einen kleinen Spaziergang mit Ela zu machen. Ich würde gern mitkommen, aber ich will mich nicht aufdrängen. Ich muss mir ohnehin überlegen, wie es jetzt weitergehen soll. Mit Anne und mir und dem Baby. *Zwei Mütter sind eine zu viel.*

40

ANNE

Die nächsten Tage vergehen wie im Flug. Ich bin so verliebt in mein kleines Mädchen, ich könnte sie immerzu ansehen, streicheln und mit Küssen überschütten. Ich habe wirklich noch nie so viel Liebe für einen anderen Menschen empfunden, nicht mal für Daniel. Marie unterstützt mich, wo sie kann. Sie fährt mit mir zum Standesamt, hilft mir, die verschiedenen Formulare auszufüllen, was ich selbst aus tiefster Seele hasse. Ich verstehe von diesem *Amtsdeutsch* immer nur die Hälfte. Sie ist wirklich ein Schatz. Und ich habe es noch nicht über mich gebracht, wieder in meine Wohnung zu ziehen.

Und dennoch fühle ich mich eingeengt von Marie. Sie wuselt ständig um Ela und mich herum. Hat sie anfangs noch gefragt, ob sie meine Tochter mal halten darf, nimmt sie sie jetzt wie selbstverständlich hoch und wandert mit meinem kleinen Mädchen im Arm durchs Haus oder durch den Garten. Letztens wollte sie, ohne mein Einverständnis einzuholen, mit ihr nach draußen, um einen Spaziergang um den See zu machen. Sie hat sich sogar ein eigenes Tragetuch besorgt und in letzter Zeit ist es häufiger vorgekommen, dass sie, während ich schlief, Ela aus der Wiege genommen hat. Als ich sie dabei erwischt habe, behauptete sie, die Kleine hätte geschrien.

Ela fühlt sich bei Marie auch sehr wohl, das bemerke ich natürlich, sie schreit sogar weniger bei ihr als bei mir. Ich bin nicht eifersüchtig, das nicht, aber Ela ist meine Tochter und ich möchte sie nicht mit Marie teilen. Das ist vielleicht egoistisch, aber es ist einfach so.

Ich kann Marie natürlich verstehen, ich weiß, wie sehr sie sich Kinder gewünscht hat, und es tut mir unendlich leid, was sie durchmachen musste, aber es ist mein Kind und nicht ihres.

»Hey, du musst kein schlechtes Gewissen deswegen haben. Marie ist übergriffig, das ist nicht in Ordnung«, bestärkt mich Susa.

Sie hat es drei Wochen nach der Geburt endlich geschafft, uns einen Besuch abzustatten. Ihr neuer Lover scheint sie sehr in Anspruch zu nehmen oder die Uni, was ich allerdings nicht wirklich annehme. Marie hat mich mit Susa allein gelassen und werkelt draußen im Garten rum.

Susa und ich beugen uns über die Wiege. Ela staunt uns aus großen Augen an und zappelt aufgeregt mit den Ärmchen.

»Gott, ist die süß«, quietscht Susa.

»Willst du sie mal halten?«, frage ich.

»Um Himmels willen nein!« Sie hebt abwehrend die Hände. »Sie ist so zart und ich bin so ungeschickt, ich habe Angst, dass ich sie fallen lasse.«

»Okay«, sage ich lachend. »Ich will dich zu nichts zwingen.«

»Ich werde übrigens abbrechen«, teilt sie mir so ganz nebenbei mit.

»Abbrechen? Was …« Überrascht schaue ich sie an. »Du meinst dein Studium?«

»Ja. Karsten und ich wollen reisen. Europa erkunden.

Erst mal für ein halbes Jahr und dann werden wir weitersehen. Wir haben uns einen ausgebauten VW-Bus für kleines Geld gekauft.«

»Hieß dein neuer Lover nicht Heiko?«

»Der ist schon wieder Geschichte. Karsten kenne ich erst seit, jetzt hältst du mich sicher für übergeschnappt«, Susa schürzt die Lippen und rollt mit den Augen. »Wir kennen uns seit zwei Wochen.«

»Wow«, sage ich. »Das muss ja mächtig gefunkt haben zwischen euch.«

»Ja, total.« Susa wird ein bisschen rot. »Ich weiß, es klingt verrückt, aber ich habe zum ersten Mal in meinem Leben das Gefühl, das ist der richtige Mann für mich, mit dem möchte ich alt werden.«

»Und wovon wollt ihr leben?«

»Karsten hat ein bisschen was auf der hohen Kante und wir werden unsere Reise auf YouTube dokumentieren. Es wird zwar etwas dauern, bis wir damit Geld verdienen, aber da machen wir uns keine Sorgen. Irgendwas findet sich in der heutigen Zeit, wo es überall an Arbeitskräften mangelt, immer.«

»Was für eine Überraschung. Mir war gar nicht klar, dass eine Weltenbummlerin in dir steckt.«

»Mir auch nicht«, lacht Susa. »Die hat Karsten rausgekitzelt.«

»Wann soll es denn losgehen?«

»Wir müssen noch paar Dinge klären, aber ich schätze, spätestens in zwei Wochen sind wir weg.«

»Sag mal, was ist denn mit deiner Wohnung?«

»Die werde ich untervermieten«, erwidert Susa. »Ich habe da auch schon jemanden an der Hand.«

»Ich würde sie gerne nehmen«, sage ich.

»Du?«, fragt sie erstaunt. »Sag bloß, du willst das hier«, sie macht eine ausholende Geste, »für eine Einzimmerwohnung mit Minibalkon aufgeben?«

»Ungern, aber ja, das will ich.«

»Wegen Marie?«

»Ja. Ich fühle mich in ihrer Nähe einfach nicht mehr richtig wohl. Ich bin ständig hin- und hergerissen zwischen Dankbarkeit und schlechtem Gewissen.«

»Okay, du bekommst die Wohnung natürlich.«

»Danke«, sage ich aus vollem Herzen. »Du bist meine Rettung.«

»So schlimm?«

»Vielleicht übertreibe ich auch, aber …« Ich hebe hilflos die Schultern. »Manchmal benimmt sie sich, als wäre nicht ich, sondern sie die Mutter von Ela.«

»Ich habe dir gleich gesagt, dass mit dieser Frau etwas nicht stimmt. Hättest du mal auf mich gehört«, erwidert Susa mit Grabesstimme.

41

MARIE

Der Anruf in dem Hotel in Istanbul bestätigt meine Befürchtung. Es gibt einen Gast aus Deutschland namens Bastian Schneider.

»Kann ich ihn sprechen?«, frage ich auf Englisch. »Ich habe leider seine Handynummer gerade nicht parat.«

»Natürlich, ich verbinde Sie mit seinem Zimmer.«

Bevor die Verbindung zustande kommt, lege ich auf. Ich habe mit unterdrückter Nummer angerufen, damit der Anruf nicht zurückverfolgt werden kann. Aber nun gibt es keinen Zweifel mehr: Daniel lebt. Und er hat vor, unter einem anderen Namen zusammen mit Anne und Ela ein neues Leben zu beginnen. Ich koche über vor Wut. Mein Zorn entlädt sich in einem lauten Schrei. Am liebsten würde ich etwas kurz und klein schlagen, aber das ist nicht mein Stil. Also unterdrücke ich diesen Impuls.

Ich klappe meinen Laptop auf und rufe die Website des Hotels auf. Es ist ein Leichtes herauszufinden, welches Apartment Daniel gemietet hat. Es ist das einzige in der Angebotsliste, das für fünf Monate gebucht worden ist. Ich bin unschlüssig, was ich mit diesem Wissen anstellen soll. Ich könnte nach Istanbul fliegen und ihn zur Rede stellen. Ich könnte ihn anzeigen. Immerhin hat er Geld, das mir gehört, beiseitegeschafft. Nur was bringt mir das?

Wenn Anne auf seinen Brief nicht in absehbarer Zeit reagiert, wird er sie irgendwann noch mal kontaktieren. Das würde ich nicht verhindern können. Es gibt nur einen Weg. Bastian Schneider muss sterben. Ich will das alles nicht. Aber habe ich eine Wahl? Ich werde nicht zulassen, dass Daniel und Anne mir Ela wegnehmen.

42

ANNE

Wie bringe ich Marie bei, dass ich in wenigen Wochen ausziehen werde? Mein Gefühl sagt mir, dass sie es nicht gut aufnehmen wird. Vermutlich wird sie mir vorwerfen, ich sei undankbar. Und so komme ich mir auch vor. Aber ich habe sie nie gebeten, das alles für mein Kind und mich zu tun. Das hat sie freiwillig getan. Es nützt nichts. Mein schlechtes Gewissen lässt sich mit Worten nicht beruhigen und ich scheue mich davor, mit ihr zu reden. Sie hat schon auf meine Ankündigung, dass ich wieder in die Einliegerwohnung ziehe, etwas verhalten reagiert.

Ich kann es inzwischen kaum erwarten, von hier wegzukommen. Susa, die Liebe, hat mir angeboten, dass wir meinen Umzug mit dem VW-Bus machen könnten. Das Angebot habe ich natürlich sehr gerne angenommen. Ich habe ja nicht viel, was mit muss. Natürlich finde ich es schade, dass meine beste Freundin für längere Zeit auf Reisen geht, aber ich freue mich auch für sie, dass sie endlich ihren Mister Right gefunden hat.

»Wir ziehen schon bald um«, sage ich zu meinem schlafenden Mädchen. »Es wäre zwar schön gewesen, wenn du hier hättest aufwachsen können, aber wir müssen unser eigenes Leben leben. Und nicht ein Dasein am Gängelband von Marie führen.«

Als ich später zu einem Spaziergang mit Ela aufbreche, bemerke ich, dass Marie ein zusätzliches Schild mit meinem und Elas Namen auf dem Briefkasten angebracht hat. Wieder überfällt mich das schlechte Gewissen mit aller Macht. Ich muss mit ihr reden. Heute noch, spätestens morgen. Je länger ich damit warte, desto schwerer wird es werden.

»Was soll schon groß passieren?«, beruhigt Hendrik mich, den ich von unterwegs anrufe und ihm mein Leid klage. »Sie wird eingeschnappt sein, dich vielleicht wüst beschimpfen. Aber das kann dir gleichgültig sein.«

»Ja, aber sie hat so viel für mich getan«, erwidere ich mit kläglicher Stimme. »Ich komme mir so undankbar vor.«

»Hast du sie darum gebeten?«, fragt er und gibt sich die Antwort gleich selbst. »Nein!«

»Das habe ich mir auch schon tausendmal vorgebetet, aber es …«

»Soll ich kommen und an deiner Stelle mit ihr reden?«, fällt er mir ins Wort.

»Nein, das musst du nicht. Das muss ich schon selbst machen«, sage ich. »Aber danke für das Angebot. Das weiß ich sehr zu schätzen.«

»Gerne«, sagt er. »Du, ich muss los. Termine. Grüß meine kleine Nichte unbekannterweise ganz lieb von mir. Ich werde euch bald mal besuchen. Ciao!« Und weg ist er.

Seufzend stecke ich mein Handy weg. »Liebe Grüße von deinem Onkel Hendrik«, flüstere ich Ela zu, die friedlich auf meinem Brustkorb im Tragetuch schlummert.

Marie nimmt mir die Entscheidung über den richtigen Zeitpunkt schließlich ab. Sie ist im Vorgarten, als ich von dem Spaziergang zurückkomme, und jätet Unkraut. Ich habe allerdings den Eindruck, dass sie mich abpassen wollte. Sie richtet sich auf, pustet eine Haarsträhne aus der Stirn und wischt sich den Schweiß von der Stirn.

»Puh, ist das schwül heute«, stöhnt sie.

»Ja«, stimme ich ihr zu. »Es gibt sicher noch ein Gewitter.« Obwohl der wolkenlos blaue Himmel keinerlei Anzeichen dafür erkennen lässt.

»Ach, bevor ich es vergesse: Ich habe endlich mal dran gedacht, ein Namensschild mit deinem und Elas Namen am Briefkasten anzubringen.«

Marie macht einen Schritt auf mich zu, kommt mir so nahe, dass ich mich zwingen muss, nicht zurückzuweichen, und zupft an dem Tragetuch. »Na, wie geht es meinem kleinen Schatz heute?«, flötet sie. »Sie sieht ganz verschwitzt aus.« Ich ernte einen vorwurfsvollen Blick. »Du musst besser auf die Kleine achten.«

Ich schlucke meinen aufsteigenden Ärger, der sich zu einem Kloß in meiner Kehle zusammenballt, hinunter und lasse ihren Vorwurf unkommentiert stehen.

»Böse, böse Mutti«, sagt sie. Ich bin nahe dran, vor Wut zu platzen.

»Hör zu, Marie. Ich werde in ein paar Tagen ausziehen.« Meine Stimme bebt vor Ärger, ich kann es nicht unterdrücken. »Ich wollte dir das eigentlich nicht so zwischen Tür und Angel …«

»Ausziehen? Wo willst du denn hin?« Sie ist plötzlich ganz blass geworden.

»Susa verreist mit ihrem neuen Freund für eine Weile, solange kann ich ihre Wohnung übernehmen.«

»Aber …«

»Kein Aber«, falle ich ihr ins Wort. »Ich habe dir schon lange genug auf der Tasche gelegen. Es wird höchste Zeit, dass ich wieder in mein Leben zurückkehre.«

»Das kannst du mir nicht antun«, flüstert sie mit tonloser Stimme. »Ela ist Daniels Kind und damit auch meins.«

»Wie bitte?« Ich hebe irritiert die Augenbrauen.

»Ich meine, ich habe dir geholfen, sie auf die Welt zu bringen, verstehst du. Das ist fast so, als wäre ich … als wäre ich …« Sie bricht ab. Ihre Augen sind ganz dunkel geworden vor Verzweiflung.

Ich weiß auch so, was sie sagen möchte: *Das ist fast so, als wäre auch ich ihre Mutter.* Mein Ärger löst sich auf, schlägt in Mitleid um.

»Wir sind doch nicht aus der Welt. Du kannst uns jederzeit besuchen kommen, Marie.«

»Das ist nicht dasselbe«, sagt sie kalt. Dann dreht sie sich um und verschwindet im Haus.

»Oh je«, sage ich zu Ela, die selig mit geschlossenen Augen an ihrem Daumen nuckelt. »Das ist aber gar nicht gut gelaufen.«

Als ich kurze Zeit später meine Sachen in die Einliegerwohnung schaffe, kriege ich Marie nicht zu Gesicht. Ich vermute, dass sie sich in ihrem Atelier verschanzt hat und ihre Wunden leckt.

43

MARIE

In meinem Kopf dreht sich alles. Das Gefühl, dass mir alles zu entgleiten droht, macht mich schier gerade wahnsinnig. Über mir höre ich Annes Schritte über das Parkett eilen. Wahrscheinlich bringt sie ihre Sachen in die Einliegerwohnung. Mir läuft die Zeit davon. Wie konnte ich die Möglichkeit außer Acht lassen, dass Anne Susas Wohnung übernehmen könnte?

Du warst dir deiner Sache zu sicher, höhnt eine Stimme in meinem Hinterkopf.

Ich schüttele den Kopf, als könnte ich die Stimme so vertreiben, und tigere unruhig in dem kleinen Raum hin und her. Vor der Staffelei stoppe ich. Auf ihr steht das angefangene Porträt der kleinen Ela. Es ist gründlich misslungen. Ihr liebes Gesichtchen sieht leblos aus. Nichts an ihr wirkt echt. Sie sieht aus wie eine dieser Plastikpuppen ohne einen Funken Lebendigkeit.

Ich kann anscheinend nur tote Kinder malen. Was ist nicht in Ordnung mit mir? Meine Hand greift ohne mein bewusstes Zutun nach dem Messer und durchtrennt die Leinwand mit einem schnellen Schnitt. Erst als sie zerfetzt vor meinen Füßen liegt, lasse ich das Messer schweratmend sinken. Jetzt, da all meine Wut ein Ventil gefunden hat, fühle ich mich etwas besser. Mein Kopf ist wieder frei und mein Herzschlag beruhigt sich langsam.

Es war nicht schwer, herauszufinden, auf welchen Typ Mann die pummelige Susa steht. Sie hat meine Freundschaftsanfrage, die ich ihr mit einem Fake-Account auf Facebook gestellt habe, so schnell angenommen, als hätte sie darauf gewartet. Es erstaunt mich immer wieder, wie bedenkenlos sich in den sozialen Medien wildfremde Menschen miteinander befreunden. Susa macht keinen Hehl aus ihrer Vorliebe für durchtrainierte Männer mit jungenhaftem Charme. Die Haarfarbe sei nebensächlich, steht in einem ihrer Posts, aber sie finde Locken sexy.

Einen Mann aufzutreiben, der ihren Vorstellungen entsprach, gestaltete sich weitaus schwieriger. Ich sah mir unzählige entsprechende Websites an, bis ich endlich fündig wurde. Karsten passte perfekt. Ich traf mich mit ihm. Er ist charmant, gebildet und hat sehr gute Manieren. Wie vermutlich alle *Callboys.* Anfangs hatte er Skrupel, als ich ihm eröffnete, worum es mir wirklich ging. Selbst als er die Summe hörte, die ich bereit war zu zahlen, wenn er mit Susa für ein halbes Jahr auf Reisen gehen würde, zögerte er noch. Ich zeigte ihm ein Foto von ihr, ich konnte ihm ansehen, dass er sie niedlich fand, legte noch zehntausend drauf und sagte zu, für alle Kosten aufzukommen. Gegen entsprechende Rechnungen und Quittungen selbstverständlich. Karsten bat um Bedenkzeit, ich billigte ihm zwei Tage zu. Schon am ersten Tag gab er mir Bescheid, dass wir im Geschäft seien, sobald das Geld auf seinem Konto eingegangen sei.

Problem gelöst. Dachte ich. Ich habe mich geirrt. Ich schnaube ein unfrohes Lachen. Meine Hände ballen sich zu Fäusten.

Es gibt immer einen Weg aus einer ausweglos scheinenden Lage, höre ich die Stimme meines Vaters. *Aber nicht immer ist dieser Weg* für alle Beteiligten *die beste Lösung. Manchmal muss man für sich und gegen die anderen entscheiden, wenn man überleben will.*

Im Haus empfängt mich eine geradezu gespenstische Stille, die ich kaum ertrage. Ich gehe zur Verbindungstür, lege ein Ohr an das Türblatt und horche angestrengt. Plötzlich dringt herzzerreißendes Weinen aus dem Innern. Wo ist Anne? Sie muss die Kleine doch hören? Ich habe meine Hand schon auf der Türklinke, da vernehme ich Annes Stimme. Sie spricht beruhigend auf Ela ein, die auch nach kurzer Zeit verstummt. Vermutlich hatte der kleine Schatz Hunger.

Hunger. Das ist das Stichwort. Ich eile zu meinem Laptop und gebe eine Bestellung für Babynahrung auf. Für alle Fälle. Es kann sein, dass ich Ela füttern muss, falls Anne ausfallen sollte.

Mitten in der Nacht schleiche ich auf leisen Sohlen durch den Flur zu ihrer Wohnung und drücke vorsichtig die Klinke runter. Anne hat abgeschlossen. Wenn der Schlüssel von innen steckt, bin ich aufgeschmissen. Vorsichtig stecke ich meinen Schlüssel ins Schloss. Dass ich ihn verloren habe, war natürlich gelogen. Ich drehe ihn sachte um. Mit einem leisen Klicken öffnet sich die Tür. Glück gehabt.

Ich bete, dass Ela nicht plötzlich zu schreien anfängt und Anne dadurch geweckt wird. Der Lichtstrahl meiner Taschenlampe leuchtet mir den Weg. Bereits in der Küche finde ich das Gesuchte. Ich stecke es ein und trete den Rückzug an. In dieser Sekunde fängt Ela an zu krakeelen. Ich erschrecke, durch den Spalt der Schlafzimmertür sickert Licht. Ich husche durch den schmalen Flur und ziehe so geräuschlos wie möglich die Tür hinter mir zu.

Ich atme erleichtert auf und bin schon auf dem Weg in mein Wohnzimmer, als mir siedend heiß einfällt, dass ich vergessen habe, die Verbindungstür wieder abzuschließen. Mit dem Schlüssel in der Hand haste ich zurück. Aus der Wohnung klingt leiser Gesang an mein Ohr. Singt Anne ein Schlaflied für Ela? Vorsichtig drehe ich den Schlüssel im Schloss. Das leise Knacken kommt mir unnatürlich laut vor und ich halte automatisch die Luft an. Nähern sich Schritte hinter der Tür? Mein Herz macht vor Schreck einen Satz. Schnell ziehe ich den Schlüssel aus dem Schloss. Als sich die Türklinke plötzlich nach unten bewegt, kann ich nur mit Mühe den Schrei unterdrücken. Ich erstarre, wage nicht, mich vom Fleck zu rühren. Wie soll ich Anne erklären, was ich mitten in der Nacht vor ihrer Tür zu suchen habe?

44

ANNE

Ist da jemand an der Tür? Ich habe sie vorsichtshalber von innen abgeschlossen. Ich traue Marie durchaus zu, dass sie mitten in der Nacht hier auftaucht unter dem Vorwand, sie habe das Baby schreien gehört. Mit Ela im Arm, die hingebungsvoll an meiner Brustwarze saugt, gehe ich durch den Flur auf die Tür zu und lausche. Kein Laut dringt aus dem Haus jenseits der Tür an mein Ohr. Wahrscheinlich habe ich mir nur eingebildet, ein Geräusch zu hören. Vorsichtshalber drücke ich die Türklinke hinunter. Abgeschlossen. Beruhigt tappe ich ins Schlafzimmer zurück.

Ich muss schleunigst hier weg. Offenbar leide ich schon an Verfolgungswahn. Gleich morgen werde ich anfangen, meine Sachen zusammenzupacken. Viel ist es ja ohnehin nicht. Ob ich die Babysachen, die Marie mir geschenkt hat, zurückgeben soll? Geschenkt ist geschenkt, denke ich, aber wohl fühle ich mich nicht dabei. Das Blöde ist nur, ich kann es mir nicht leisten, alles neu zu kaufen.

Nachdem Ela sich satt getrunken und ihr Bäuerchen gemacht hat, lege ich sie in die Wiege, die ich auf jeden Fall nicht mitnehmen werde, sie ist ja nur eine Leihgabe, und schlüpfe wieder unter die Bettdecke. Wenn ich Glück habe, schläft Ela jetzt bis zum Morgen durch. Ein paar Stunden ungestörten Schlaf würden mir auch guttun. Ich schließe die Augen, aber ich bin mit einem Mal hellwach. Wie soll es jetzt weitergehen? Wie soll ich meine Kosten decken? Susa wird mir ihre Wohnung nicht umsonst überlassen. Sie ist zwar nicht unerschwinglich teuer, aber mich bringt die Miete an meine finanziellen Grenzen. Selbst mit BAföG, Kinder- und Elterngeld wird es knapp werden. Ich werde mir einen Job suchen müssen. Irgendetwas, das ich von zu Hause aus machen kann. Zum Glück gibt es ja seit Corona viele Möglichkeiten, im Homeoffice zu arbeiten.

»Wir werden es schaffen, mein Schatz«, flüstere ich in das dunkle Schlafzimmer, das nur von einem Nachtlicht spärlich beleuchtet wird. »Das verspreche ich dir.«

Irgendwann schlummere ich endlich ein, um gefühlte Sekunden später wieder von Elas Gequengel aus dem Schlaf gerissen zu werden. Bevor es zu einem hungrigen Gebrüll werden kann, nehme ich sie hoch und lege sie an die Brust.

Draußen dämmert es bereits. Mit meinem zufrieden schmatzenden Baby im Arm tappe ich in die Küche. Irritiert starre ich auf den Tisch. Wo ist mein Handy? Ich bin mir sicher, dass ich es gestern Abend hier hingelegt habe. Oder doch nicht? Verloren haben kann ich es auf jeden Fall nicht. Ich hatte es das letzte Mal hier in der Wohnung in der Hand. Irgendwo wird es schon sein.

45

MARIE

Mein erster Versuch mit dem Geburtsdatum der kleinen Ela scheitert. Aber schon der zweite ist von Erfolg gekrönt. Sie hat tatsächlich Daniels Geburtstag als PIN für ihr Handy genommen. Glück muss man haben. Ich rufe WhatsApp auf. Die Liste mit den Kontakten öffnet sich sofort. Der von mir gesuchte steht an erster Stelle. Ich überfliege Annes alte Nachrichten, um ihren Schreibstil nachzuahmen. Dann beginne ich zu tippen:

Hi Bruderherz,

Ich halte inne, überlege, wie ich es am besten ausdrücke und fahre fort:

Hurra! Ela und ich ziehen demnächst um. Susa, die kleine fette Schlampe, hat einen neuen Stecher aufgetan und geht mit ihm auf Reisen. Meinetwegen kann sie für immer bleiben, wo der Pfeffer wächst. Ich kann auf jeden Fall ihre Wohnung übernehmen. Alles andere ist mir egal. Gruß und Kuss von Ela und mir

Ich lese mir das Geschriebene noch mal durch. Ist es nicht etwas zu gemein? Immerhin ist Susa Annes beste Freundin.

Und irgendwie passt die Wortwahl nicht zu Anne. Wenn ich Pech habe, fällt sofort auf, dass sie so etwas Hämisches nie schreiben würde. Aber Menschen sind merkwürdigerweise oft so strukturiert, dass sie Negatives eher glauben als Positives. Ich hoffe, dass das dieses Mal auch der Fall sein wird. Kurzentschlossen schicke ich die Nachricht ab. In Sekundenschnelle wird sie zugestellt. Ich lege das Handy vor mich auf den Tisch, greife nach dem Weinglas und trinke einen großen Schluck von dem Rotwein, ohne ihn wirklich zu schmecken.

Ich bin so angespannt, dass mein Nacken zu schmerzen beginnt. Immer wieder öffne ich WhatsApp, nur um festzustellen, dass die Nachricht noch nicht gelesen wurde. Es ist mitten in der Nacht, ich muss mich vermutlich bis zum Morgen gedulden. Aber an Schlaf ist nicht zu denken. Mit dem Weinglas in der Hand wandere ich durchs Haus. Das Unruhegefühl in mir ist nur schwer auszuhalten. Mir ist klar, dass ich das Problem damit nicht lösen werde, ich verschaffe mir lediglich etwas Zeit, um meine weitere Vorgehensweise zu planen. Ich darf nichts überstürzen. Anne darf keinen Verdacht schöpfen.

Die Zeit ist wie zähflüssiger Sirup. Es wird drei, vier, fünf Uhr und die Häkchen sind noch immer grau. Ich bin mittlerweile so müde, dass ich kaum noch die Augen offenhalten kann. Die Rotweinflasche ist mittlerweile fast leer und ich fühle mich etwas betrunken. Seufzend nehme ich das Handy zum wahrscheinlich hundertsten Mal zur Hand, öffne WhatsApp und endlich sind die Häkchen blau. Die Nachricht wurde gelesen. Ich atme auf und lösche sie. Wenn ich Glück habe, hat Anne noch nicht bemerkt, dass ihr Handy verschwunden ist.

Als ich an der Tür zur Einliegerwohnung horche, höre ich

dummerweise Geräusche aus dem Inneren. Anne scheint schon wach zu sein. Rasch und so leise wie möglich entferne ich mich. Es wird sich schon noch eine Gelegenheit ergeben, das Handy wieder in der Wohnung zu platzieren. Vielleicht ist es ganz gut, dass es nicht wie vorgesehen geklappt hat. So bekomme ich die Reaktion auf meine Nachricht mit. Falls eine erfolgt.

Ich koche mir einen starken Kaffee, um wieder nüchtern zu werden, und trete mit dem dampfenden Becher in der Hand auf die Terrasse. Es ist recht frisch, die Strahlen der aufgehenden Sonne sind noch zu kraftlos, um die kalte Luft zu wärmen. Ich trinke einen Schluck von dem Kaffee und genieße das Schauspiel der Geburt eines neuen Tages. Der Nachthimmel löst sich langsam auf, und der Morgen schiebt sich in Gelb und Rosa über den Wald am gegenüberliegenden Seeufer.

Der Ton einer eingehenden Nachricht reißt mich aus meiner Betrachtung. Die Reaktion ist so, wie ich es mir erhofft hatte. Ich bin so erleichtert, dass ich laut lachen muss. Alles wird gut.

46

ANNE

Ich habe die gesamte Wohnung auf den Kopf gestellt, das Handy ist und bleibt verschwunden. Dabei hätte ich schwören können, dass ich es gestern Abend noch in der Hand hatte. Vielleicht habe ich es bei Marie liegen lassen. Ich wickele Ela, setze sie behutsam in das Tragetuch und gehe mit ihr rüber ins Haus. Marie ist weder in der Küche noch im Wohnzimmer. Schläft sie etwa noch? Es ist mittlerweile fast zehn. Merkwürdig. Marie ist laut eigener Aussage eine Frühaufsteherin. Vielleicht ist sie aber auch schon unterwegs zu einem Termin.

Ich stapfe die Treppenstufen zum Gästezimmer hoch, in der Hoffnung, dass ich mein Handy dort vergessen habe. Das Zimmer ist noch so, wie ich es gestern hinterlassen habe. Die Bettdecke halb zurückgeschlagen, die Schranktüren stehen offen. Ich schließe sie und lasse meinen Blick durch den Raum wandern. Kein Handy.

»Suchst du etwas?«

Ich zucke wie ertappt zusammen und wende mich um. Marie steht im Schlafanzug und verwuscheltem Haar in der Tür und schaut mich aus müden Augen fragend an.

»Oh, habe ich dich geweckt? Das tut mir leid.«

»Nein, nein«, winkt sie ab. »Ich bin schon eine ganze Weile wach, ich war nur zu faul zum Aufstehen.«

»Ich vermisse mein Handy. Hast du es vielleicht irgendwo gesehen?«

»Nein«, sagt sie. »Aber ich habe auch nicht drauf geachtet.«

»Es muss irgendwo im Haus sein. Ich hatte es gestern noch in der Hand.«

»Dann wird es auch wieder auftauchen«, sagt Marie. »Ich sag dir Bescheid, wenn ich es finde, ja?«

Eine Stunde später klopft es an meiner Tür und Marie hält mir mit einem triumphierenden Lächeln mein Handy hin. Erstaunt und erleichtert zugleich nehme ich es entgegen.

»Wo war es denn?«

»Im Gästezimmer. Es lag unter der Bettdecke.«

»Echt?«, frage ich überrascht. »Wie kommt es denn dahin?«

»Da bin ich überfragt«, antwortet Marie mit einem Schulterzucken.

»Egal, Hauptsache, ich habe es wieder. Vielen Dank.«

»Gern geschehen. Weißt du denn schon, wann ihr hier ausziehen werdet?«, fragt sie mit einem freundlichen Lächeln.

»So genau kann ich es dir noch nicht sagen. Aber ich rufe gleich mal Susa an und sag dir dann Bescheid.«

»Mach das! Und gib der kleinen Ela einen dicken Kuss von mir.«

Überrascht schließe ich die Tür. Was ist denn mit der los? So wie sie auf die Ankündigung meines Auszugs reagiert hat, habe ich mit allem gerechnet, aber nicht damit, dass sie sich mir gegenüber plötzlich ausgesprochen höflich und zuvorkommend benimmt. Ich sollte mich darüber freuen, aber ich habe ein flaues Gefühl im Magen. Ich kaufe ihr diesen Stimmungsumschwung nicht so ganz ab.

WhatsApp zeigt an, dass ich eine neue Nachricht habe. Sie ist von Susa und besteht nur aus zwei Worten:

Fick dich!

Was zum Teufel hat Susa geritten? Ich habe ihr doch nichts getan. Das kann nur ein Missverständnis sein. Hoffentlich galt die Nachricht nicht ihrem neuen Freund. Das wäre in zweierlei Hinsicht schade. Ich schreibe ihr sofort zurück.

Ist alles in Ordnung mit dir? Ist die Nachricht für jemanden anderen bestimmt gewesen und du hast sie versehentlich an mich geschickt? Lieben Gruß
Anne

Als Susa nach zwei Stunden die Nachricht noch immer nicht gelesen hat, rufe ich sie an. Ich lande auf ihrer Mailbox. Nach kurzem Zögern bitte ich sie um dringenden Rückruf, obwohl ich fürchte, dass sie meiner Bitte nicht nachkommen wird. Meine Nachricht an sie hat nach wie vor nur ein graues Häkchen. Laut dem WhatsApp-Hilfebereich bedeutet das, dass ich von ihr blockiert worden bin.

47

MARIE

Ich höre den ganzen Tag nichts von Anne. Ist doch etwas schiefgegangen? Haben Susa und sie sich ausgesprochen? Was mache ich dann? Ich bin so nervös, dass ich anfange, an meinen Fingernägeln zu knabbern, was ich mir schon vor langer Zeit mühsam abgewöhnt habe. Um mich abzulenken, kümmere ich mich um mein anderes Problem. Ich will hundertprozentig sicher sein, dass Daniel lebt und in Istanbul auf Anne wartet. Den Gedanken, in die Türkei zu fliegen und mich mit meinen eigenen Augen davon zu überzeugen, verwerfe ich schnell wieder. Ich kann hier unmöglich weg. Wer weiß, was Anne noch so plant. Im schlechtesten Fall sucht sie Unterschlupf bei ihrem Bruder im Saarland. Das muss ich verhindern.

Der Privatdetektiv, der mir schon gute Dienste bei der Beschattung von Daniel und Anne erwiesen hat, ist glücklicherweise verfügbar. Was mit Sicherheit auch daran liegt, dass ich bereit bin, sein mehr als fürstliches Honorar ohne Murren zu zahlen. Ich habe Anne angelogen, als ich behauptet habe, Daniel habe mir brühwarm alles über sie erzählt. Bei seinen vorherigen Affären ist das der Fall gewesen, aber was seine Beziehung zu Anne anbelangte, da hielt er sich sehr bedeckt. Was natürlich meinen Argwohn hervorgerufen hat.

Ich nenne dem Privatdetektiv die Adresse des Hotels, in dem Daniel unter dem Namen Bastian Schneider eingecheckt hat, und überweise ihm die Kosten für das Flugticket und drei Tagessätze per Echtzeitüberweisung auf sein Konto. Im Gegenzug verspricht er, den ersten verfügbaren Flug nach Istanbul zu nehmen. Nachdem ich das geregelt habe, fühle ich mich etwas besser, obwohl ich noch immer nichts von Anne gehört habe. Ich versuche, es als gutes Zeichen zu werten.

Erst am frühen Abend kommt sie rüber, in der Hand hat sie das Babyfon.

»Ela schläft endlich.« Sie klingt müde und sieht abgekämpft aus. »Wir hatten heute nicht unseren besten Tag. Sie war die ganze Zeit am Quengeln.«

»Du Ärmste«, sage ich mit falschem Mitgefühl. Sie sollte sich froh und glücklich schätzen, dass sie die Mutter eines gesunden Babys ist und sich nicht gleich bei dem ersten Problemchen beklagen.

»Ich habe eine Bitte«, sagt sie.

»Ja?«

»Ich muss morgen in die Stadt, etwas erledigen. Es wäre nur für zwei oder drei Stunden. Es ist wirklich sehr dringend. Könntest du ausnahmsweise auf Ela aufpassen?«

»Morgen?« Ich gebe vor, überlegen zu müssen. »War da nicht was?«

»Wenn du keine Zeit hast …«

»Nein, nein«, falle ich ihr ins Wort. »Den Termin kann ich verschieben. Ich kümmere mich sehr gerne um die Kleine.«

»Vielen lieben Dank«, sagt Anne.

»Sehr gerne«, antworte ich und dieses Mal meine ich es ehrlich. Ich freue mich auf ein paar ungestörte Stunden mit meinem kleinen Schatz. Sie ist so ein niedliches Baby. Und ich bilde mir ein, dass sie von Tag zu Tag Daniel ähnlicher sieht.

»Ich bringe sie dir so gegen sieben morgen rüber. Ist dir das recht? Oder ist es dir zu früh?«

»Nein, das passt wunderbar.«

Aus dem Lautsprecher des Babyfons tönt ein leises Wimmern in den Raum. Sofort springt Anne auf, wirft mir ein »Sorry, ich muss rüber« zu und ist verschwunden, bevor ich etwas erwidern kann.

Wenn mich nicht alles täuscht, will Anne morgen zu Susa. Verhindern kann ich das nicht, doch ich kann dafür sorgen, dass sie ihre Freundin nicht antrifft. Bei der Gelegenheit werde ich Karsten bitten, den Abreisetag vorzuverlegen. Wenn Susa die Stadt Richtung Süden verlassen hat, ist die Gefahr, dass die beiden sich doch noch aussprechen, gebannt.

Das Gefühl, etwas Wichtiges übersehen zu haben, überfällt mich erst einige Zeit später. Ich zergrübele mir das Hirn, aber ich komme partout nicht drauf, was es sein könnte.

Mitten in der Nacht werde ich wach, eine Frage formt sich augenblicklich in meinem Kopf.

Wie geht es weiter, wenn Daniel tatsächlich noch lebt?

Noch im Halbschlaf gebe ich mir selbst die Antwort: Dann muss ich jemanden finden, der ihn tötet. Sonst wird er alles kaputt machen.

48

ANNE

Ich habe Bauchschmerzen, als ich am nächsten Morgen kurz nach sieben Ela in Maries Obhut übergebe. Wenn ich nicht wüsste, dass sie meine Tochter über alles liebt und ihr kein Haar krümmen wird, hätte ich sie niemals um diesen Gefallen gebeten. Dennoch sitze ich mit schlechtem Gewissen in der S-Bahn und bin kurz davor, wieder auszusteigen und zurückzufahren. Doch ich muss mit Susa reden. Unbedingt. Es geht mir nicht nur um die Wohnung, es geht mir auch um unsere Freundschaft. Irgendetwas ist da schiefgelaufen. Und das muss ich mit ihr klären, bevor sie die Stadt mit unbekanntem Ziel verlässt.

Eine dreiviertel Stunde später klingele ich an der Haustür. Niemand öffnet mir. So schnell gebe ich jedoch nicht auf. Ich drücke wahllos auf mehrere Klingelknöpfe und rufe »Postbote« in den Lautsprecher, als sich jemand meldet, und gelange auf die Art zumindest ins Haus. Die Klingel an Susas Wohnungstür scheint nicht zu funktionieren. Ich höre nicht, dass sie im Inneren der Wohnung anschlägt. Schließlich hämmere ich mit den Fäusten gegen die Tür und rufe: »Susa, ich bin's, Anne. Mach mir bitte auf.«

Doch statt Susas Wohnungstür öffnet sich die Tür der Nachbarwohnung und eine hagere Frau in einem geblümten Morgenmantel mustert mich aus misstrauischen Augen.

»Frau Reichel ist nicht da«, sagt sie. »Da können Sie gegen die Tür hämmern, bis Sie tot umfallen.«

»Wann haben Sie Frau Reichel denn das letzte Mal gesehen?«, frage ich.

»Puh«, pustet sie. »Schon ein paar Tage her. Seit die 'nen Neuen hat, lässt sie sich kaum noch hier blicken.«

Die Frau weiß offenbar gut Bescheid über die Gepflogenheiten ihrer Nachbarschaft. »Sie wissen nicht zufällig, wo ihr neuer Freund wohnt?«

»Nee. Da bin ich jetzt tatsächlich überfragt.«

»Wissen Sie denn seinen Namen?«

»Ich? Wie kommen Sie darauf?« Sie mustert mich mit neu erwachtem Interesse genauer. »Sie kenn ich doch. Sie waren schon öfter hier.«

»Ich bin eine gute Freundin von Susa, aber ich erreiche sie seit Tagen nicht.« Das ist zwar geschwindelt, aber die einzige Erklärung, die mir ad hoc einfällt. »Und allmählich mache ich mir Sorgen.«

»Verstehe. Wenn ich sie sehe, sage ich ihr, dass sie sich bei Ihnen melden soll.«

»Das ist sehr nett von Ihnen. Danke.« Dass das vermutlich nichts bringen wird, behalte ich für mich. Dafür gebe ich ihr meine Handynummer. »Würden Sie mich kurz anrufen, wenn Sie sie sehen?«

»Klar. Kann ich machen.« Sie nimmt den Zettel entgegen. Ich rieche den Alkohol in ihrem Atem und kann die Aura der Einsamkeit, die diese Frau umgibt, förmlich mit Händen greifen. Eine Welle des Mitleids erfasst mich. Ich bedanke mich ganz herzlich bei ihr, wünsche ihr alles Gute und wende mich zum Gehen.

»Ich hoffe, Ihrem Baby geht es gut«, ruft sie mir hinterher.

Irritiert wende ich mich um: »Woher wissen Sie …?«

»Ich hab doch Augen im Kopf«, lacht sie und deutet mit einer Hand vor ihrem Körper einen Bauch an. »War ja nicht zu übersehen, dass Sie schwanger sind.«

»Ach so!« Für einen Moment habe ich mich erschrocken. Keine Ahnung wieso. Vielleicht weil ich meine Kleine bei Marie gelassen habe? »Es ist ein Mädchen. Und es geht ihr bestens.« Mit diesen Worten verabschiede ich mich. Ich kann es kaum erwarten, wieder zu Hause zu sein und meine süße Ela im Arm zu halten.

Doch ich merke schon, als ich die Verbindungstür zum Haus öffne, dass etwas nicht stimmt. Es ist viel zu still. Gespenstisch still.

49

ANNE

Wie ein aufgescheuchtes Huhn hetze ich durchs Haus, die Treppen rauf und runter, die Zimmer rein und raus. Aber Marie und Ela sind verschwunden. Die Angst legt sich wie ein schwerer Stein auf meinen Brustkorb, ich kann kaum noch atmen. Keuchend drehe ich mich um die eigene Achse, weiß sekundenlang nicht, was ich jetzt tun soll. Ich könnte mich ohrfeigen dafür, dass ich nicht auf mein Bauchgefühl gehört habe. Was wenn sie Ela entführt hat?

Jetzt bloß nicht durchdrehen, befehle ich mir stumm. Einem Impuls folgend stürze ich aus meiner Wohnung und laufe in Richtung Garage. Ich sehe die Zufahrt hinunter. Das Tor steht offen, Maries Wagen ist nicht da. Sie hat mir letztens erst erzählt, dass sie eine Babyschale für Ela besorgt hat. *Ich werde dich sicher öfter zum Arzt fahren müssen.* Mir fällt ein, dass ich mich nicht mal bedankt habe. Wofür auch? Ich habe sie nicht darum gebeten, dass sie sich wie ein Parasit in meinem, in unserem Leben einnistet. Vielleicht hat sie meine stumme Abwehrhaltung gespürt. Und die Gelegenheit genutzt, als sie sich ihr bot. Ein Wimmern dringt aus meiner Kehle, die Panik verdrängt die aufsteigende Wut.

Soll ich die Polizei benachrichtigen? Was soll ich denn sagen? Dass ich fürchte, dass die Frau, in deren Haus ich wohne, mein Baby entführt hat? Ja, genau das. Ich hetze zurück. Die Eingangstür zur Einliegerwohnung ist zu. Mein Schlüssel liegt drinnen.

»Scheiße!« Ich schreie meinen Frust laut heraus und breche gleichzeitig in Tränen aus. Was mache ich denn jetzt?

Es gibt eine Tür in der Garage, fällt mir ein, durch die man ins Haus gelangt. Ich mache kehrt und stürme in die Garage zurück. Die Seitentür ist nicht abgeschlossen. Ich stoße einen Seufzer der Erleichterung aus. Kühle terpentingetränkte Luft schlägt mir entgegen. Ich taste an der Wand nach dem Lichtschalter und betätige ihn. Helligkeit flutet das Atelier. Mitten im Raum steht eine Staffelei, davor ein Hocker. Auf einem Tisch in der Ecke befinden sich Paletten, Pinsel, Tuben mit Ölfarben. Überall stehen Gemälde an die Wände gelehnt, sodass nur die Rückseiten zu sehen sind.

Ich trete an die Staffelei heran. Marie hat ein Baby gemalt. Das ist … Ich schlage eine Hand vor den Mund. Das ist Ela! Sie liegt mit geschlossenen Augen in Maries Wiege, ihre Lider so durchscheinend wie die Flügel einer Libelle, ihr Gesichtchen von so einer wächsernen Blässe, dass es wirkt, als wäre mein Kind tot. Eine Welle von Panik überrollt mich, lähmt meinen Verstand.

Ein Geräusch hinter meinem Rücken reißt mich aus meiner Erstarrung. Ich wirbele herum. Marie stiert mich entgeistert an. In dem Tragetuch auf ihrer Brust ruht Ela. Ich stoße einen Laut aus, der tief aus meinem Inneren zu kommen scheint, und stürze auf sie zu. Erschreckt weicht sie zurück.

»Was hast du mit meinem Kind gemacht?«, kreische ich.

Ich bin völlig außer mir und strecke die Arme aus, um ihr meine winzige, hilflose Tochter zu entreißen. Marie macht einen weiteren Schritt von mir weg und schaut mich mit großen Augen fassungslos an.

»Was ist denn los mit dir?«

In dem Augenblick registriere ich, dass Ela sich bewegt, keine Sekunde später krakeelt sie auch schon los. Sie lebt. Tränen der Erleichterung strömen mir über die Wangen.

»Wo warst du?«, keuche ich und wische mir fahrig über die Augen.

»Wir waren unten am See. Ich habe der Kleinen die Schwäne gezeigt«, antwortet Marie.

»Ich dachte, ihr seid weggefahren, weil dein Wagen nicht in der Garage steht«, sage ich, immer noch ganz atemlos.

»Der ist in der Werkstatt zur Inspektion«, erwidert sie. Ihr Blick geht an mir vorbei, in ihren Augen flackert es.

»Oh, Gott«, stöhnt Marie. »Jetzt weiß ich, was dich aus der Fassung gebracht hat. Mein Gemälde, stimmt's?«

Ich nicke stumm. »Sie sieht aus, als wäre sie ...« Ich stocke, bringe das Wort nicht über die Lippen.

»Es tut mir so leid«, sagt Marie und streicht dabei sanft über das Tragetuch auf ihrer Brust. »Ich habe vergessen, die Tür abzuschließen. Du solltest das nicht sehen.« Sie hebt Ela aus dem Tragetuch. »Nimmst du sie?«

Nichts lieber als das. Ich nehme meine lauthals protestierende kleine Tochter in die Arme und sauge ihren süßen Geruch tief in mich ein. Sie ist wohlauf, ihr ist nichts geschehen. Alles ist gut. Ich hauche einen Kuss auf ihr Köpfchen und wiege sie sanft in meinen Armen. Dann wende ich mich Marie zu, die vor der Staffelei steht und mit gerunzelter Stirn ihr Werk betrachtet.

»Es sollte ein Geschenk für dich sein«, sagt sie, Bedauern in der Stimme. »Aber ich gebe zu, es ist mir total misslungen. Ich werde es übermalen und noch mal neu beginnen.«

Lieber nicht, liegt mir auf der Zunge, aber ich schlucke die Bemerkung hinunter. Sie hat es bestimmt lieb gemeint, ich habe in meiner Panik vollkommen überzogen reagiert. Marie würde Ela nie etwas zuleide tun, dafür liebt sie mein Kind viel zu sehr.

»Entschuldige bitte«, sage ich. »Ich weiß auch nicht, was in mich gefahren ist. Ich dachte … Ich habe …«, stottere ich.

»Lass gut sein«, winkt sie ab. »Ich kann dich sehr gut verstehen, mich hätte das auch erschreckt. Was wolltest du überhaupt hier drin?«

»Ich habe mich ausgesperrt und gehofft, ich komme so wieder ins Haus rein.«

»Verstehe«, antwortet sie. »Du scheinst ziemlich durch den Wind zu sein. War dein …«

Der Klingelton eines Handys unterbricht Marie mitten im Satz. Sie zieht es aus ihrer Tasche, sagt »Das ist die Werkstatt, da muss ich ran«. Sie wendet mir den Rücken zu und geht mit dem Telefon am Ohr in die Garage.

Ela hat sich beruhigt. Sie schnieft ein bisschen und ihr kleiner warmer Körper schmiegt sich vertrauensvoll an mich. Eine Woge der Zärtlichkeit durchflutet mich und ich überhäufe sie mit Küssen. Sie fängt zu meckern an und strampelt mit den Beinchen. Vermutlich ist sie hungrig, dann wird es nicht mehr lange dauern, bis aus dem leisen Meckern wieder lautes Gebrüll wird. Aber ich möchte sie hier nicht stillen. Der Ort strahlt etwas aus, das mir nicht gefällt. Und es liegt nicht nur an der terpentingeschwängerten Luft. Es ist fast, als würde eine Bedrohung von dem Raum ausgehen, als wäre hier etwas Schreckliches geschehen. Ein Schauder läuft mir über den Rücken. Ich sollte zusehen, dass wir rauskommen.

Aus dem Augenwinkel nehme ich etwas auf dem Boden wahr, es lugt zwischen zwei der Gemäldestapel hervor, die an der Wand lehnen. Neugierig gehe ich in die Hocke und beäuge den Gegenstand. Es ist ein blauer Knopf, der fast doppelt so groß ist wie eine Zweieuromünze. Ein winziger Fetzen eines hellblauen Stoffes hängt noch daran. Es sieht aus, als hätte ihn jemand von einer Jacke oder einem Mantel abgerissen. Rasch klaube ich ihn auf. Einen ähnlichen Knopf habe ich vor Kurzem erst in der Garage gefunden. Ohne nachzudenken, lasse ich ihn in die Hosentasche gleiten und verlasse rasch das Atelier.

50

MARIE

Um ein Haar hätte ich mich vorhin verplappert. Mir lag die Frage, wie es mit Susa gelaufen ist, schon auf der Zunge, als mir siedend heiß einfiel, dass ich davon nichts wissen konnte. Der Anruf der Werkstatt hat mich gerettet. Aber irgendetwas stimmt nicht mit Anne. Das spüre ich. Auf meine Frage, ob sie zum Abendessen rüberkommen mag, habe ich eine Absage kassiert. Sie war noch nicht mal besonders höflich formuliert. Sie geht auf Distanz zu mir. Und ich kann mir nicht erklären aus welchem Grund. Ich tue doch alles für ihr Baby und sie. Es macht mich wahnsinnig, dass ich die Situation nicht mehr unter Kontrolle habe.

Ob Anne befürchtet hat, dass ich mit ihrer kleinen Tochter auf und davon bin? Ich kichere. Vermutlich. Das würde ihren Ausbruch erklären. Für mich ist das jedoch keine Option. Ich möchte mein Leben hier nicht aufgeben, jetzt, da ich endlich am Ziel meines Traumes angelangt bin. Nun ja, fast jedenfalls.

Es klingelt an der Haustür. Wer kann das sein? Ich erwarte niemanden. Zwei Männer stehen mir gegenüber, als ich öffne. Der eine dunkelhäutig in Anzug, der andere hellhäutig mit schwarzer Lederjacke. Ich weiß schon, bevor sie mir ihre Dienstmarken unter die Nase halten, dass es sich um Polizeibeamte handelt. Mein Herz schlägt schneller. Sie stellen sich vor, aber ich bekomme vor Aufregung nur das Wort *Mordkommission* mit.

»Wir sind auf der Suche nach Marie Rothenberg.«

»Das bin ich.«

»Dürfen wir reinkommen?«, fragt die Lederjacke.

»Vielleicht verraten Sie mir erst mal, was Sie von mir wollen.« Ich gebe mich so unerschrocken wie möglich.

»Es geht um Gerd Reuter«, klärt er mich auf. »Wir haben Kenntnis davon, dass Sie vermutlich eine der letzten Personen sind, die ihn lebend gesehen haben.«

»Gerd ist tot?« Ich lege eine Hand auf meinen Brustkorb und reiße erschrocken die Augen auf.

Jetzt nur nicht übertreiben. Du kanntest den Mann kaum. Zu viel Bestürzung könnte verdächtig wirken.

Die beiden Männer mustern mich, ohne eine Miene zu verziehen. »Er ist ermordet worden.«

»Oh, mein Gott, wie furchtbar. Aber«, ich sehe hilflos von einem zum anderen, »wie kann ich Ihnen helfen?« Das Ich betone ich besonders.

»Am Tag seines Verschwindens war er bei Ihnen. Was wollte er hier?«

»Er hat mir zum Tod meines Mannes kondoliert. Daniel …«, ich zögere, schlucke, als würden mir die folgenden Worte schwerfallen. »Mein Mann ist erst vor Kurzem bei einer Bergwanderung tödlich verunglückt«, sage ich.

»Mein Beileid«, sagen beide wie aus einem Mund. Lederjacke kommt gleich wieder zur Sache.

»Wie lange war Gerd Reuter hier?«

»Ach, Gott. Da fragen Sie mich was. Es war nur kurz, er musste zu seiner Vorlesung. Höchstens eine Viertelstunde.«

Die Männer tauschen einen Blick. Der Dunkelhäutige reicht mir eine Visitenkarte. »Falls Ihnen noch etwas einfällt, zögern Sie nicht, uns anzurufen«, sagt er mit sonorer Stimme. Der Blick aus seinen dunklen Augen ist so unergründlich, dass es mir einen Angstschauer über den Rücken treibt.

Ich nehme die Karte, nicke ein »Ja« und schließe die Haustür. Mein Herz rast. Obwohl ich damit hätte rechnen müssen, dass die Polizei irgendwann bei mir aufkreuzt, hat es mich unvorbereitet getroffen. Ich hatte Gerd und alles, was mit ihm zusammenhängt, erfolgreich verdrängt. Jetzt stürmt alles wieder auf mich ein.

Ich habe Gerds totenbleiches Gesicht vor Augen, den Geruch seiner Exkremente in der Nase, ich sehe das brennende Auto vor mir, rieche sogar das Feuer und …

Stopp! Ich schlage mir gegen die Stirn, um die Bilder zu vertreiben, viel bringt es leider nicht. Gerd mit seinen toten Augen verfolgt mich.

Dreh jetzt nicht durch! Du hast alle Spuren beseitigt. Es besteht keine Gefahr.

Ich wiederhole die beiden Sätze im Kopf wie ein stummes Gebet, aber ich werde nicht ruhiger, im Gegenteil. Ich spüre die Schläge meines Herzens bis unter die Schädeldecke und in meinen Ohren rauscht das Blut.

Der Gedanke, es Daniel gleichzutun und unter falschem Namen unterzutauchen, drängt sich in den Vordergrund meines Denkens. Aber dafür bräuchte ich Zeit, viel Zeit. Das kann ich nicht von heute auf morgen bewerkstelligen. Nichts überstürzen, rufe ich mich selber zur Ruhe. Noch ist nichts passiert.

Ich bin so durcheinander, dass ich kaum stillsitzen kann. Ich wollte das doch nicht. Alles, was ich wollte, was ich mir sehnlichst wünschte, ist ein Baby und eine kleine Familie. Das ist doch nicht zu viel verlangt.

Ich ertrinke in Selbstmitleid und komme nicht dagegen an. Die Verzweiflung schlägt über mir zusammen und zwingt mich in die Knie. Mit letzter Kraft schleppe ich mich nach oben ins Schlafzimmer und sinke auf die Bettkante. Alles in mir ist in Aufruhr, meine Nerven flattern, mein Gesicht ist so heiß, als hätte ich einen Fieberschub. Ich ziehe die Nachttischschublade auf und suche mit zittrigen Fingern nach dem Diazepam. Ich drücke eine Tablette aus dem Blister, teile sie in der Mitte und schlucke eine Hälfte trocken hinunter.

Ich will die Schublade zudrücken, da bleibt mein Blick auf dem Briefumschlag haften, der etwas zerknüllt darin liegt. Den hatte ich völlig vergessen. Ich muss daran denken, ihn zu entsorgen. Der Brief darf Anne nicht in die Hände fallen. Das mache ich gleich nachher, beschließe ich.

Ich lasse mich aufs Bett sinken und mache die Augen zu. Die Beruhigungstablette wirkt schnell. Eine gedankenlose Schwere hält meinen Körper und meinen Verstand umfangen. Ein angenehmes Gefühl, dem ich mich nur zu gerne hingebe. Nur für eine kleine Weile.

Ein Klingeln dringt wie aus weiter Ferne an mein Ohr und stört meinen schwerelosen Zustand. Benommen richte ich mich auf. Bin ich eingeschlafen? Vor meinen Augen verschwimmt die Umgebung zu konturlosen Schemen. Ich zwinkere, um klarer sehen zu können. Das Klingeln ist verstummt. Erst jetzt realisiere ich, dass mein Telefon geklingelt hat. Ich erhebe mich etwas zu schnell und mir wird schwindelig. Mit wackligen Beinen stakse ich die Treppenstufen hinunter. Ich öffne die Liste der entgangenen Anrufe und starre mit wachsendem Entsetzen auf die angezeigte Handynummer, unter der mich gerade jemand versucht hat zu erreichen. Das Telefon entgleitet meiner Hand und schlägt mit einem dumpfen Laut auf dem Boden auf.

51

ANNE

Nachdem ich Ela gestillt, gewickelt und zum Schlafen in die Wiege gebettet habe, lege ich die beiden gefundenen Knöpfe vor mich auf den Küchentisch. Die Farbgebung ist identisch: ein dunkles Blau, in dem sich eine schwarze Welle bricht. Mittlerweile bin ich mir sicher, dass die nicht zu einer von Daniels Jacken gehörten. Der Stofffetzen an dem einen Knopf ist hellblau. Es sieht aus, als wäre der Knopf mit Gewalt herausgerissen worden. Daniel hätte nie im Leben eine hellblaue Jacke getragen. Er hasste Pastelltöne. Vor allem die Farbe Rosa. *Das ist was für Mädchen, aber doch nicht für Kerle,* sagte er kopfschüttelnd. Woraufhin ich ihn spaßeshalber als unverbesserlichen Macho bezeichnete.

Vielleicht gehören sie zu einem Kleidungsstück von Marie. Warum frage ich sie dann nicht einfach danach? Weil ich ihr nicht mehr über den Weg traue, gebe ich mir selbst die Antwort. Nur wem sollten sie sonst gehören? Laut seufzend schiebe ich die Knöpfe von mir, klappe meinen Laptop auf und vertiefe mich in die Wohnungsanzeigen.

Nach einer Weile gebe ich entnervt wieder auf. Wohnraum, vor allem günstiger, ist Mangelware in Berlin. Es wird ewig dauern, bis ich eine bezahlbare Wohnung gefunden habe. Ein Zimmer in einer WG kommt nicht infrage. Ich habe es einmal versucht und festgestellt, dass es nichts für mich ist. Ständig wuseln wildfremde Menschen um dich herum, platzen alle naselang, ohne anzuklopfen, in dein Zimmer. Dann wieder wirst du die halbe Nacht wachgehalten, weil kehliges Stöhnen und andere eindeutige Laute aus dem anliegenden Zimmer durch die dünnen Wände dringen. In der WG, in der ich für sehr kurze Zeit wohnte, konnte das Bad nicht abgeschlossen werden und ich stand jedes Mal, wenn ich auf der Toilette saß, tausend Ängste aus, dass jemand einfach reinmarschierte. Was natürlich auch passierte, aber das schien niemanden außer mich groß zu tangieren.

Viel Hoffnung habe ich zwar nicht, aber einen Versuch ist es wert. Ich schnappe mir mein Handy und wähle Susas Nummer. Nachdem es einmal geklingelt hat, erfolgt sofort die Ansage, dass die gewählte Nummer nicht erreichbar ist und ich eine Nachricht auf der Mailbox hinterlassen soll. Ich unterbreche die Verbindung, schalte die Rufnummernunterdrückung ein und wage mit klopfendem Herzen nach einer angemessenen Wartezeit einen weiteren Versuch.

»Susanne Reichel«, meldet sich meine Freundin nach dem zweiten Klingelton.

»Susa, ich bin's. Anne. Ich …«

»Du bist für mich gestorben«, zischt sie. »Spar dir weitere Anrufe.«

»Meinst du nicht, dass wir uns …« Doch ich spreche ins Leere. Susa hat die Verbindung bereits unterbrochen.

Wenn ich nur wüsste, was ich ihr getan habe. Verzweifelt verberge ich mein Gesicht in den Händen. Ich werde Marie fragen müssen, ob ich doch noch länger hierbleiben kann. Allein bei dem Gedanken sträubt sich alles in mir. Ich verstehe selbst nicht so ganz, woher meine doch recht plötzliche Abneigung rührt, aber ich kann sie auch nicht länger leugnen.

Mir schießt ein Verdacht in den Kopf, so ungeheuerlich, dass ich ihn sofort weit von mir weisen will. Doch er hält sich hartnäckig. Könnte es sein, dass Marie dahintersteckt? Hat sie Susa gegen mich aufgehetzt? Aber warum sollte sie das tun?

Vielleicht wollte sie verhindern, dass du ausziehst?

Das ergibt Sinn. Deshalb war sie plötzlich wie umgewandelt, nachdem sie auf meine Ankündigung auszuziehen, erst mal regelrecht beleidigt reagiert hat. Aber womit sollte sie es geschafft haben, Susa derart gegen mich aufzubringen?

Wie auch immer, wenn meine Vermutung wahr ist, muss ich hier weg. Und zwar so schnell wie möglich. Aber wo soll ich hin? Ich muss mit jemandem reden. Mit zittrigen Fingern öffne ich meine Kontaktliste und wähle Hendriks Nummer.

»Na, Schwesterherz, was gibt es? Was macht der Nachwuchs? Alles im grünen Bereich?«

»Nein«, antworte ich auf seine letzte Frage.

»Oh«, sagt er. »Dann erzähl mal.«

In wenigen Sätzen erzähle ich ihm, was passiert ist, und dass ich annehme, dass Marie ihre Finger dabei im Spiel hat. »Und sag jetzt nicht, dass du mich vor ihr gewarnt hast.«

»Eigentlich schade, dass ich recht behalten habe«, erwidert er ungewöhnlich ernst für seine Verhältnisse. »Du musst da weg.«

»Ich weiß, aber ich weiß nicht wohin und ich habe kein Auto.«

»Hältst du es noch ein paar Stunden dort aus?«

»Ich denke schon«, antworte ich. »Was hast du vor?«

»Ich setze mich ins Auto und fahre sofort los. Pack schon mal das Nötigste zusammen, ja? In ein paar Stunden bin ich bei euch.«

»Danke«, sage ich. »Fahr aber bitte vorsichtig, ja? Auf eine Stunde mehr oder weniger kommt es nicht an.«

»Du kennst mich doch«, erwidert er lachend.

»Eben drum«, sage ich und füge hinzu: »Du hast was bei mir gut.«

»Ich komme bei Gelegenheit drauf zurück«, antwortet er.

52

MARIE

Daniel lebt. Der Satz irrt in einer Endlosschleife durch meinen Kopf. Völlig aufgelöst tigere ich im Haus herum.

Er hat versucht, mich zu erreichen. Was will er von mir?

Ruf ihn zurück, dann wirst du es erfahren.

Ich kehre ins Wohnzimmer zurück, beuge mich runter zum Telefon, das noch immer auf dem Boden liegt, doch irgendetwas in mir sperrt sich dagegen, es aufzunehmen. Meine Hand zuckt zurück. Ob er Anne auch schon angerufen hat? Trotz der Beruhigungstablette beschleunigt sich mein Herzschlag. Dann ist alles aus. Sie werden mir Ela wegnehmen. Das kann, das werde ich nicht zulassen.

Ich werde Daniel ein Angebot machen, dass er nicht ausschlagen kann. Das Geld, das er gestohlen hat, kann er behalten, ich werde ihn nicht anzeigen unter der Bedingung, dass er keinen Kontakt mit Anne aufnimmt. In meinem Kopf überschlagen sich die Gedanken. Wenn nötig, überschreibe ich ihm meine Aktien und die Hotelkette, wenn er mir nur das Baby lässt. Ich muss ihn sofort zurückrufen, ihn daran hindern, Anne zu kontaktieren. Falls er es nicht schon getan hat.

Ich nehme das Telefon vom Boden auf, öffne die Liste mit den entgangenen Anrufen und stutze. Ist das wirklich Daniels Nummer? Mit einem Mal bin ich mir nicht mehr sicher. Wo ist mein Handy? Es steckt noch in meiner Tasche. Ich öffne die Liste mit den Kontakten und vergleiche Daniels Nummer mit der auf der Anruferliste des Festnetztelefons. Die ersten sechs Ziffern sind gleich. Das ist alles. Es war nicht Daniel, der mich angerufen hat. Erleichtert puste ich die Luft aus meiner Lunge, lache. Der unerwartete Besuch der beiden Kriminalbeamten hat mich allem Anschein nach ziemlich aus der Fassung gebracht.

Dabei fällt mir ein, dass ich noch nichts aus Istanbul gehört habe. Vielleicht hat der Privatdetektiv, den ich auf Daniel angesetzt habe, versucht, mich zu erreichen. Kurz entschlossen wähle ich die Nummer, lande aber auf einer Mailbox mit einer unpersönlichen Computerstimme. Genervt unterbreche ich die Verbindung. Nicht zu wissen, ob Daniel tatsächlich noch lebt, macht mich allmählich wahnsinnig. Dass ich nicht durchdrehe, ist allein dem Diazepam geschuldet, das ich genommen habe. Ein bisschen fühle ich mich, als würde ich neben mir stehen.

Ich muss mit Anne reden. Sie hat vorhin im Atelier etwas vom Boden aufgehoben und verstohlen in ihre Hosentasche gleiten lassen. Erst habe ich mir nicht viel dabei gedacht, aber nachdem die beiden Polizisten bei mir waren, befürchte ich, dass sie etwas entdeckt haben könnte, das mich kompromittiert.

Ich klopfe an die Tür zur Einliegerwohnung und drücke gleichzeitig die Klinke herunter. Abgeschlossen. Ich klopfe ein zweites Mal.

»Anne?«, rufe ich. »Ist alles in Ordnung?«

Endlich höre ich Schritte, der Schlüssel dreht sich im Schloss und eine sehr blasse, hohlwangige Anne öffnet mir.

»Geht es dir nicht gut? Bist du krank?«, frage ich erschrocken. »Soll ich mich um Ela kümmern?«

»Nein«, antwortet sie mit einem halbherzigen Lächeln. »Ich bin nur müde. Zu wenig Schlaf, zu viel Stress.«

Ihre Körpersprache ist eindeutig. Sie möchte, dass ich verschwinde, aber den Gefallen tue ich ihr nicht. Kurzerhand dränge ich mich an ihr vorbei in die Wohnung. Sie ist so überrascht, dass sie keinen Versuch macht, mich aufzuhalten.

»Wir müssen dringend reden«, sage ich und marschiere auf direktem Weg in die Küche.

Die beiden Knöpfe auf dem hellen Holz des Tisches entdecke ich sofort. Und in der gleichen Sekunde taucht Gerd vor meinem inneren Auge auf: Wie er sich vor mir aufbaute und mich beschuldigte, Daniel ermordet zu haben. Er spuckte mir die Anklage regelrecht entgegen und er trug ein hellblaues Jackett mit großen dunkelblauen Knöpfen. Wenn ich mich richtig erinnere, dachte ich: was für ein alberner Aufzug für einen Mann seines Alters.

Was mache ich jetzt mit Anne? Ahnt sie etwas? Vermutlich, sonst hätte sie mir die Knöpfe doch sicher gezeigt und gefragt, ob sie zu einem meiner Kleidungstücke gehören. Ich könnte mich ohrfeigen. Wie konnte ich sie bei meiner Putzaktion übersehen?

»Marie, hat das nicht Zeit bis morgen? Ich bin wirklich schrecklich müde.«

Anne klingt ungehalten, aber ich glaube in ihrer Stimme noch etwas anderes wahrzunehmen. Angst? Vor mir? Ich wende mich zu ihr um.

»Daniel lebt«, sage ich mit tonloser Stimme.

Es dauert einige Sekunden, bis zu Anne durchdringt, was ich gerade gesagt habe. Der feindselige Ausdruck in ihren Augen weicht der Überraschung.

»Daniel lebt?«, wiederholt sie ungläubig.

»Ja, ich habe es gerade erst erfahren.«

»Wo ist er? Kann ich zu …« Sie bricht ab, blickt verlegen zu Boden.

Anscheinend wollte sie fragen: Kann ich zu ihm. Wie anmaßend. Der Ärger zündet eine kleine Stichflamme in mir. Andererseits bin ich erleichtert. Wie es aussieht, hat er sie noch nicht kontaktiert.

»Er ist untergetaucht. Ich habe keine Ahnung, wo er steckt.«

»Woher weißt du dann, dass er lebt?«

»Ich habe einen Privatdetektiv beauftragt, nach ihm zu suchen, nachdem ich festgestellt habe, dass er einige meiner Konten leergeräumt hat.«

Annes Augen werden immer größer. Sie schüttelt heftig den Kopf. »Das glaube ich nicht, das sieht Daniel nicht ähnlich.«

»Ich wollte es erst auch nicht glauben, aber«, ich zucke mit den Schultern, »die Fakten sprechen eine eindeutige Sprache.«

Anne ist blass geworden, die blauen Schatten unter ihren Augen treten noch deutlicher hervor. Fast tut sie mir leid. Sie lässt sich auf einen Küchenstuhl sinken.

»Warum? Warum hat er das getan?«

»Daniel liebt den Luxus, daraus hat er mir gegenüber nie einen Hehl gemacht«, antworte ich. »Allerdings hat er mir immer das Gefühl gegeben, dass er mich nicht meines Geldes wegen geheiratet hat. Offensichtlich hat mich mein Gefühl getäuscht.«

»Wir waren wohl beide blind vor Liebe«, sagt sie und lacht ein unfrohes Lachen. »Daniel hatte vor mir zahlreiche Affären. Ich wusste davon, dachte aber natürlich, naiv wie ich war, mich würde er wirklich lieben.«

»Es tut mir leid«, sage ich.

»Was tut dir leid?«, fährt sie mich an.

»Dass Ela ohne ihren Vater aufwachsen wird«, antworte ich.

»Vielleicht ist es besser so«, sagt Anne. »Wirst du ihn anzeigen?«

Ein lautes Weinen aus dem Schlafzimmer enthebt mich einer Antwort. Automatisch setze ich mich in Bewegung. Ich bin schon an der Wiege, als Anne mich erreicht und mich grob beiseitestößt.

»Sie ist mein Baby, nicht deins«, zischt sie. Ihre Augen blitzen mich zornig an.

53

ANNE

»Oh, entschuldige bitte«, sagt Marie. »Das war ein Reflex. Tut mir leid.«

»Schon gut«, erwidere ich kühl und hebe die weinende Ela aus der Wiege. Ich gebe leise tröstende Laute von mir und beginne, meine Bluse aufzuknöpfen.

»Ich geh dann mal wieder«, sagt Marie und fügt nach einem Zögern hinzu. »Du bist schon am Packen?« Sie deutet auf die noch leere Reisetasche auf dem Bett.

»Ich kann überraschend schon morgen in Susas Wohnung. Das habe ich ganz vergessen, dir zu sagen.« Aus dem Augenwinkel beobachte ich verstohlen ihre Reaktion. Wenn mein Verdacht stimmt, weiß sie, dass ich ihr eine Lüge auftische.

»Oh, das ging jetzt aber schnell.« Sie klingt ehrlich bestürzt.

»Ja«, antworte ich knapp.

»Schade, ich hätte euch gerne noch eine Weile hiergehabt. Ich werde euch beide sehr vermissen.« Marie klingt traurig, fast, als wäre sie den Tränen nahe. »Das Haus wird so schrecklich leer sein ohne euch.«

Ich muss mein Herz verschließen, bevor ich vor Mitleid mit ihr wieder einknicke. Ihre Antworten klingen ehrlich. Habe ich ihr Unrecht getan? Selbst wenn, ändert das nichts an meinem Entschluss.

»Wir kommen dich ganz oft besuchen. Du bist doch ihre Patin«, säusele ich und komme mir vor wie eine Heuchlerin. Kann sie nicht endlich gehen?

»Sehen wir uns morgen noch?«

»Natürlich. Wir verschwinden doch nicht einfach, ohne uns von dir zu verabschieden.«

Ich mache drei imaginäre Kreuze, als ich höre, dass Marie die Zwischentür hinter sich zuzieht. Ich ertrage sie kaum noch in unserer Nähe.

Ela scheint von meinem Unbehagen nichts mitzubekommen, sie saugt still und zufrieden an meiner Brust. Liebevoll betrachte ich ihr kleines rosiges Gesicht. Sie ist vollkommen auf das Trinken konzentriert, nur darauf aus, satt zu werden.

»Nicht mehr lange, dann sind wir in Sicherheit vor der bösen Frau«, flüstere ich und erschrecke selbst über meine Worte. »Was meinst du, wie weit würde sie gehen, um uns beide hierzubehalten?«

Das bange Gefühl in meiner Magengegend verstärkt sich. Ich hoffe, dass Hendrik gut durchkommt und wir noch im Laufe der Nacht von hier wegkönnen. Ich lasse meine kleine Tochter ein Bäuerchen machen, hauche ihr einen Kuss auf das Köpfchen und bette sie wieder in die Wiege. Viel werde ich nicht mitnehmen können. Nur das Nötigste. Innerhalb einer halben Stunde habe ich alles zusammengepackt.

Um mir die Zeit zu vertreiben, surfe ich ein wenig durchs Internet. Aber ich bin ruhelos, schaue immer wieder auf die Uhr, die Zeiger kriechen im Schneckentempo vorwärts. Ich klappe den Laptop wieder zu und schalte den Fernseher mit der Fernbedienung ein. Es laufen Regionalnachrichten. Ich drossele die Lautstärke, damit Ela nicht davon geweckt wird. Doch ich bekomme kaum etwas von dem mit, was über den Bildschirm flimmert.

Meine Gedanken kehren zu Daniel zurück. Habe ich mich wirklich so in ihm getäuscht? Es sieht ganz danach aus. Dabei hatte ich wirklich den Eindruck, er würde sich genauso auf unser Kind und unser gemeinsames Leben freuen wie ich. Ich habe ihm seine Schwüre geglaubt, dass er mich liebt und die anderen Frauen ihm nichts bedeutet haben. Wie konnte ich nur so dumm sein. Ich sollte mich dennoch freuen, dass er lebt. Aber ich freue mich nicht, empfinde auch keine Wut. Ich fühle gar nichts.

Etwas auf dem Bildschirm erregt meine Aufmerksamkeit. Ich stelle den Ton etwas lauter. Die Uni hat eine Trauerfeier für den ermordeten Professor Reuter abgehalten. Neben dem Rednerpult steht ein Porträt von ihm in Lebensgröße. Ich stutze, schaue genauer hin. Doch in der Sekunde wechselt das Bild zur Moderatorin im Studio. Ich bin mir nicht ganz sicher, ob ich mir das hellblaue Jackett nur eingebildet habe. Ich klappe den Laptop auf, um mir die Sendung noch mal über die App anzusehen, doch ich komme nicht ins Netz. Die Verbindung zum WLAN ist unterbrochen.

Den Gedanken, rüber zu Marie zu gehen und sie zu bitten, die Verbindung zu prüfen, verwerfe ich schnell wieder. Mit dem Handy komme ich ohne WLAN ins Internet. Wo hatte ich das Gerät das letzte Mal in der Hand? Als ich mit Hendrik telefoniert habe. In der Küche. Doch da ist es nicht. Auch die blauen Knöpfe sind verschwunden. Und ich bin mir hundertprozentig sicher, dass ich sie auf den Küchentisch gelegt hatte.

Marie!

Einer Eingebung folgend laufe ich zur Verbindungstür. Sie ist, wie ich befürchtet habe, abgeschlossen, das Schlüsselbrett ist leer, alle Schlüssel sind weg. Ohne große Hoffnung hetze ich zum Nebeneingang, auch der ist abgeschlossen. Natürlich. Marie hat an alles gedacht. Die Fenster sind ebenso wie die Terrassentür zum Garten vergittert und alle sind verriegelt. Das bin ich selbst gewesen, bevor ich zu Susa gefahren bin.

Mein Verstand braucht ein paar Sekunden, bis er das Ausmaß begreift. Marie hat mich und Ela eingesperrt, abgeschnitten von der Umwelt. Wir sind ihre Gefangenen.

54

MARIE

Ich agiere wie ferngesteuert. Ohne nachzudenken mache ich einen Umweg über die Küche, schnappe mir Annes Handy und die beiden Knöpfe. Im Vorübergehen pflücke ich die Schlüssel vom Schlüsselbrett neben der Tür und ziehe sie hinter mir zu. Anschließend schließe ich sie ab. Ich entferne die SIM-Karte des Handys und deponiere beides zusammen mit den Knöpfen im Safe, der hinter einem Gemälde in der Wohnzimmerwand eingelassen ist. Das Schreiben des Anwalts mit Daniels Brief an Anne packe ich gleich mit hinein. Danach eile ich um das Haus, schließe auch den Nebeneingang zur Wohnung ab und durchtrenne das Kabel der Klingel. In Windeseile überprüfe ich die Sicherheitsgitter von außen, sie sind verriegelt. Schweißgebadet kehre ich ins Haus zurück. Habe ich etwas vergessen?

Ich lasse mich schwer auf das Sofa im Wohnzimmer fallen und starre blicklos vor mich hin. Alles ist aus dem Ruder gelaufen. Aber das ist nicht meine Schuld. Ich wollte das nicht. Ich wollte, dass wir drei eine kleine Familie werden: Anne, die kleine Ela und ich. Anne ist schuld. Sie hat alles kaputt gemacht. Und nur, weil sie Ela für sich allein haben will. Das kann ich nicht zulassen. Ela hat es bei mir so viel besser als bei Anne. Dabei hätte sie das alles auch haben können. Ich nehme den nächstbesten Gegenstand, den ich greifen kann, zur Hand und pfeffere ihn gegen die Wand.

Nachdem ich mich wieder etwas gefangen habe, hole ich mir die telefonische Bestätigung von Karsten, dass Susa nicht im Traum daran denkt, Anne ihre Wohnung zu überlassen. Sie hat sogar schon eine andere Interessentin gefunden. Anne hat mich angelogen. Wusste ich's doch!

Was hat Anne vor? Hat sie einen Umzugswagen für morgen geordert? Aber wo will sie hin? In ein Hotel? Pleite, wie sie ist? Egal. Sie wird mein Haus nicht verlassen. Dafür habe ich gesorgt.

Auf leisen Sohlen husche ich durch den langen Flur zur Tür der Einliegerwohnung und lausche. Drinnen ist alles still. Sie scheint noch nicht bemerkt zu haben, dass ich sie eingeschlossen habe. Ohne Kontakt zur Außenwelt wird sie …

Mist! Das Internet! Wie konnte ich das vergessen. Ich haste zurück und unterbreche die WLAN-Verbindung. Danach nehme ich die andere Hälfte des Diazepam. Ich muss runterkommen, sonst kann ich nicht nachdenken, wie es jetzt weitergehen soll. Wie üblich setzt die Wirkung innerhalb kurzer Zeit ein. Ich werde ruhiger und der Nebel in meinem Verstand lichtet sich allmählich.

Wer würde Anne vermissen? Das ist die erste Frage, die ich mir stelle. Ihre Mutter ist tot, ihr Vater seit Jahren verschollen, außer ihrem Bruder scheint es keinen anderen Verwandten zu geben, dem sie nahesteht. Ihr Bruder! Natürlich. Sie wartet auf ihn. Er wird heute noch hier auftauchen, um sie und Ela mitzunehmen. Ich muss ihn abfangen.

Und unschädlich machen!

Ich atme tief durch, setze mich kerzengerade hin. Das klingt schrecklich, aber mir bleibt keine Wahl. Niemand darf mir Ela wegnehmen. Sie gehört mir. Wenn ich mich richtig erinnere, ist ihr Bruder wie heißt er gleich noch mal – wieder im Saarland. Es wird also dauern, bis er hier aufkreuzt. So lange muss ich wach bleiben. Hendrik ist sein Name, fällt mir ein.

Ich setze Kaffee auf und beginne mich nach einer geeigneten Waffe umzusehen, mit der ich ihn überwältigen kann. Jetzt bedauere ich es, dass ich Daniel damals verboten habe, uns illegal eine Pistole zu besorgen. Aber vermutlich würde der Schuss weithin hörbar sein und die Nachbarn würden aus dem Schlaf hochschrecken. Das wiederum würde Fragen aufwerfen, die alles Mögliche nach sich ziehen könnten.

Das Klingeln meines Handys unterbricht meine Suche nach einer geeigneten Waffe. Die Handynummer erkenne ich auf den ersten Blick.

»Wer ist da?«, melde ich mich misstrauisch.

»Sind Sie das, Frau Rothenberg?«

»Ja.«

»Frank Hofmann hier.«

Es dauert eine Sekunde, bis es Klick bei mir macht. Der Privatdetektiv. Der eine ähnliche Nummer wie Daniel hat.

»Und? Haben Sie meinen Mann gefunden?«

»Nicht direkt«, antwortet er ausweichend.

»Mit der Aussage kann ich nichts anfangen«, entgegne ich unfreundlich.

»Er hat unter dem Namen Bastian Schneider vor zwei Monaten online in dem Hotel ein Appartement für ein halbes Jahr gemietet und es im Voraus bezahlt.«

Also noch vor unserem gemeinsamen Urlaub in den Bergen. »Haben Sie ihn gesehen? Konnten Sie ein Foto von ihm machen.«

»Weder noch. Ich habe auch nicht herausfinden können, wann er eingecheckt hat. Die Bediensteten an der Rezeption sind da nicht sonderlich auskunftsfreudig. Mir wurde nur bestätigt, dass ein Mann mit dem Namen eines ihrer Apartments bewohnt. Soll ich weiter dranbleiben?«

»Auf jeden Fall«, sage ich. »Ich muss wissen, ob mein Mann dort aufgetaucht ist oder nicht. Koste es, was es wolle.«

»Okay, ich melde mich wieder.«

Ich habe keine hundertprozentige Gewissheit, aber mittlerweile festigt sich mein Verdacht, dass Daniels Plan nicht aufgegangen ist. Allem Anschein nach hat ihn bisher niemand in diesem Hotel in Istanbul gesehen. Es würde auch an ein Wunder grenzen, wenn er den Absturz in den Bergen überlebt hätte.

Eine Gefahr weniger, kommt es mir in den Sinn, und ich fühle mich sofort schrecklich bei dem gefühllosen Gedanken. Was ist aus meiner Liebe zu ihm geworden? Die hat er verspielt. Er hat mich betrogen und hintergangen, um ein anderes Leben mit seiner geliebten Anne zu führen. Ich schnaube vor Abscheu.

All deine Liebe und Zärtlichkeit werden in Zukunft der kleinen Ela zuteilwerden. Und sie wird dich sicher niemals enttäuschen. Du wirst ihr die Mutter sein, die du dir selbst immer gewünscht hast.

Mit diesen tröstenden Worten in meinem Hinterkopf setze ich die Suche nach einer Waffe fort. Am besten geeignet scheint mir der Schürhaken für das Kaminfeuer zu sein. Er ist aus Gusseisen, hat eine Spitze und eine größere Reichweite als ein Messer. Ich platziere ihn direkt neben der Haustür, damit ich ihn greifen kann, sobald ich ihn ins Haus gelockt habe.

Mit einer Kanne Kaffee, der so schwarz ist, dass ich sicher Magenschmerzen davon bekommen werde, nehme ich an dem Fenster Platz, von dem aus ich die Zufahrt zum Haus am besten im Blick habe.

Der Kaffee schmeckt bitter, ich schütte ihn trotzdem tapfer in mich hinein. Und doch fallen mir nach einer Weile immer wieder die Augen zu. Ich kneife mich, um wachzubleiben, stehe hin und wieder auf, um meine steifen Glieder zu bewegen, aber ich wage mich nie weit vom Fenster weg, aus Angst Hendriks Ankunft zu verpassen.

Irgendwann fahre ich erschreckt vom Stuhl hoch, auf dem ich doch erst gerade wieder Platz genommen habe. Was war das? Das Motorgeräusch eines Wagens! Verdammt! Ich muss kurz eingeschlafen sein.

55

ANNE

Wo bleibt Hendrik denn nur? Müsste er nicht längst hier sein? Ich werfe einen Blick auf die Uhr. Seit unserem Telefonat sind fast sechs Stunden vergangen. Wenn er gut durchgekommen ist, kann ich bald mit seiner Ankunft rechnen. Draußen ist es noch dunkel. Ein leichter Regen hat eingesetzt. Es wird nicht mehr lange dauern, bis der Morgen herandämmert. Ich will weg sein, bevor Marie etwas davon mitbekommt.

Ich bin todmüde, gleichzeitig vibriert alles in mir vor Anspannung und Sorge. Ich habe keine Ahnung, wie Hendrik es schaffen soll, Ela und mich zu befreien. Er müsste die Tür aufbrechen, doch der Lärm würde Marie alarmieren. Und wer weiß, wozu sie fähig ist. Inzwischen traue ich ihr alles zu. Es macht mich wahnsinnig, dass ich ihn nicht warnen kann. Ich zergrübele mir das Hirn und irgendwann habe ich die Lösung. Darauf hätte ich auch schon früher kommen können. Auf die unbedruckte Rückseite zweier Rechnungen, die beide noch unbezahlt sind, male ich mit einem schwarzen Edding in Großbuchstaben:

GEFAHR!

RUF DIE POLIZEI!!!!

Die beiden Blätter klebe ich von innen an die Scheibe des Küchenfensters, von dem aus man auf das Grundstück vorm Haus sehen kann. Dann hole ich die Nachttischlampe aus dem Schlafzimmer und stelle sie auf das Fensterbrett. Ich hoffe, dass Hendriks Blick von dem erleuchteten Fenster angezogen wird und er meine Warnung richtig interpretiert und sofort reagiert.

Ela ist unruhig, sie quengelt und zappelt mit den Beinchen, als würde sie spüren, dass etwas nicht in Ordnung ist. Ich nehme sie hoch, doch trinken will sie nicht. Also knöpfe ich die Bluse wieder zu und gebe beruhigende Worte von mir, während ich mit ihr in den Armen in der Wohnung umherlaufe. Zwischendurch kontrolliere ich ständig noch mal, ob ich auch wirklich alles, was Ela und ich brauchen werden, eingepackt habe.

Ein Geräusch vorm Haus lässt mich aufhorchen. War das eine Wagentür, die zugeschlagen wurde? Hendrik? Ich eile zum Fenster und spähe unter den Zetteln mit der Warnung an der Scheibe durch die Gitterstäbe nach draußen.

Er ist es. Sein Jaguar parkt direkt vor dem Fenster.

56

MARIE

Ich stürze zur Haustür hinaus. Annes Bruder ist ausgestiegen und schließt mit der Fernbedienung den Wagen ab. Er wendet mir den Rücken zu.

»Hendrik«, rufe ich mit lauter Stimme und eile durch den Regen auf ihn zu. »Warten Sie.«

Er dreht sich um, schaut mir fragend entgegen.

»Gut, dass Sie da sind.« Ich bin etwas außer Atem. »Anne hat mir schon gesagt, dass Sie kommen. Sie musste mit der kleinen Daniela ins Krankenhaus.«

»Was ist mit ihr?«, fragt er erschrocken.

»Die Kleine hat ganz plötzlich hohes Fieber bekommen. Und Anne wollte kein Risiko eingehen, also habe ich sie sofort in die Notaufnahme gefahren. Die haben sie gleich dabehalten. Aber Ihre Schwester hat vor ein paar Minuten angerufen, es ist alles okay. Ich bin auf dem Sprung, um sie abzuholen. Kommen Sie doch kurz mit rein.«

Ich weise hinter mich zum Haus hin und drehe automatisch meinen Kopf in die Richtung. Mein Blick gleitet über das Fenster der Einliegerwohnung, vor dem Hendriks Wagen parkt. Ich sehe einen Schatten hinter der erleuchteten Scheibe. Als ich genauer hinschaue, ist er weg.

»Sie werden ja sonst ganz nass. Ich muss mir nur schnell

was überziehen, dann können wir ins Krankenhaus fahren und sie abholen.«

Hendrik zögert.

»Oder wollen Sie lieber hier auf die beiden warten?«

»Nein, ich komme natürlich mit«, antwortet er, wie ich gehofft habe, und folgt mir brav ins Haus. An der Tür lasse ich ihm den Vortritt.

57

ANNE

Jetzt steigt Hendrik aus, sieht sich wie suchend um. Ich muss mich bemerkbar machen, seine Aufmerksamkeit auf das Fenster mit der Warnung lenken.

»Hendrik«, schreie ich aus Leibeskräften. »Hendrik!«

Meine kleine Tochter stimmt mit ein. Wir brüllen uns beide die Seele aus dem Leib. Ich möchte mit den Fäusten gegen die Scheibe schlagen, aber ich habe keine Hand frei. Ela zappelt, lässt sich kaum beruhigen, ich kann sie nicht loslassen. Mir laufen die Tränen über die Wangen.

»Hendrik! Um Gottes willen, schau her!«, rufe ich, so laut ich kann.

Er wendet sich um. Hat er mich endlich gehört?

Ja! Bitte! Lieber Gott, mach, dass er herschaut und die Warnung sieht.

Was macht er denn jetzt? Er dreht sich weg, schaut in die andere Richtung. Nein! Ich öffne den Mund, um einen weiteren Hilfeschrei auszustoßen, da taucht Marie in meinem Sichtfeld auf. Mit gesenktem Kopf eilt sie durch den Regen auf ihn zu.

Oh, nein.

Sie gestikuliert, redet auf ihn ein. Hendrik nickt mehrmals, fährt sich mit einer Hand durchs Haar. Sie macht eine Geste zum Haus hin und schaut im selben Augenblick in meine Richtung. Erschreckt umfasse ich meine Tochter fester und weiche zurück. Hat sie meine Warnung gesehen? Ich umklammere mein Kind mit einer Hand und reiße mit der anderen die Zettel von der Scheibe. Hendrik folgt Marie ins Haus. Oh Gott, was hat sie ihm erzählt?

Hendrik ist stark, er kann sich wehren. Gegen ihn hat Marie keine Chance, versuche ich mir Mut zu machen. Alles wird gut. Ela spürt meine Angst und weint mittlerweile herzzerreißend. Ihr Gesichtchen ist schon ganz rot, sie lässt sich nicht beruhigen.

Plötzlich dringt ein markerschütternder Schrei aus dem Haus zu mir in die Wohnung.

58

MARIE

Die Haustür zuziehen, den Schürhaken greifen, ihn hochwuchten und die Spitze mit aller Kraft in seinen Hals rammen, ist eine einzige fließende Bewegung. Mühelos dringt die Spitze in das weiche Fleisch seines Halses. Ich löse meine Hände von der Waffe und weiche zurück.

Hendriks rechte Hand fährt hoch an den Hals, dorthin, wo ich ihn getroffen habe. Er bekommt den Stil des Schürhakens zu fassen und reißt die Spitze heraus. Blut spritzt gegen die weiß getünchte Wand und ergießt sich dann in einem Schwall auf den Boden. Wankend dreht er sich mit dem Schürhaken in der Hand zu mir um. Aus der Wunde an seinem Hals strömt Blut. Offenbar habe ich die Halsschlagader getroffen.

Er starrt mich an. In seinen Augen ist kein Hass, nur Fassungslosigkeit und eine wilde Entschlossenheit. In dieser Sekunde wird mir klar, dass er mich töten wird. Nackte Angst überschwemmt mich, ein gellender Schrei bricht aus mir heraus. Ich weiche zurück, weg von ihm, doch in meinem Rücken spüre ich das harte Holz der Haustür.

Seine Hände zittern, als er den Schürhaken hebt. Wie paralysiert starre ich auf die Waffe in seinen Händen. Er lässt sie durch die Luft sausen, in letzter Sekunde kann ich ausweichen. Ich spüre den Luftzug, als er neben mir ins

Leere trifft. Hendrik schwankt, der Schürhaken fällt zu Boden. Mit einem röchelnden Laut bricht er zusammen. Ein Zucken geht durch seinen Körper, dann liegt er still vor meinen Füßen.

Mein Mund ist staubtrocken und ich zittere am ganzen Körper. Ist er tot? Oder nur bewusstlos.

Du hast die Halsschlagader getroffen. Der Mann ist sicher tot.

Ein Lachen löst sich aus meiner Kehle, das selbst in meinen Ohren irre klingt. Ich will einen schnellen Schritt über den reglosen Körper machen, da spüre ich, wie sich seine Finger um meinen Knöchel legen. Ich schreie und schüttele meinen Fuß wie von Sinnen. Der Griff löst sich. Ich werfe einen schnellen Blick auf den Boden. Hendrik rührt sich nicht. Ist das ein letztes Aufbäumen gewesen oder habe ich mir das gerade eingebildet? Mein Herz rast, als würde es sich im Schleudergang befinden. Ich flüchte in die Küche, trinke Wasser direkt aus der Flasche und versuche, mich zu beruhigen.

Was mache ich mit der Leiche? Sie muss aus dem Eingangsbereich verschwinden. Alles in mir sträubt sich, dorthin zurückzukehren, aber mir bleibt keine Wahl. Ich atme tief durch und mache mich an die Arbeit.

Mit beiden Händen umfasse ich seine Fußknöchel und ziehe und zerre ihn unter Aufbietung all meiner Kräfte zu der offenstehenden Kellertür. Es sind zwar nur wenige Schritte bis dahin, aber ich bin außer Atem und der Schweiß läuft mir in Strömen über den Rücken, als ich es endlich geschafft habe. Die Treppenstufen zum Keller hinunter ist es einfacher. Das Geräusch, als sein Hinterkopf über die Betonstufen schrammt, verursacht mir Übelkeit. Vermutlich liegt es aber eher an dem durchdringenden Blutgeruch, der den Körper wie eine unsichtbare Dunstwolke umgibt. Ich lasse ihn unten vor den Treppenstufen liegen. Um die Beseitigung der Leiche kümmere ich mich später.

Bevor ich mit dem Putzen anfange, husche ich zur Tür von Annes Wohnung. Kein Laut dringt zu mir durch. Ob sie die Ankunft ihres Bruders mitbekommen hat? Ich muss seinen Wagen wegfahren, schießt es mir siedend heiß durch den Kopf. Warum habe ich daran nicht früher gedacht? Ich haste in den Keller. Es kostet mich einiges an Überwindung, die blutgetränkte Kleidung nach dem Autoschlüssel zu durchsuchen. Obwohl ich dabei durch die Nase atme, kann ich das süßliche Blut riechen und bittere Galle schießt mir die Kehle hoch. Ich würge sie hinunter, greife in die rechte Seitentasche der Hose und ziehe einen Schlüsselring heraus, an der auch die Fernbedienung des Wagens befestigt ist.

Erleichtert stolpere ich die Stufen hoch und schließe die Kellertür hinter mir zu. Dann fahre ich Hendriks Wagen in die Garage, anschließend beseitige ich die Sauerei im Eingangsbereich. Die Blutspritzer an der Wand betupfe ich vorsichtig mit Alkohol. Jetzt sind da nur noch dunkle Flecke zu sehen; wenn sie getrocknet sind, dürften sie kaum noch auffallen.

59

ANNE

Wer hat da geschrien? Hendrik oder Marie? Der Schrei klang hoch und schrill und hörte sich eher nach einer Frau an. Die leise Hoffnung, dass Hendrik Marie überwältigt hat und dieser Albtraum bald ein Ende nehmen wird, flackert in mir auf. Ich husche zur Tür und lausche. Ein zweiter Schrei lässt mich zusammenzucken. Danach ist es wieder still. Unheimlich still. Würde Hendrik sich nicht spätestens jetzt bemerkbar machen? Vielleicht ist er ja verletzt, bewusstlos oder er informiert erst mal die Polizei.

Doch eine dunkle Ahnung sagt mir, dass es noch nicht vorbei ist. Sie bestätigt sich, als ich nach bangen Minuten des Wartens nichts von Hendrik höre. Ich hoffe und bete, dass Marie ihm nichts getan hat. Sie ist doch keine Mörderin. Oder doch? Was ist mit Professor Reuter? Womöglich hat sie auch ihn auf dem Gewissen. Angst krallt sich in mein Herz und schnürt mir die Luft zum Atmen ab.

Von nebenan höre ich laute Geräusche, die ich jedoch nicht einordnen kann. Ich presse ein Ohr fester an die Tür. Zum Glück ist Ela in meinen Armen vor Erschöpfung eingeschlafen und gibt leise Schnarchlaute von sich. Jetzt ertönt ein Poltern. Was ist da los? Ich verharre und lausche mit laut klopfendem Herzen, doch ich kann die Geräusche von drüben nicht einordnen. Es macht mich verrückt, nicht zu wissen, was direkt neben mir geschieht.

Erst als mein Nacken von der angespannten Haltung zu schmerzen beginnt, löse ich mich von der Tür. Meine kleine Tochter schläft selig, die Händchen zu kleinen Fäusten geballt. Dir wird nichts geschehen, mein kleiner Schatz, verspreche ich ihr stumm. Ich werde alles tun, um dich zu beschützen. Selbst mein Leben würde ich geben, wenn ich dich, mein Liebling, dadurch retten kann. Vorsichtig bette ich sie in die Wiege und hauche mit Tränen in den Augen einen Kuss auf ihr süßes Stupsnäschen.

Was ist das für ein Geräusch? Ist jemand vorm Haus? Ich renne zum Fenster und sehe gerade noch, wie Marie in Hendriks Wagen steigt. Spätestens jetzt wird aus meiner Ahnung Gewissheit. Marie ist es gelungen, Hendrik zu überwältigen. Ich hoffe nur, sie hat ihm nichts angetan. Aber ich befürchte das Schlimmste.

Ich muss der Wahrheit endlich ins Gesicht sehen: Marie will nicht verhindern, dass ich ausziehe. Es geht ihr nicht um mich. Sie will mein Kind für sich allein. Und um ihr Ziel zu erreichen, geht sie notfalls über Leichen. Dabei wird sie auch vor mir nicht Halt machen.

60

MARIE

Erschöpft lasse ich mich auf das Sofa fallen, um gleich darauf wieder aufzuspringen. An meiner Kleidung klebt Blut. Wie von Sinnen reiße ich mir die Sachen vom Körper und haste ins Badezimmer. Unter dem viel zu heißen Wasserstrahl schrubbe ich mich ab, als könnte ich mich so von meiner Schuld reinwaschen. Ich fühle mich um so viel schlechter als bei Gerd Reuter. Bei ihm hatte ich ein Motiv, er hätte mein Leben zerstören können, aber Hendrik hat mir nichts getan. Er wollte nur seine Schwester abholen, weil sie ihn vermutlich darum gebeten hatte.

Ich drehe den Wasserhahn zu und steige aus der Duschwanne. In ein großes Badetuch gehüllt, kehre ich ins Wohnzimmer zurück und bleibe vor der Terrassentür stehen. Ein neuer Tag bricht an. Die Sonne schiebt sich über den Horizont und taucht den Himmel in ein Farbenpotpourri aus leuchtendem Rot und Orange.

Was mache ich denn jetzt? Wie soll es weitergehen?

Es gibt im Grunde nur eine Lösung für mein Problem. Aber ich scheue mich davor, sie mir einzugestehen. Irgendwie mag ich Anne. Es war nett, mit ihr hier zusammenzuwohnen. Ich habe mich nicht mehr so einsam gefühlt.

Aber sie hat es versaut. Und jetzt gibt es nur noch einen Weg. Oder willst du Ela etwa aufgeben?

»Nein!«

Allein die Vorstellung ist wie ein Stich mitten in mein Herz. Die Stimme in meinem Hinterkopf hat recht, aber noch scheue ich mich davor, diesen Weg zu gehen. Was ist, wenn Daniel doch noch lebt? Wenn er wieder hier auftaucht? Er wird sofort ahnen, was ich getan habe, wenn er mich hier allein mit Ela vorfindet. Wird er mir verzeihen können?

Träum weiter!, höhnt die Stimme. *Wie kannst du vergessen haben, was er getan hat? Er hat dich bestohlen, wollte ein neues Leben mit ihr und dem Kind anfangen. Er wird dich ans Messer liefern, ohne auch nur einmal mit der Wimper zu zucken.*

Ich brauche einen Plan. Ich kann Anne nicht ewig gefangen halten. Mir kommt eine Idee. Noch recht undefiniert, aber mir ist schon jetzt klar, dass es die einzige Möglichkeit sein könnte. Ich muss alles aufs Spiel setzen.

61

ANNE

Ich brauche einen Plan. Marie kann mich nicht ewig hier festhalten. Und sie wird nichts tun, was das Leben meines Kindes gefährden könnte. Ela ist mein Schutz und meine Achillesferse zugleich. Denn auch ich werde nichts tun, was meine kleine Tochter in Gefahr bringen könnte. In meinem Hinterkopf nimmt eine Idee Formen an, noch sehr vage. Doch es könnte klappen. Ich muss es riskieren. Mir bleibt keine andere Wahl.

62

MARIE

Am Nachmittag meldet sich der Privatdetektiv und bestätigt, was ich schon vermutet habe. Daniel ist nie in diesem Hotel aufgetaucht. Offenbar hat er den Brief an Anne vor unserer Reise in die Berge bei seinem Anwalt deponiert mit der Bitte, ihn nach Ablauf einer bestimmten Frist abzuschicken. In meine Erleichterung sollte sich Trauer mischen über die Gewissheit, dass mein Mann tot ist, auch wenn man seine Leiche noch nicht gefunden hat. Aber ich fühle keine Trauer. Nur Erleichterung. Ein Problem weniger.

Es kann natürlich sein, überlege ich, dass er sich im letzten Moment anders entschieden hat und untergetaucht ist, weil er vor der Verantwortung für eine Familie doch zurückgeschreckt ist. Das würde zu ihm passen. Daniel hat niemanden mehr als sich selbst geliebt. Aber ich bin überzeugt davon, dass über kurz oder lang seine Leiche in den Bergen gefunden werden wird. Ich habe mich verunsichern lassen durch den Brief von seinem Rechtsanwalt, denn im Grunde meines Herzens habe ich gleich gespürt, dass Daniel nicht mehr unter den Lebenden weilt.

Aus Annes Wohnung dringt ab und zu Elas Weinen an mein Ohr. Meine Sehnsucht danach, die Kleine in meinen Armen zu wiegen, verzehrt mich geradezu. Geduld, mahne ich mich. Ich darf nichts überstürzen.

Ansonsten ist es in der Wohnung still. Ich frage mich, was in Anne vorgeht. Ihr Schweigen verunsichert mich sehr, muss ich zugeben. Warum macht sie keine Anstalten, mit mir in Kontakt zu treten? Warum akzeptiert sie klaglos, dass ich sie und Ela eingesperrt habe? Versucht sie, mich mürbe zu machen?

Mein Plan steht fest, ich habe allerdings noch keine Idee, wie ich ihn in die Tat umsetzen könnte. Als Erstes muss ich ein paar Besorgungen machen. Es fällt mir nicht leicht, die beiden allein zurückzulassen, auch wenn es nur für kurze Zeit ist. Wer weiß, was passieren könnte. Aber die Gefahr, dass jemand vorbeikommt und Anne sich bemerkbar machen könnte, geht gegen null. Dennoch beeile ich mich.

Als ich zurückkomme, herrscht im Haus nach wie vor eine tiefe Stille. Fast schon gespenstisch. Ich packe meine Einkäufe aus und verstaue alles im Vorratsraum. Dann mache ich mich daran, mein Haar zu färben. Nach anderthalb Stunden begutachte ich das Ergebnis im Badezimmerspiegel. Ich sehe anders aus, fremd, aber ich bin ganz zufrieden. Für meine Zwecke dürfte es reichen. Menschen lassen sich so leicht täuschen, weil kaum jemand noch genau hinschaut.

63

ANNE

Ela schläft. Ich beuge mich tiefer über die Wiege, atme ihren Duft ein und betrachte meine kleine Tochter mit Tränen in den Augen. Sie sieht so süß aus, ich könnte sie immerzu knuddeln und liebkosen. Mein Herz quillt über vor Liebe zu ihr. Und was ich nun tun werde, das geschieht aus Liebe zu ihr. Ich schenke ihr einen letzten liebevollen Blick, hauche ihr über meine Handfläche ein Küsschen zu und reiße mich von ihrem Anblick los.

Sachte ziehe ich die Schlafzimmertür hinter mir zu und gehe entschlossen zur Verbindungstür. Mit den Fäusten hämmere ich dagegen. Ich bin mir sicher, dass Marie mich hört. Aber sie lässt mich schmoren. Meine Fingerknöchel sind bereits rot und wund, als sie sich endlich bequemt, zur Tür zu kommen.

»Was soll der Lärm? Was willst du?«

»Ich muss mit dir reden.«

»Ich bin da.«

»Nicht so«, sage ich. »Ich möchte ein Gespräch von Angesicht zu Angesicht mit dir führen.« Rasch füge ich ein »Bitte« hinzu. Ich darf nicht zu bestimmt klingen. Etwas Demut ist angebracht. Und meine Angst ist weiß Gott nicht gespielt.

»Wenn du glaubst, dass ich die Tür aufschließe und zu dir reinkomme, irrst du dich.«

»Irgendwann wirst du es tun müssen. Oder willst du Ela und mich hier verhungern lassen?« Ich verleihe meiner Stimme einen flehenden Unterton. Sie soll sich ihrer Überlegenheit sicher sein.

»Ich werde darüber nachdenken«, ist Maries knappe Antwort. Ihre Schritte entfernen sich.

Natürlich habe ich nicht damit gerechnet, dass sie sofort einwilligt, deshalb bin ich schon zufrieden damit, dass sie nicht rundweg abgelehnt hat.

Wieder lässt Marie mich schmoren. Die bange Frage, ob sie Hendrik etwas angetan hat, verdränge ich, so gut es geht. Ich muss ihr unbefangen gegenübertreten. Sie muss glauben, dass ich nichts davon weiß, dass sie mit Hendrik im Haus verschwunden ist. Ich werde kleinlaut und reumütig sein. Ich muss alles daransetzen, ihr Vertrauen zurückzugewinnen.

Anderthalb Stunden später höre ich ein Klopfen. Marie! Endlich! Mein Herz klopft schneller. Ich bette die protestierende Ela in die Wiege und eile zur Tür.

»Bist du das, Marie?«

»Ja. Ich werde nicht reinkommen, bevor du mir nicht gesagt hast, was du von mir willst.«

»Warum hast du uns eingesperrt?«

Marie lässt sich Zeit mit der Antwort. Sie wird mir eine Lüge auftischen, da bin ich mir sicher.

»Ich möchte, dass ihr beide hierbleibt.« Sie hat sich zu einer Halbwahrheit entschlossen.

»Warum hast du mir das nicht einfach gesagt?«

»Du warst plötzlich so kalt, so abweisend.«

»Das tut mir leid«, erwidere ich. »Ich hatte das Gefühl, dass du Ela zu sehr vereinnahmst.«

Wieder hüllt sie sich in Schweigen. »Wenn ich den Eindruck erweckt habe, tut mir das leid.«

Was für eine Heuchlerin. Nun lasse ich sie auf eine Antwort warten.

»Das mit Susas Wohnung hat sich ohnehin erledigt«, sage ich schließlich. »Sie hat mir von jetzt auf gleich die Freundschaft gekündigt. Keine Ahnung wieso.«

»Wie merkwürdig.« Marie klingt erstaunt.

Jetzt bin ich froh, dass eine Tür uns trennt und sie mein Gesicht nicht sehen kann. Ich bin noch nie eine gute Schauspielerin gewesen. Wahrscheinlich könnte Marie in meiner Mimik lesen wie in einem offenen Buch. Mein Hass würde ihr förmlich entgegenspringen.

»Ich habe meinen Bruder gebeten zu kommen«, sage ich. »Aber …« Mir bricht die Stimme und das muss ich nicht spielen. »Er ist immer noch nicht aufgetaucht. Hoffentlich ist ihm nichts passiert.«

»Und jetzt willst du von mir wissen, ob du weiter hier wohnen bleiben kannst?«, fragt Marie, ohne auf Hendrik einzugehen.

»Ja«, sage ich und umschließe die Sprühdose in meiner Hand.

Los, mach schon! Komm rein, fordere ich sie stumm auf.

64

MARIE

Anne spielt ein falsches Spiel.

Bist du dir sicher?

Nein. Was sie gesagt hat, klang eigentlich plausibel. Sie scheint wirklich nicht mitbekommen zu haben, dass ihr Bruder doch hergekommen ist. Sonst hätte sie sich mit Sicherheit früher bemerkbar gemacht.

Ändert das etwas?

Nein!

Na, also! Worauf wartest du dann noch? Geh rein. Hol dir dein Kind.

»Gut, ich komme rein«, sage ich zu meiner unsichtbaren Gesprächspartnerin. »Tritt von der Tür zurück. Und ich will deine Hände sehen. Verstanden?«

»Verstanden.«

Ich drehe den Schlüssel und drücke vorsichtig die Tür auf. In der Hand halte ich das größte Küchenmesser, das ich finden konnte. Anne steht drei Armlängen von mir entfernt und zeigt mir ihre leeren Handflächen. Beim Anblick des Messers weiten sich ihre Augen. Ihr Haar wird von einer Sonnenbrille zurückgehalten. Ich wundere mich kurz darüber, messe dem aber weiter keine Bedeutung bei.

»Wenn du meine Anweisungen befolgst, tue ich dir nichts.«

Anne nickt.

»Hol Ela«, fordere ich sie auf.

»Aber … Wieso … Ich meine …«, stottert sie.

»Mach schon!«, befehle ich mit kalter Stimme und hebe die Hand mit dem Messer.

Zögernd dreht Anne sich um. Ich folge ihr in einem sicheren Abstand ins Schlafzimmer. Sie beugt sich über die Wiege und nimmt Ela heraus. Ich trete zur Seite, damit sie an mir vorbeikommt. Hintereinander verlassen wir die Wohnung.

»Nach links, ins Wohnzimmer«, kommandiere ich. »Leg Ela in die Babytragetasche auf dem Sofa.«

Sie tut, was ich ihr sage, und wendet sich mir zu. »Ich verstehe nicht, was das soll, Marie.«

»Das musst du auch nicht verstehen«, antworte ich.

»Hast du vor, dich für mich auszugeben? Hast du dir deshalb die Haare gefärbt?«

»Halt den Mund«, zische ich.

»Damit wirst du nicht durchkommen«, sagt Anne höhnisch. »Sieh dich doch mal im Spiegel an. Du siehst mir nicht mal annähernd ähnlich. Außerdem bist du um einiges älter als ich.«

Sie will mich provozieren, aber das wird ihr nicht gelingen. »Das lass mal meine Sorge sein«, erwidere ich. »Du gehst jetzt wieder zurück in die Wohnung.«

»Marie, bitte, sei doch vernünftig. Wir können doch zu dritt, du, ich und Ela …«

Jetzt versucht sie es mit Bitten, aber da stößt sie bei mir auf taube Ohren. Ich werde mein Kind mit niemandem teilen.

»Entweder du gehst freiwillig zurück in die Wohnung oder ich schneide deiner kleinen Tochter die Kehle durch.«

Annes Augen, ihre ganze Mimik spiegeln das pure Entsetzen wider. Für einen Moment verschlägt es ihr die Sprache.

»Das würdest du nicht tun«, wispert sie.

»Ich würde es nicht darauf ankommen lassen.«

»Okay, du hast gewonnen.«

Sie schlurft mit gesenktem Kopf aus dem Wohnzimmer. Ich folge ihr, das Messer habe ich keine Sekunde aus der Hand gelegt. Alles in mir drängt auf Wachsamkeit. Sie ist zwei Schritte vor mir.

Warum geht sie jetzt schneller?

In dieser Sekunde wirbelt Anne herum. Sie hat etwas in der Hand und zielt auf mein Gesicht. Ich höre ein zischendes Geräusch, ahne, was kommen wird, schließe aber zu spät meine Augen. Ich bekomme eine volle Ladung von dem Pfefferspray ab. Wo verdammt noch mal hat sie das Zeug so schnell her? Es brennt, als würden meine Augäpfel, mein ganzes Gesicht in Flammen stehen. Meine Augen beginnen zu tränen, ich schließe sie, will sie wieder öffnen, es geht nicht. Ein Hustenanfall schüttelt mich. Das Messer entgleitet meiner Hand.

65

ANNE

Ich presse das Taschentuch auf den Mund, das ich wie das Pfefferspray vorne im Bund meiner Jogginghose griffbereit hatte, damit möglichst wenig davon in meine Lunge gelangt. Meine Augen sind durch die Sonnenbrille einigermaßen geschützt, sie brennen ein bisschen und tränen. Aber Marie hat die volle Dröhnung abbekommen. Sie scheint völlig orientierungslos, dreht sich mit geschlossenen Augen um die eigene Achse, sie brüllt vor Schmerz und vermutlich auch vor Wut. Mein Mitleid hält sich sehr in Grenzen. Jetzt fängt sie an, um sich zu schlagen, trifft mich tatsächlich schmerzhaft am Kinn, doch das wird ihr auch nicht mehr helfen. Im Gegensatz zu ihr bin ich nicht blind.

Ich schubse sie unsanft über die Türschwelle, sie stolpert und schlägt der Länge nach hin. Es knackt unschön. Ist ihre Nase gebrochen? Auch das interessiert mich herzlich wenig. Rasch ziehe ich die Tür zu, drehe den Schlüssel, der noch im Schloss steckt und schließe ab. Ich halte die Luft an, öffne das Fenster im Flur und frische Luft strömt herein. Ich beuge mich weit hinaus und fülle meine Lunge mit sauberer Atemluft.

Dann eile ich ins Wohnzimmer. Ela schläft tief und fest, als wäre nichts geschehen. Eine Welle der Zärtlichkeit durchflutet mich. Erleichtert, aber abgekämpft lasse ich mich neben ihr aufs Sofa fallen. Mein Plan ist aufgegangen. Ich sitze kaum, da fahre ich wieder hoch. Hendrik! Wo ist er? Vielleicht ist er verletzt und braucht Hilfe.

Ich kann im Eingangsbereich nirgendwo Spuren von Blut entdecken, was mich mit Zuversicht erfüllt. Vermutlich hält sie Hendrik unten in ihrem Atelier gefangen. Die Kellertür ist wie üblich abgeschlossen. Nur Marie hat einen Schlüssel zum Keller. Wo könnte er sein? Ich durchsuche ihre Jacken und den Mantel, die an der Garderobe hängen, aber da sind keine Schlüssel. Wenn ich Pech habe, trägt sie ihn bei sich. Mein Blick fällt auf die Handtasche, die auf der Kommode steht. Sie ist offen, ein Schlüsselbund ist auf den ersten Blick sichtbar. Es sind eine ganze Reihe Schlüssel und erst der dritte, den ich ins Schloss stecke, schließt mir die Kellertür auf. Ich stecke den Schlüsselbund in meine Hosentasche und öffne die Tür.

Der Geruch, der mir entgegenschlägt, ist so ekelerregend, dass ich unwillkürlich würgen muss. Meine Hand ertastet den Schalter an der Wand und Licht flammt auf. Ich folge der Spur aus Blut auf den Stufen mit den Augen bis zum Treppenende. Mein Herz setzt einen Schlag aus.

»Oh, mein Gott, Hendrik«, wispere ich und renne die Stufen hinunter.

Seine helle Kleidung ist durchtränkt von Blut, seine Augen starren blicklos an die Decke. Er ist tot, das sehe ich auf den ersten Blick. Dennoch sinke ich neben ihm auf die Knie, fühle nach seinem Puls, erst an einem, dann an dem anderen Handgelenk.

»Hendrik, bitte, du darfst nicht tot sein«, heule ich. »Tu mir das nicht an. Ich habe doch niemanden mehr außer dir.« Ich schlage beide Hände vors Gesicht und lasse meinen Tränen freien Lauf.

Wie lange ich weinend neben meinem Bruder kauere, weiß ich nicht, ich weiß nur, dass mich mit einem Mal eine ungeheure Wut packt. Es fühlt sich an, als würde ich unter Strom stehen. Dann geht alles ganz schnell. Ich wische mir die Tränen aus dem Gesicht, sprinte die Treppenstufen hoch und renne durch den Flur zur Wohnungstür. Wie ferngesteuert bücke ich mich und schnappe mir das Messer, das Marie aus der Hand gefallen ist und noch immer vor der Tür auf dem Boden liegt.

Ich bring sie um!

66

ANNE

Der Schlüssel steckt. Ich schließe auf und stürze wie eine Furie in die Wohnung.

»Wo versteckst du dich?«, brülle ich.

Der Hass auf Marie brennt wie ein Feuer in mir, schlägt über mir zusammen und reißt meine Vernunft mit sich fort. Ich bestehe nur aus Hass, Wut und Mordgelüsten.

»Ich bring dich um«, kreische ich wie von Sinnen.

In der Küche ist sie nicht. Ich renne zum Schlafzimmer, sie kniet neben der Wiege und schaukelt sie sachte mit einer Hand. Als ich in das Zimmer stürze, schaut sie zu mir hoch. Sie sieht erbärmlich aus. Ihr Gesicht ist rot verquollen und aus den zugeschwollenen Augen quillen in einem fort Tränen. Sie zwinkert und erhebt sich stöhnend vom Boden.

Schwer atmend verharre ich und starre sie hasserfüllt an.

»Warum?«, schreie ich sie an. »Er hat dir nichts getan.«

»Er wollte mir Ela wegnehmen«, sagt sie mit einem Gleichmut, der mich noch rasender macht.

Ich umklammere den Griff des Messers und mache einen Schritt auf sie zu. »Ela gehört dir nicht. Sie ist mein Kind.« Ich kann nicht aufhören zu schreien. »Du bist nicht ihre Mutter.«

»Ich weiß«, antwortet sie. Sie fährt sich mit beiden Händen über ihr nasses Gesicht und verzieht den Mund, als wäre die Berührung auf der Haut schmerzhaft.

»Du hast gewonnen. Bring es zu Ende!« Sie sinkt auf die Knie und breitet die Arme aus. »Töte mich.«

Tu es! Sie hat nichts anderes verdient, fordert die Stimme in meinem Hinterkopf. Doch etwas lässt mich plötzlich zögern.

»Hast du dir auch überlegt, was mit Ela geschehen wird, wenn du mich tötest? Soll sie mit dir zusammen im Gefängnis aufwachsen? Oder meinst du, dass dein Kind besser in einer Pflegefamilie aufgehoben wäre? Wie wird sie reagieren, wenn sie irgendwann später erfährt, dass ihre Mutter eine Mörderin ist?«

Schwer atmend lasse ich das Messer sinken. Der Nebel aus Hass und unbändiger Wut, der sich in meinem Hirn wie ein Geschwür eingenistet hat, lichtet sich allmählich und mein Verstand schaltet sich wieder ein. Wie konnte ich mein Kind vergessen? Scham überwältigt mich, drängt jeden Rachegedanken in den Hintergrund. Ich werde mich nicht schuldig machen, ich werde die Polizei verständigen. Es steht mir nicht zu, das Urteil über Marie zu fällen. Das ist die Aufgabe der Justiz. Marie soll ihr Dasein bis an ihr Lebensende im Gefängnis fristen und nie wieder einen Sommer in Freiheit genießen können. Das ist eine schlimmere Strafe als der Tod.

Marie kniet noch immer am Boden, ihr Kopf wie demütig gesenkt. Sie murmelt leise vor sich, es wirkt, als bete sie. Sie ist ein gebrochener Mensch. Doch ich empfinde keinen Funken Mitleid. Ohne sie aus den Augen zu lassen, entferne ich mich rückwärts aus dem Zimmer. Marie rührt sich nicht, sie scheint vollkommen in ihr Gemurmel versunken.

An der Zimmertür wende ich mich um und eile durch den Flur. Ich will so schnell wie möglich aus der Wohnung und Marie einschließen. So ganz traue ich ihren Worten nicht. Ich habe die Tür fast erreicht, da trifft mich von hinten ein harter Schlag auf den Kopf. Ich wanke, vor meinen Augen sind grellrote Blitze. Bevor ich reagieren kann, trifft mich ein zweiter, gleich darauf ein dritter Schlag. Der Boden unter meinen Füßen gibt nach. Ich sinke hinab und falle. Tiefer und tiefer. Um mich herum ist nichts als dunkle Schwärze.

67

ANNE

Ein beißender Geruch steigt mir in die Nase, reißt mich aus der Schwärze meiner Bewusstlosigkeit. Ich krümme mich zusammen, würge, huste und speie. Alles in einem. Ich fühle mich, als wäre eine Dampfwalze über mich gefahren. Mühsam öffne ich die Augen, blinzele. Wo bin ich? Ich will mich aufrichten und sinke kraftlos zurück.

Tröpfchenweise kehrt die Erinnerung zurück. Henrik! Er ist tot. Marie hat ihn umgebracht. Ich wollte sie töten. Sie hat mich ausgetrickst und niedergeschlagen. Wie lange war ich ohne Bewusstsein?

Ela! Um Gotteswillen, Marie hat mein Kind. Ich versuche, auf die Beine zu kommen. Mein Kopf will bersten vor Schmerz, als ich mich hochstemme. Ich keuche vor Anstrengung, meine Lunge pfeift. Mein Brustkorb fühlt sich wie einbetoniert an, jeder Atemzug ist ein Kraftakt. Meine Knie scheinen aus Gummi zu sein, ich habe Mühe mich aufrecht zu halten, schwanke und kämpfe um mein Gleichgewicht.

Was ist das für ein Geräusch? Es hört sich an wie das Knistern eines Kaminfeuers. Es riecht auch so. Ich drehe mich vorsichtig zur Zwischentür um. Rauchschwaden quellen unter dem Türspalt in die Wohnung.

Es brennt! Ich muss hier raus! Rüber ins Haus! Zu meinem Kind. Ich drücke die Türklinke, rüttele verzweifelt daran. Sie ist verschlossen. Panik überrollt mich.

Du darfst jetzt nicht durchdrehen! Denk an deine Tochter. Sie braucht deine Hilfe.

Ich schleppe mich ins Wohnzimmer und breche beim Anblick der vergitterten Fenster in Tränen aus. Ich komme hier nicht raus. Der Brandgeruch wird immer stärker. Wie viel Zeit bleibt mir noch, bevor ich ersticke? Es muss einen Weg hier raus geben.

Ich haste von Fenster zu Fenster, keins lässt sich öffnen. Natürlich nicht. Ich stoße einen lauten Schrei aus. Ich muss die Fensterscheiben einschlagen, damit frische Luft hereinkommt. Vielleicht kann ich mich durch eine Lücke zwischen den Gitterstäben nach draußen quetschen.

Vergiss es, da passt du nie im Leben durch!

Ich brauche einen Hammer, irgendetwas, womit ich das Glas zertrümmern kann. Mein Blick gleitet durch den Raum, bleibt an dem Sessel hängen. Einen Versuch ist es wert. Ich schiebe ihn direkt vor die verglaste Terrassentür. Mit viel Mühe bekomme ich ihn vom Boden hoch. Er ist schwerer, als ich gedacht habe. Das wird nichts, fürchte ich. Doch ich probiere es trotzdem. Und siehe da, meine Angst um Ela verleiht mir Kräfte, von denen ich nicht mal ahnte, dass ich sie besitze. Ich wuchte das Möbelstück hoch und werfe es mit Wut gegen die Glasscheibe. Der Sessel prallt von der Scheibe ab. Ich schaffe es nicht rechtzeitig, auszuweichen, und werde von dem einem der Holzbeine am Oberschenkel getroffen.

Mit der Handfläche reibe ich über die schmerzhafte Stelle an meinem Bein und registriere fassungslos, dass das Glas nicht mal einen Riss hat. Ich brauche etwas anderes. Ich wende mich um, sehe mit Entsetzen, dass immer mehr Rauchschwaden auf mich zukriechen.

Was mache ich jetzt? Die Todesangst raubt mir den Verstand, ich kann nicht mehr klar denken. Mechanisch reibt meine Hand über das schmerzende Bein. Rauf und runter, rauf und runter. Und verharrt unvermittelt. Was ist das? Ich greife in meine Hosentasche und ziehe einen Schlüsselbund heraus. Für den Bruchteil einer Sekunde starre ich ihn verständnislos an. Dann fällt es mir ein. Das sind Maries Schlüssel. Wie konnte ich vergessen, dass ich sie eingesteckt habe.

Ich laufe aus dem Wohnzimmer und kehre an der Türschwelle wieder um. Im Flur ist bereits alles voller Rauch. Ich ziehe mein Langarmshirt aus und verknote die Ärmel hinter meinem Kopf so, dass sie Mund und Nase bedecken. Dann hole ich tief Luft und renne los. Es sind nur wenige Schritte bis zur Zwischentür. Der erste Schlüssel passt nicht, ebenso wenig der zweite. Verzweifelt versuche ich es mit dem dritten, ohne Erfolg. Ich fummele den vierten ins Schloss. Er passt. Gott sei Dank. Mit zittrigen Fingern schließe ich auf, öffne die Tür einen Spaltbreit und schaue in ein Meer aus Flammen und Rauch.

Reflexartig schließe ich die Tür und haste in die Küche. Ich reiße das Shirt herunter, drehe den Hahn auf und lasse Wasser über den Stoff laufen. Dann befestige ich die Ärmel des Shirts wieder hinter meinem Kopf. Der Nebeneingang ist zu weit weg. Ich renne ins Wohnzimmer zurück. Die Nässe auf meinem Gesicht ist angenehm, sie vermittelt mir das Gefühl, besser atmen zu können. Wahllos probiere ich einen der Schlüssel an der gesicherten Terrassentür. Gleich der erste passt. Ich kann mein Glück kaum fassen. Ich reiße die Tür auf, ziehe mir das Shirt vom Gesicht und atme gierig die frische Luft ein.

Jetzt verhindert nur noch dieses verfluchte Gitter meine Flucht aus dem brennenden Haus. Wieder habe ich Glück.

Der dritte Schlüssel, den ich in das Schloss stecke, öffnet mir die Vergitterung. Ich stolpere ins Freie, falle hin und raffe mich sofort wieder auf. Ich muss da wieder rein. Mein Kind, meine kleine Ela ist noch drinnen.

Erst jetzt registriere ich das sich nähernde Sirenengeheul. Die Feuerwehr ist schon unterwegs. In diesem Augenblick bricht mit einem ohrenbetäubenden Krachen ein Teil des Dachstuhls ein, schwarze Rauchwolken steigen in den Himmel auf, rote Flammen lecken wie riesige Zungen an dem Gebälk. Das Haus brennt lichterloh.

»Ela!« Mein gellender Schrei übertönt das Wüten des Feuers.

68

ANNE

Bitte, lieber Gott, nimm mir nicht mein Kind. Bestrafe mich, ich habe es verdient. Ich habe alle angelogen. Susa, Hendrik, Marie. Solange, bis ich die Lüge selbst geglaubt habe. Sogar Daniel habe ich nicht die Wahrheit gesagt. Aber bitte lass mein Mädchen nicht dafür büßen. Bitte! Lass nicht sie für meine Lüge bezahlen.

Mit diesen Gedanken im Kopf stolpere ich mehr, als dass ich renne, um das Haus herum zum Vordereingang. Eine Scheibe im Untergeschoss hält dem Feuer nicht mehr stand, sie berstet und Flammen und Rauch schlagen aus dem Inneren nach draußen.

Ich muss da wieder rein. Wie von Sinnen renne ich auf die Eingangstür zu, die Hitze, die mir entgegenschlägt, ist mörderisch. Doch meine Angst um meine Tochter ist stärker. Ich habe die Tür fast erreicht, da werde ich grob am Arm gepackt und zurückgerissen.

»Sind Sie wahnsinnig?«, brüllt die Stimme eines Mannes nah an meinem Ohr. »Sie können da nicht rein.«

»Meine Tochter ist da drin«, schreie ich. Ich schlage um mich, versuche verzweifelt, mich aus dem festen Griff des Mannes zu befreien. »Ich muss ins Haus. Ich muss sie rausholen.«

»Da drin überleben Sie keine zwei Minuten.« Der Mann hält mich eisern fest. »Wir gehen rein. Okay?«

Ich wende mich ihm zu, will protestieren, aber mein Verstand sagt mir, dass er recht hat.

»Bitte retten Sie mein Kind«, flehe ich ihn an.

»Wir versuchen unser Bestes«, verspricht der Feuerwehrmann.

»Danke«, wispere ich und drehe mich von ihm weg, um das Mitleid in seinen Augen nicht mehr sehen zu müssen. Ich will mir meine Hoffnung nicht nehmen lassen. Meine Tochter wird leben.

Eine Sanitäterin kommt auf mich zugeeilt. »Sind Sie verletzt?«, fragt sie.

Ich schüttele automatisch den Kopf. Sofort wird mir schwindelig.

»Kommen Sie mit«, fordert die Frau mich auf. »Sie haben eine Wunde am Kopf, die muss versorgt werden.«

Während sie mich zum Rettungswagen führt, schaue ich mich immer wieder um. Die Feuerwehrmänner rollen die Schläuche aus. Warum dauert das alles so lange? Sie müssen sich doch beeilen. Weitere Fensterscheiben bersten. Ich halte die Ungewissheit kaum noch aus. Ich spüre meinen Herzschlag bis unter die Schädeldecke. Noch nie in meinem Leben hatte ich solche Angst.

»Waren Sie in dem brennenden Haus? Haben Sie Rauch eingeatmet?«, versucht die Sanitäterin meine Aufmerksamkeit auf sich lenken.

»Nein«, antworte ich merkwürdig tonlos, ohne meinen Blick vom Haus zu wenden. »Ich war in der Einliegerwohnung, ich habe es rechtzeitig rausgeschafft. Aber mein Baby ist noch da drin.« Mir versagt die Stimme.

»Das tut mir leid«, antwortet die Frau leise. Ich glaube, Betroffenheit in ihrer Stimme zu hören.

»Sie lebt«, fahre ich sie an.

»Natürlich«, antwortet die Frau beschwichtigend. »Ich sehe mir jetzt die Wunde an Ihrem Kopf an, ja? Setzen Sie sich einfach hier hin.« Sie deutet auf die offene Hintertür des Rettungswagens.

Ich nicke, nehme Platz und registriere mit Erleichterung, dass sich zwei Feuerwehrleute in Schutzkleidung, mit Atemluftflaschen auf dem Rücken und einem Wasserschlauch in den Händen auf den Weg ins Hausinnere machen. Gleichzeitig ertönt der laute Ruf »Wasser marsch!« Die Löscharbeiten beginnen endlich. Mehrere Schläuche sind auf das brennende Haus gerichtet und das Wasser spritzt in hohen Fontänen auf das brennende Gebäude.

Ich kann nicht mehr stillsitzen. Abrupt springe ich auf und laufe ungeachtet des Protestes der Sanitäterin auf das Haus zu. Dieses Mal stoppt mich ein Polizist. Erst jetzt bekomme ich mit, dass die Straße mit Einsatzwagen blockiert ist. Die Blaulichter rotieren tonlos, ihr helles Licht zuckt über die Szenerie und verleiht dem Geschehen etwas Unwirkliches.

Was machen die Männer denn so lange im Haus? Ich halte es kaum noch aus. Die Angst frisst mich von innen auf. Jeder einzelne Nerv meines Körpers scheint zu vibrieren und mir ist speiübel. Es kommt mir wie eine Ewigkeit vor, bis die Feuerwehrmänner endlich aus dem Haus herauskommen. Mit leeren Händen. Der Schrecken fährt mir wie ein Faustschlag in den Magen. Für den Bruchteil einer Sekunde bin ich wie gelähmt. Dann stürze ich auf die beiden Männer zu. Sie sehen mich kommen und schütteln fast synchron die Köpfe. Nichts mehr zu machen?

Bitte! Bitte nicht! Das kann nicht sein. »Was ist mit meinem Baby?« Ich schreie den beiden die Frage entgegen.

Der eine nimmt seine Atemmaske ab. »In dem Haus war kein Baby.«

»Und Marie? Was ist mit Marie?«

»Wer ist Marie?«, fragt er verständnislos.

»Die Eigentümerin des Hauses!«

»Wir haben im Haus weder ein Baby noch eine Frau gefunden, nur …« Er bricht ab. Ich weiß auch so, was er sagen wollte: nur die Leiche eines Mannes.

Aber ich habe im Moment keine Zeit für Erklärungen. Einerseits bin ich ungeheuer erleichtert, dass Ela nichts geschehen ist, andererseits jagt es mir Angst ein, dass Marie mit meiner Tochter auf und davon ist. Wo ist die Polizei? Ich schaue mich suchend um.

Mein Blick fällt auf das rote Cabrio, das vor der Zufahrt zur Garage parkt. Wenn Marie mit Ela das Weite gesucht hätte, wäre sie mit ihrem Auto weggefahren. Zum Bahnhof oder zum Flugplatz. Aber das hatte sie anscheinend nicht vor. Und plötzlich weiß ich, wo ich sie finden werde.

69

MARIE

Ich weiß, ich habe verloren. Mein Einsatz war zu hoch, aber meine süße kleine Ela war das Risiko wert. Ich halte sie fest in meinen Armen, hauche immer wieder sanfte Küsse auf ihr Gesicht, ihre winzigen Hände, ihr Näschen. Ich fühle so viel Liebe in mir für dieses entzückende Kind, ich hätte nie geglaubt, dass ich so tief empfinden kann. Ela staunt mich mit großen Augen an, verzieht dann den Mund zu einem Weinen.

»Mir ist auch zum Weinen, mein Liebling«, flüstere ich mit erstickter Stimme. »Ein Happy End wäre mir lieber gewesen.«

Der Himmel spiegelt sich in der glatten Oberfläche des Sees. Kein Windhauch regt sich. Daniels Boot liegt still am Steg. Es hat ein Leck, Wasser ist in das Innere gedrungen. Es steht schon bis knapp unter die Sitzbank. Es wird wohl bald sinken.

»Marie!«

Langsam wende ich den Kopf. Anne rennt auf mich zu. Sie sieht schlimm aus. Das Haar mit Blut verkrustet, die Augen rot und die Lider geschwollen. Und sie ist so blass, als wäre sie einer Ohnmacht nah. Vermutlich sehe ich nicht viel besser aus.

»Du bist rechtzeitig rausgekommen«, sage ich. »Gratuliere!«

Anne ignoriert meinen zynischen Kommentar, streckt stattdessen die Arme aus. »Gib sie mir! Bitte!«

Erstaunt mustere ich sie. Sie klingt fast demütig.

»Bitte. Gib mir mein Kind«, wiederholt sie. Jetzt strömen Tränen über ihr Gesicht. »Bitte!«

»Sie ist auch mein Kind«, sage ich. »Wir hätten eine Familie sein können.« Wehmut schnürt mir die Kehle zu.

»Daniel ist nicht Elas Vater«, sagt Anne.

Für einen Moment verschlägt es mir die Sprache. »Das ist nicht wahr«, sage ich.

»Es ist wahr.«

»Wusste Daniel davon?«

Sie presst die Lippen aufeinander und schüttelt den Kopf. »Wir hatten einen bösen Streit. Er hatte mir mal wieder versprochen mit dir über die Trennung zu sprechen, es blieb bei dem Versprechen. Ich war so sauer, dass ich ihn aus meiner Wohnung geworfen habe. Sechs Wochen herrschte Funkstille zwischen uns. Elas Vater ist ein Kommilitone. Er hat mich getröstet und ich habe mich trösten lassen.«

»Weiß er von dem Kind?«

»Nein.«

Marie schnaubt ein Lachen und schüttelt den Kopf, als könne sie nicht glauben, was sie gerade gehört hat. »Daniel war wohl die bessere Partie?«

»Das war es nicht, glaub mir. Ich habe Daniel wirklich geliebt. Ich wollte es ihm sagen, aber er war so happy, als ich ihm von der Schwangerschaft erzählte, dass ich es nicht übers Herz brachte …«

Ich lache schallend. »Du hast uns ein Kuckucksei ins Nest gelegt. Ist das zu fassen?«

Anne zieht die Unterlippe zwischen die Zähne. »Es tut mir leid«, sagt sie leise.

»Wenn du von Anfang an die Wahrheit gesagt hättest, wäre das alles«, ich mache eine weitausholende Geste, »nicht passiert.«

»Ich weiß«, sagt sie leise. »Es ist meine Schuld. Und es tut mir unendlich leid.«

»Leb wohl, mein Schatz«, flüstere ich und küsse Ela ein letztes Mal, bevor ich sie Anne übergebe. »Pass gut auf sie auf.«

»Das werde ich tun«, erwidert Anne und umschließt Ela mit beiden Armen.

Ich sehe ihr an, wie glücklich sie ist, ihre Tochter wieder wohlbehalten bei sich zu haben.

»Hast du wirklich geglaubt, du kommst damit durch?«, fragt Anne. »Es wäre doch ein Leichtes gewesen, anhand der DNA festzustellen, dass du nicht ich bist.«

Ich zucke mit den Schultern. »Wenn alles bis auf die Grundmauern abgebrannt wäre … Aber ich habe es nicht über mich gebracht.«

»Was hast du nicht über dich gebracht?«, fragt Anne und runzelt die Stirn.

»Ela ihre Mutter zu nehmen. Ich war es, die die Feuerwehr gerufen hat.«

»Du?«, fragt Anne in einer Mischung aus Unglauben und Staunen.

»Ja.«

»Du konntest aber doch nicht wissen, ob die Feuerwehr es rechtzeitig schaffen würde, mich aus dem brennenden Haus zu retten.«

»Nein«, stimme ich ihr zu. »Wissen konnte ich es nicht, das wollte ich dem Schicksal überlassen.«

Anne erwidert nichts, aber ich sehe ihr an, dass sie mich für wahnsinnig hält. Und vermutlich hat sie damit sogar recht.

»Alles Gute und Liebe für euch beide«, sage ich. Ich löse das Boot vom Steg und steige ein.

»Wo willst du hin?«, fragt Anne überrascht.

»Ich gehe nicht ins Gefängnis«, antworte ich und greife nach dem Ruder.

»Aber …«

»Es ist besser so«, falle ich ihr ins Wort.

Anne sagt nichts mehr.

Ich weiß, sie wird das Richtige tun.

EPILOG

Die Polizei hatte viele Fragen an mich, die ich alle wahrheitsgemäß beantwortet habe. Nun, ich will nicht schwindeln, fast alle. Im Safe, der das Feuer, das Marie gelegt hat, unbeschadet überstanden hat, fand man die beiden Knöpfe, die von Professor Reuters Jackett stammen, wie ich vermutet hatte. Auch Hendriks Handy lag darin. Das Schreiben des Anwaltes, das den Brief von Daniel enthielt, bekam ich von der Polizei Ironie des Schicksals – an dem Tag überreicht, an dem seine Leiche in den Bergen geborgen werden konnte. Marie wurde ein paar Tage später am gegenüberliegenden Ufer des Sees entdeckt. Sie hatte sich die Pulsadern aufgeschnitten. Als das Boot unterging, hat sie nicht mehr gelebt. Das hat die Obduktion ergeben. Ich habe der Polizei nicht verraten, dass sie mit dem Boot weggefahren ist. Das war, denke ich, ganz in ihrem Sinn.

Mit dem Geld von dem Konto, das Daniel auf meinen Namen eingerichtet hat, komme ich erst mal über die Runden. Ela und ich sind kleine Berühmtheiten geworden. Unser Schicksal hat die ganze Republik bewegt. Die Hilfsbereitschaft unserer Mitmenschen kennt keine Grenzen. Wir haben sogar eine kleine Wohnung in Aussicht.

Doch es fällt mir immer noch schwer, es zu genießen, dass sich alles zum Guten gewendet hat. Zu groß ist meine Trauer um Hendrik, für dessen Tod ich mir die Schuld gebe, und nicht nur dafür.

Eine einzige Lüge von mir hat das Leben so vieler Menschen zerstört. Hätte ich von Anfang an mit offenen Karten gespielt, hätte die Geschichte einen anderen Verlauf genommen.

Eine einzige Lüge hat drei Menschen das Leben gekostet. Mit dieser Schuld werde ich leben müssen.

Meine kleine Tochter ist mein ganzes Glück. Sie wächst und gedeiht prächtig. Meine Liebe zu ihr wird von Tag zu Tag stärker. Sie hat nur das Beste verdient. Und ich denke, es ist ebenfalls in Maries Sinn, dass sie als Daniels Tochter sein Erbe antritt. Denn weder auf seiner noch auf Maries Seite gibt es Verwandte, die Anspruch auf das Erbe erheben können. Laut Geburtsschein ist Daniel Elas Vater. So gesehen hat meine Lüge zu guter Letzt für meine Tochter etwas Positives bewirkt.

Böse Zungen könnten jetzt behaupten, das sei doch sicher von Anfang an mein Plan gewesen. Doch das ist Unsinn. Wie hätte ich wissen sollen, wie sich die Geschichte entwickelt? Ich verfüge ja nicht über hellseherische Kräfte.

In meinem Leben gibt es keinen neuen Mann. Ich fürchte, ich werde eine Zeit lang brauchen, bis ich mich wieder auf eine Beziehung einlassen kann. Und dieses Mal, das habe ich mir geschworen, werde ich mich nicht Hals über Kopf auf jemanden einlassen, sondern es langsam angehen. Ganz langsam. Und verheiratete Männer sind tabu. Das habe ich mir geschworen.

Ach, bevor ich es vergesse. Susa hat sich bei mir gemeldet. Dieser Karsten, mit dem sie noch immer unterwegs ist, hat ihr gebeichtet, dass Marie ihn auf sie angesetzt hat. Irgendwann konnte und wollte er mit dieser Lüge nicht länger leben, da er sich in Susa verliebt hat. Sie hat ihm verziehen, und sie werden wohl demnächst von ihrer Reise nach Berlin zurückkehren. Sie wollen sogar heiraten, denn Susa ist im fünften Monat schwanger. Ich freue mich schon sehr darauf, sie wieder in meine Arme schließen zu können.

So gesehen hat Marie unser beider Leben durch ihr Eingreifen zum Positiven gewendet. Auch wenn das ganz sicher nie in ihrer Absicht lag.

NACHWORT

Liebe Leserinnen, liebe Leser,

wenn ihr an dieser Stelle angelangt seid, habt ihr meinen neuen Thriller bis zum Ende gelesen und er hat euch, was ich sehr hoffe, auch gefallen. Wenn das der Fall ist, würde ich mich über eine kleine Rezension auf Amazon sehr freuen. Wer seine Begeisterung lieber nur in Sternen zum Ausdruck bringen möchte, hilft mir auch damit sehr. Denn desto mehr positive Reaktionen es auf meine Thriller gibt, desto mehr Leser interessieren sich dafür und der eine oder andere kauft dann das Buch vielleicht auch. Denn wir Autoren leben, wie ihr wisst, nicht nur von Luft und Liebe.

Ihr könnt mir gerne eine Mail schreiben und mir eure Meinung zu dem neuen oder auch einem älteren Thriller persönlich mitteilen:

jutta@jutta-maria-herrmann.de

Ich werde auf jeden Fall antworten. Manchmal kann es ein paar Tage dauern, dann bin ich gerade in einem neuen Thriller untergetaucht und kann meine Figuren keine Sekunde aus den Augen lassen, weil sie sonst schlimme Dinge anrichten, die ich als Autorin dann wieder ausbaden darf.

Wenn ihr mich noch nicht kennt und etwas mehr über die Autorin Jutta Maria Herrmann erfahren wollt, dann folgt mir doch einfach auf Facebook und Instagram.

Auf Facebook findet ihr mich hier:
www.facebook.com/JuttaMariaHerrmannAutorin/

Und hier auf Instagram:
www.instagram.com/jutta.maria.herrmann/

Ihr könnt mich auch auf meiner Website besuchen:
http://jutta-maria-herrmann.de/

Herzlichen Gruß und gebt gut auf euch acht.
Eure Jutta Maria Herrmann

Printed in Poland
by Amazon Fulfillment
Poland Sp. z o.o., Wrocław

28896983R00172